엄마가 되고 싶었던 날들

일러두기
· 일부 표준어가 아닌 단어는 작가의 글맛과 개성을 살리기 위해
그대로 두었습니다.

엄마가 되고 싶었던 날들

이은 에세이

진심을 담아

그럴듯한 문장으로 프롤로그를 열고 싶었지만, 그런 마음이 짙어질수록 눈앞에서 깜빡이는 커서는 나를 더 몰아세웠다. 잡히지 않는 생각들로 머릿속이 복잡해질 뿐 정리해서 꺼내놓기가 쉽지 않았다. 그렇게 떠오르는 단어와 문장을 적어 내려가다 보니 에이포 용지로 무려 여섯 페이지가 되어버린 게 아닌가. 빼곡하게 적혀있는 건 결국 다 같은 얘기들이었다. 그리고 그건 모두 망설임의 흔적이었다. 난 무엇을, 왜 이렇게까지 망설이고 있는 걸까.

무의식적으로 오른손 엄지손톱으로 바로 옆의 검지손가락을 긁었다. 순간 악 소리가 날 정도로 아팠다. 눈에 보이는 상처는 없는데도 피부 속이 진하게 아파 왔다(왜 있지 않나. 문지방에 부딪히고 난 다음에 아픔이 오래가는 거). 두어 달 전 병을 따다 실수로 크게 다친 적이 있었는데 바로 그 자리였다. 겉으로 보이는 상처는 깨끗하게 아물었지만 눈에 보이지 않는 속으로는 남아있던 걸까.

그제야 알았다. 내가 망설이고 있는 이유를.

나는 두려웠던 거다. 상처받고 싶지 않고, 상처 주고 싶지 않은 마음에서 비롯된 두려움.

난임의 과정 자체가 무척이나 지치고, 힘들고, 버거운 일이지만 정작 나를 작아지게 했던 건 사람들의 시선이었다. 그리고 나를 깊이 아는 사람들이라면 보이지 않았을 눈빛과 말투였다. 책이 나온다는 건 내 지난 난임의 시간을 세상에 커밍아웃하는 것과 다르지 않다. 그때 받았던 시선과 눈빛, 그리고 말들이 다시금 살아나 나를 주눅 들게 했다. 그래서 조금이라도 덜 상처받기 위해 아무렇지도 않아 보이려 고민하고 있었다. 이미 책이 될 원고는 다 써놓았으면서 프롤로그에서라도 갑옷이 되어줄 글을 쓰고 싶었다.

그런데 사실 그건 내가 감당해야 할 부분이다. 피한다고 피해질 수도 없고. 그러나 나의 글로 인해 누군가 상처받을 수도 있겠다는 생각을 하니 얘기가 달라졌다.

어느 아침 산책길에서 그만 서러운 감정에 휩싸였던 적이 있다. 나를 흔들어 놓은 건 내 지난 시간 속에 남아있는 상처였다. 그 시간을 책으로 엮겠다고 마음먹었던 건 이제는 괜찮아졌다는 생각에서다. 그런데 막상 끄집어내 글로 옮기려다 보니 내 몸은 몇 년이 지난 여기에 있으면서도 마음은 그때 그곳에 그대로 머물러 있다는 걸 알게 되었다. 그래서 다시 그 시간을 만났을 때 그렇게 아팠고, 그렇게 서러웠던 거다.

나는 외면하고 있었다. 치유를 위해 글을 쓴다고는 했지만 정작 힘들었던 그 시간은 외면한 채 이후의 시간만 들여다보고 있었다. 떠올리는 것만으로도 숨이 턱 막혀 들여다볼 엄두조차 내지 못했다. 굳이 애쓰지 않아도 시간이라는 벽이 두껍고 높게 세워져 자연스레 분리해줄 거라 믿었다. 그렇게 주위만 빙빙 맴돌면서 치유이길 바라는 글을 써왔다.

어쩌면 이렇게 책을 쓰는 과정이 나에게는 지난 상처에 대한 뒤늦은 애도의 시간이 될 거라는 걸 짐작할 수 있었다. 애도라는 건 말로만 끝나는 게 아니다. 애도의 시간을 잘 보내야 이후의 삶을 온전히 살아갈 수 있다고도 한다. 이렇게 불쑥 찾아온 그때의 기억으로 휘청이고 중심을 잡기 힘들다는 것 자체가 온전한 애도를 하지 못했다는 거였다. 원고를 쓰면서 앞으로 도저히 나아갈 수 없었던 순간을 여러 번 만났다. 힘든 줄도 모르고 오로지 앞만 보고 가던 그때의 내가, 그리고 그런 나를 묵묵히 지켜보던 내 곁의 남편이 무척이나 안쓰러워서. 마음에 남은 상처는 치유되지 못한 채 저 깊이 처박혀있던 것 같아서.

애도라는 건, 그리고 치유라는 건 상처를 바로 보는 것부터가 시작이다. 애써 외면하던 그 시간을 마주하고 그 안의 나를 알아봐 주고 받아들이는 과정은 생각했던 것 이상으로 버거웠다. 그러나 상처는 지워버릴 수 있는 게 아니라 살아가는 동안 품고 가야 한다는 것. 슬픔은 이겨낼 수 있는 게 아니라 살면서 느끼는 여러 감정 중 하나라는 걸 받아들이게 되었다. 무엇보다 시간은 벽이 될 수 없을뿐더러 과거의 나와 지금의 내가 분리될 수 없다. 그토록 지워버리고 싶을 정도로 괴롭던 시간들이 지금의 나를 만들었다는 걸 인정하게 되었다.

바로 지금 이 순간에도 지독한 난임전戰의 한복판에서 주삿바늘을 무기 삼아 싸우고 있을 사람들이 있다. 그들에게 '그렇게 지난한 시간을 이겨내고 결국엔 엄마가 되었습니다'로 마무리 짓지 못한 이야기가 혹여 상처로 다가가지 않을까 걱정이 된다. 한창 전의를 불사르고 있는데 자칫 맥 빠지게 만들어버리는 건 아닐까 두렵기도 하다. 그런 마음들이 나를 망설이게 했다. 다른 누구도 아닌 바로 그때의 내가 그랬으니까. 어떤 말도 위로가 될 수 없었고, 작은 티끌에도 상처받았었기에.

어떻게 다가가게 될까, 어떻게 읽힐까에 대한 걱정과 고민을 지금도 하고 있다. 그럼에도 불구하고 나의 이 지극히 개인적인 이야기를 꺼내놓는 건 누구나 겪는 일은 아니지만, 누구라도 겪을 수 있는 일이라는 걸 말하고 싶었기 때문이다. 누구나 상처를 안고 살아간다. 이런 아픔도 있고, 이런 상처도 있다는 걸 말하고 싶었다. 드러내지 못하고 혼자서 가슴앓이를 해야하는 이야기가 아니라 조심스럽긴 하지만 얼마든지 아프고 힘들다고 말해도 괜찮다고. 모든 건 당신의 잘못이 아니라고 말이다.

잔뜩 꾸미지는 못했더라도 서툰 언어로 진심을 담았다. 나의 지난 여정과 감정, 그리고 애도의 과정을 함께 읽어주시기를. 욕심을 내보자면 나의 이 진심이 용기라면 용기를, 위로라면 위로가 될 수 있기를. 그렇게 누구에게라도 닿을 수 있기를 바란다.

차례

1부. 상처

: 엄마가 되고 싶었던 날들

2부. 치유

: 행복의 필요충분조건

1부.

상처 : 엄마가 되고 싶었던 날들

망각의 힘에 기대어 슬픔을 잊을 수 있다면

하루 종일 발끝에 모터를 달아놓은 듯 쉴 새 없이 동동거리며 다닌 날이었다.

이른 출근을 하는 남편을 언제나처럼 현관까지 나가 배웅하고, 정신없이 채워져 있던 냉장실과 냉동실을 싹 비우고 보기 좋게 정리했다. 빨래를 하고, 청소를 하고, 그렇게 나온 쓰레기를 버리고 동네 시장에 가서 장을 본 후 두 달 동안 냉동실에 묵혀 두었던 엄마의 만두소를 꺼내 만두를 빚었다. 뒷정리를 하고 자리에 앉으니 어느덧 해가 넘어가는 시간. 발뒤꿈치가 아파 왔다.

소파 속으로 꺼져버리듯 앉아 아픈 뒤꿈치를 만지다 보니 그제야 한창 냉장고를 정리하던 시간에 걸려 와 미처 받지 못했던 전화가 떠올랐다. 뒤늦게 전화를 걸어 웃고 떠들며 일상의 대화를 나누고 다시 또 혼자 조용한 시간이 되었다.

이후 루피와 저녁 산책을 나갔을 때 도착한 메시지.

문득 이맘때가 아닌가 전화했었지.
그래서 하루 종일 몸이 바빴던 게 아니길 바라며. 잘 자.

메시지를 확인하고는 그대로 주저앉아 버렸다. 나는 마치 그 문제에 있어서 만큼은 언제든 울 준비가 되어 있는 사람 같다. 참기 위해 애쓸 겨를도 없이 터져버렸다. 그 밤, 어두운 골목길을 정신 나간 사람처럼 흐느끼며 걸었다.

처음 내게 왔던 아이들을 낳아서 보내고 2년이 되었다. 작년엔 첫 생일이자 기일을 맞이해 미역국을 끓였었다. 사람들은 모두 내게 잊으라고 했지만 차마 그럴 수 없었다. 모두가 다 잊어도 나는 기억을 해야 했다. 푹 끓인 미역국을 남편과 함께 먹으며, 살면서 가장 괴로웠던 날을 웃는 것도 우는 것도 아닌 얼굴로 보냈다. 잠자리에 들어서야 겨우 붙잡고 있던 눈물 꼭지가 열려버렸다. 더는 버텨낼 수 없다는 듯, 수문이 개방된 댐처럼 그렇게 쏟아내며 잠이 들었었다.

하지만 올해는 다르다. 미역국도 끓이지 않았고, 남편과 그날의 이야기를 꺼내지도 않았다. 사람들이 말하던 가슴 아픈 기억이라서가 아니라 그럼에도 불구하고 나는 나아가야 하기 때문이다. 나의 레이스는 아직도 진행 중이라서 언제까지고 지난 시간을 붙잡고 있을 수만은 없다. 물론 입 밖으로 꺼내지만 않았을 뿐 기억하고 있었다. 그래서인지 요 며칠 자꾸만 속이 기분 나쁘게 울렁거리고 머릿속은 생각이 많아지고 마음은 이리저리 정처 없이 흔들렸다. 그럴 때일수록 넋 놓고 앉아 한숨 쉬고 있는 것보다는 정신없이 바쁘게 몸을 움직여 팔다리 어깨 무릎 온몸이 쑤시는 게 낫다. 바로, 그런 날이었다.

지난 2년 사이 쉬지 않고 병원에 다니며 네 번의 시술을 진행했고 두 번의 유산을 더 겪었다. 시술 횟수가 더해질수록, 유산의 경험이 더해갈수록 내가 서 있는 땅은 점점 더 두터워지고 그날의 기억은 그만큼 점점 더 바닥에 가까워져 나와는 조금씩 멀어져 간다. 그럴수록 단단하게 다져지고 있다고 생각했는데…. 이렇게 손쓸 새도 없이 다시 또 와르르 무너져버리고 말았다. 단단해지기는 무슨. 그저 표면만 말라 있을 뿐 그 속은 물러터진 진흙이었다. 마치 말라버린 표면이 젖어버릴까, 종일 발뒤꿈치가 아프도록 동동거리며 방수포로 덮어두려고만 한 건 아닌지. 가만히 손을 잡아주는 것 같았다. 메시지 너머로 '괜찮아. 괜찮아. 다 알아.' 조용히 나긋하게 말하며 내 등을 쓸어주는 것만 같았다.

인간은 망각의 동물이라고도 하지. 나 역시 그렇고 그런 인간이니 그 망각의 힘에 기대어 볼 수 있을까. 아니, 다시 생각해 보니 까맣게 잊고 마는 망각은 싫다. 다시 꺼내기엔 너무나도 괴롭고 슬픈 기억이지만 분명 살면서 경험하지 못해본 행복도 주었으니 기억은 하되 마냥 슬퍼하고 싶진 않다. 과연 더 많은 시간이 흐르고 내 상황이 달라지게 된다면 나는 눈물 없이 지금을 기억할 수 있을까.

다시 또 아침이 되었다. 25일간 복용했던 호르몬 약이 사흘 전에 종료되었고 드디어 기다리던 생리가 시작되었다. 주말쯤 병원에 가면 과배란을 위한 호르몬 주사를 처방받게 될 거고, 그렇게 여섯 번째 도전이 시작되겠지.

사라지지 않을 슬픔은 여기까지만.

새로운 시작을 위해 잠시 묻어두기로 하자.

S에게

그날, 내게 메시지를 보내 속수무책으로 주저앉게 만든 사람은 다름 아닌 S였다.

그럴 필요까지는 없었는데 처음에는 모든 게 조심스러웠다. 첫 번째 시술에서 배아를 이식하고 행동거지 하나하나가 조심스러워 집 밖으로는 통 나가지 않았다. 몸을 움직이지 않으니 생각만 많아졌다. 출근한 남편이 퇴근해 집으로 돌아오기까지 오만가지 생각이 다 들었다. 배 속에 넣은 배아의 상태를 눈으로 확인할 수 없으니 나름 상급 배아들이라 자리를 잘 잡고 착상되고 있지는 않을까 기대하기도 했다가, 혹시라도 착상은커녕 이미 흔적도 없이 사라져버린 것은 아닌가 막연히 두려워하기도 했다. 기대도 두려움도 없는 시간엔 TV 화면만 멍하니 바라보거나, 그냥 잠 속으로 도망쳐버린 시간도 적지 않았다.

그럴 때 S가 나를 찾아와 주었다. 그녀의 방문은 버선발로 마중 나가도 모자랄 만큼 반가웠다. 시술을 준비하면서 지금까지 그렇게 즐거웠던 시간이 언제 또 있었나 싶을 정도로 많이 웃었다. 나는 10월 말이었음에도 불구하고 수면 바지를 입고 있었다는 것도 기억이 나고, 그녀와 함께 찾아와 준 꼬꼬마 만두의 까르르 까르르 사랑스러운 웃음소리도 생생하다. 만두가 초록색 짐볼을 갖고 얼마나 신나게 놀았는지도.

기다리고 기대하던 임신을 하고 남편 다음으로 나의 임신 소식을 알린 것도 역시나 S였다. 심장 소리를 들었을 때는 이젠 본격적으로 태교를 해야 한다며 배냇저고리를 만들 수 있는 키트를 보내주기도 했었지. 고등학교를 졸업한 이후 바늘을 거의 처음 잡으면서도 배냇저고리를 만드는 일이 그렇게 재미있을 수가 없었다. 수시로 전화 통화를 하며 진행 상황을 공유하기도 했다. "이만큼 만들었어" 하고 사진을 찍어 보내기도 하고, "바이어스 처리가 왜 이렇게 힘드니" 하고 투덜대기도 했다. 쌍둥이라 두 벌을 만들어야 했는데 그것도 해본 거라고 두 번째 만든 옷이 만들기도 수월했고 마감도 깔끔했다. 완성된 옷이 너무나 작아 과연 이걸 입을 수는 있는 거냐 의심

반 장난 반으로 묻기도 했었다. 커다랗고 못생긴 손으로 만든 옷이 어쩌나 작고 귀엽던지. 완성된 두 벌의 배냇저고리를 앞에 두고 그렇게도 웃었더랬다. 그리고 아이들이 너무나 빨리 세상 밖으로 나와 보내줘야만 했을 때, 그렇게 신나게 만들었던 배냇저고리를 그동안의 초음파 사진과 함께 수의처럼 넣어주면서 이거라도 같이 보낼 수 있어 다행이라고 생각했다.

그날 이후 조용히 혼자서 몸조리를 하던 어느 날엔 S는 서울 서쪽 끝에서 동쪽 끝까지 무거운 줄도 모르고 손수 끓인 삼계탕을 냄비째 들고 왔다. 나를 보자마자 말없이 꽉 안아주던 그녀가 이제는 아이들이 세상에 나와 가버린 날을 기억해주고 있다. 잠깐 머물다 가버리고 없지만 아이들의 존재를 기억해주는 사람이 있다는 사실이 고마웠다. 말하지 않으니 남편도 미처 헤아리지 못하는 내 마음을 말하지 않아도 알아주는 사람이 있다는 사실이 정말이지 너무나 감사했다.

그때는 미처 알지 못하고 놓쳤던 것들을 이제야 알게 되었다. 지난 일기장을 다시 열어 그 시간들을 되새기다 보니 그 모든 순간에 S가 함께였다는 것을.

한 살, 한 살 나이가 들어가면서 인간관계는 점차 좁아지게 된다. 나와 결이 맞는 사람, 서로의 눈치를 보지 않아도 되는 사람, 침묵이 어색하지 않은 사람, 개떡같이 말을 해도 찰떡같이 알아듣는 사람, 취향이 달라도 서로의 취향을 알고 있는 사람. 그렇게 선택과 집중을 통해 나의 인간관계는 좁혀졌고 그 안에 S의 존재가 이렇게도 깊게 자리 잡고 있었다.

남들에게는 어렵지 않게 말하는 고맙다거나 사랑한다는 말을 정작 가족에게는 잘 못하는 것처럼 S도 나에게는 그렇다. 속내를 나누기는 하지만 격식을 따지고 사사로운 감사를 전하는 사이는 아니다. 하지만 그럴수록 더 마음을 표현해야 한다는 것을 안다. 세상에 당연한 것은 없으니까. 당연하지 않은 고마운 마음이 거기에 있었다는 것을 알았으니, 늦게나마 감사의 마음을 전한다.

그래서 말인데….
남편은 저녁 약속이 있어 늦게 들어올 예정이라 모처럼 이 시간에 글을 쓰고 있었어. 과거의 어느 순간들을 떠올리다 보니 거기에 온통 네가 있더라. 그래서 오늘의 주인공은 너야. 이 글이 언제 공개될지 사실 기약은 없어. 그냥 내 마음속에만 저장되고 말지도 모르겠지만, 쓰다 보니 참 고마운 거 있지. 고마운 순간이 많았는데 고맙단 말을 못 했더라고. 고마워.

이마저도 얼굴을 마주하지 못하고, 목소리도 아닌 메시지로만 전했다는 거. 심지어 낯간지러우니까 답장은 하지 말라는 말도 함께. 나도 참 나다.

이렇게 다시 한번 고마운 마음을 전할게.
고마웠어.
고마워.
시간 좀 내. 맛있는 거 먹으러 가자.

우리가 난임이라니

"이제 슬슬 임신 준비를 해보려고요."

"저도 준비해야 해요. 전 결혼 전부터 임신이 어렵다고 해서 마음이 급해요. 언니는 생각 없어요?"

남편의 친구들이 모인 자리에서 N과 K의 와이프들은 자신들의 임신 계획을 얘기하면서 내게 다음 공을 넘겼다.

"우린 좀 천천히. 아직은 둘이 좋아요."

내가 한 말 중에는 반만 진심이었다.

아이를 좋아하는 나와 남편은 워낙에 조카를 향한 사랑이 넘쳐나는 조카 바보들이라 습관처럼 미래의 우리 아이들과 함께하는 생활을 상상하곤 했다. 그건 너무 당연한 미래였다. 그러면서도 아이를 낳게 되면 육아와 생활에 치여 지금처럼 둘이서만 할 수 있는 시간이 사라질 테니, 조금은 둘만의 시간을 더 보낼 수 있기를 바라는 마음도 있었다. 비록 늦은 결혼으로 삼십 대 중반을 넘기고 있었지만 그래도 아직은 신혼이라는 말이 어울리던 시기였다.

해가 바뀌면서 놀랍게도 임신을 준비한다던 그들은 정말 아이를 갖게 되었지만 우리는 계속 제자리걸음이었다. 임신 계획에 대한 질문을 받을 때마다 "아직은 둘이 좋다", "생각이 없다", "천천히 가질 생각이다"라고 말했다. 그때는 마음만 먹으면 쉽게 임신하고 엄마가 될 수 있을 줄 알았다. 돌이켜보면 무척이나 순진하고도 건방진 생각이었다. 우리는 애초에 피임이라는 걸 한 적이 없었음에도 불구하고 임신이 되지 않고 있다는 사실을 간과하고 있었던 거다.

지금은 사라지고 없지만 충무로의 한 여성병원에 간 적이 있다. 그 바닥에서 꽤 유명한 선생님의 진료를 어렵게 예약하고 갔는데, 선생님은 정신없이 바빴고 설명은 친절하지 않았으며 병원은 도떼기시장 같았다. 진료실 밖으로 나오자 아무런 설명 없이 매일 체크하라며 체온계를 주었다(매일의 체온 변화를 확인하며 배란기를 체크하는 것으로, 배란기가 되면 기초체온이 올라간다). 생리가 시작되면 다음 진료는 예약 없이 오라고 했지만, 그렇게 찾아갔을 땐 어떤 설명도 없이 담당 선생님이 바뀌어 있었다. 예약하더라도 진료 시간은 매번 지연되기 일쑤였고 예상했던 것보다 자리를 비우는 시간이 길어지면서 회사에 눈치가 보이기도 했다. 한두 달 정도 병원에서 받은 처방대로 약을 먹고 체온을 확인하며 자연 임신을 시도해 봤지만, 생리는 약 올리듯 어김없이 앙칼진 붉은 얼굴로 돌아왔다.

'이렇게 병원까지 다녀야 해?' 처음 예약을 하고 기다리던 마음은 어디 가고 고작 두어 번 시도 끝에 지쳐버렸다. 그렇게 더는 진료 예약을 하지 않았고, 나의 임신을 위한 시도는 흐지부지 끝나고 말았다.

10년간 다니던 회사에 퇴직 의사를 전했을 때 대외적으로는 이젠 좀 쉬고 싶다고 했지만, 사실은 두려운 마음이 컸다. 그때 나는 내로라하는 홈쇼핑의 최종민원 부서에서 근무 중이었다. 다시 말해 출근하면서부터 퇴근할 때까지 싫은 소리를 내내 들어야 한다는 뜻이기도 했다. 어떤 고객은 회사가 아닌 나를 가만두지 않겠다고 했고, 어떤 고객은 두 시간 가까이 전화기를 붙잡고 속얘기를 털어놓기도 했으며, 또 어떤 고객은 세상에 이렇게나 상스럽고 다양한 욕이 존재한다는 걸 알려주기도 했다(물론 욕설이 심하면 내 쪽에서 먼저 전화를 끊기도 했지만). 해결되지 않은 클레임이 쌓여 있었고, 새로운 클레임이 기다리고 있었다. 출근이 전혀 즐겁지 않았다. 하기야, 어느 회사가 출근이 즐거울까.

그 당시 팀 동료 중 한 명이 인공수정을 해 어렵게 임신에 성공했으나 얼마 지나지 않아 유산을 했다. 그 누구도 말은 하지 않았어도 모두 같은 생각을 하고 있었다. 다름 아닌 스트레스. 근무 연차가 쌓여 쏟아지는 클레임에도 내성이 생겨 타격감이 크진 않았어도 스트레스가 없을 수는 없는 일이다. 아무래도 업무 강도가 높았던 탓이 크지 않았겠냐는 것이 공공연한 비밀이었다. 이 상태로 임신은 어렵겠다는 생각에 고민 끝에 퇴직 의사를 밝혔다. 한 달가량 쉬고 나오면 부서 이동을 해주겠다는 상사의 설득이 있었지만, 이미 내 마음은 확고했다. 그렇게 성실하게 다니던 회사를 도망치듯 그만두었다. 결혼 후 2년이 지났을 때다.

다시 또 2년이 지난 어느 날 한때 직장 동료였던 L언니를 만났다. 언니는 결혼을 일찍 해서 나와는 나이 차이가 얼마 나지 않았음에도 이미 결혼 16년 차에 접어들었다. 오랜만에 만난 언니는 더 나이가 들었을 때 후회하고 싶지 않다는 마음으로 시험관 시술을 받아보려 한다고 했다. 그러면서 내게도 생각이 아예 없는 게 아니라면 병원에 다니며 시도해 보는 것도 나쁘지 않겠다는 말을 조심스레 꺼냈다.

가까운 사람들의 임신과 출산 소식, 힘겹다고 말하지만 행복의 기운이 가득 담긴 육아 이야기가 들려올 때마다 나는 기꺼이 진심을 담은 축하와 되도 않는 위로의 말을 전했다. 그럴수록 마음속엔 자꾸만 바람이 불었다. 잔잔했던 바람은 서서히 거대한 회오리가 되어 커다란 구멍을 만들고 있었고 결국 그 구멍 속에 내가 빠져버릴 것 같은 날들이었다.

'더 늦기 전에 나도 시도해 봐야 할까?'

'굳이 이렇게까지 해야 하나?'

'뭐라도 해보는 게 낫지 않을까?'

L언니를 만난 후 며칠 동안 내 머릿속은 시끄러웠다. 마치 두더지 게임에서 나타났다 사라지는 두더지처럼 생각은 자꾸만 불쑥불쑥 튀어 올라왔고 나는 번번이 잡기에 실패했다.

"우리, 병원 가볼까?"

어렵게 말을 꺼내면서도 어째서인지 남편의 얼굴을 바로 보지 못했다. 혼잣말처럼 뱉어버린 내 말을 들은 남편은 조금 놀란 듯했다. '굳이 병원까지 가야 하나' 하는 생각과 '더 늦기 전에 해봐야겠다'는 생각이 동시에 들지 않았을까. 내가 그랬던 것처럼.

"네가 원하는 대로 해. 나는 아무래도 좋아"라고 그는 말했다. 남편 역시 나를 바로 보지 못했다.

더 미루다 보면 다시 또 시간만 보내게 될 것 같아 서둘러 난임 병원을 알아봤다. 다행히 집에서 멀지 않은 곳에 있는 병원을 찾을 수 있었다.

예약을 위해 전화를 걸었다. 비대면, 그것도 그저 간단한 예약만 할 뿐인데도 심장은 터질 것 같았고 손끝은 얼음장처럼 차가워졌다. 전화기 너머의 병원 담당자는 무척 친절했지만, 내 목소리는 겨우 알아들을 수 있을 정도로 기어들어 가고 있었다. 한껏 주눅 든 사람처럼.

약 보름에 걸쳐 몇 번의 초음파와 채혈, 그리고 남편의 정액 검사를 했다.

"두 분 모두 특별한 문제는 없지만 35세 이상이기도 하고, 피임 없이 1년 이상 자연 임신이 되지 않은 것으로 보아 난임으로 판단할 수 있겠습니다."

우리 둘 다 이렇게 될 줄은 미처 알지 못했다. 난임이라니. 내가, 우리가, 난임이라니. 막연하게 예상은 했지만 검사를 통해 의사의 입으로 얘기를 들으니 말문이 막혀버렸다.

그렇게 우리는 공식적인 원인 불명의 난임 부부가 되었다.

오늘부터 1일

매번 생리가 시작되면 짜증부터 밀려왔다. 생리라는 것은 언제나 반갑지 않은 손님이었다. 결혼 전부터 경험해 보지 않으면 알 수 없는 생리통에 시달렸고, 양도 적지 않아 내내 불편했기 때문이다. 더구나 결혼 후 임신을 기다리면서부터는 생리의 시작이란 곧 이달 역시 임신 실패임을 알려주는 신호였으니 더욱 그랬다. 그런데 이번엔 다르다. 반갑기까지 하진 않았어도 조금은 떨리는 마음이 있었다. 드디어 시술을 시작하게 되었다는 얘기이기도 하니까.

생리(월경)에 대해 잘 알지 못하는 분을 위해 간단하게 설명을 해보자면(의외로 여성 중에도 잘 모르는 경우가 있다), 가임기 여성의 몸에선 주기적으로 호르몬이 분비된다. 이 호르몬에 의해 자궁내막은 수정된 배아가 착상될 수 있도록 두꺼워진다.

이때, 배란된 난자가 정자와 수정되어 착상까지 이루어지면 임신인 거고, 그렇지 않다면 두꺼워진 자궁내막이 저절로 탈락하며 출혈이 생기게 되는데 그게 곧 생리다.

생리가 시작되고 3일째 되는 날이었다. 예약한 진료 시간은 아홉 시지만 그건 아무 의미가 없다. 토요일이라는 것을 감안해 삼십 분 일찍 병원에 도착했으나 다들 어쩜 이렇게들 부지런한지. 내 앞에 대기자가 무려 열두 명이었다. 꼭 주말이라서 이런 건 아니다. 평일에도 이만큼의 대기는 얼마든지 가능한 곳이 바로 난임 병원이니까. 난임 병원에서의 예약 시간이란, 그 시간대에 진료 가능한 인원에 내가 들어가냐 아니냐 정도라고 할 수 있지 않을까.

공식적인 난임 부부 타이틀을 달기 전 직장 생활을 하면서 병원에 다니던 때가 떠올랐다. 병원 가는 날을 내 스케줄에 맞춰 정할 수 있는 것이 아니었고, 길어지는 대기 또한 내 의지로 해결할 수 있는 부분이 아니었다. 출근의 압박이 없는 지금이야 기다리는 시간이 그저 지루할 뿐이지만, 진료를 마치고 출근을 해야 하는 그 시절 나의 대기시간은 일 분이 십 분처럼 느껴졌다. 그때가 아니라 지금 이렇게 병원을 다니게 된 것에 새삼스레 감사하기까지 하다. 선생님의 시술까지 겹치게 되어 접수 후 무려 두 시간 삼십 분을 기다리고 드디어 내 차례가 되었다.

3일째 치고는 생리 양이 좀 애매하긴 했다. 아니나 다를까 날짜나 출혈 형태로 봐서는 만에 하나 착상혈일 수도 있다고 해 소변검사를 했지만 역시나 선명하고 단호한 한 줄이다. 초음파로 확인해 보니 오른쪽에 자라있던 난포는 사라졌고 자궁내막은 아직 두꺼운 상태다. 2,3일 내로 생리가 쏟아질 것으로 보인다며 그때 다시 확인하기로 하고 진료실을 나왔다.

계단을 내려오는데 그만 주르륵 눈물이 흘러버렸다. 맙소사. 시험관 시술을 시작할 생각을 했으면서도 테스트기를 받아 들고 소변검사 후 결과를 기다리는 그 짧은 순간에 나도 모르게 기대를 했나 보다. 지금껏 두 줄은 본 적도 없었으면서 도대체 뭘 기대한 걸까. 아니라는 걸 알고는 있었지만 막상 선명한 한 줄을 마주하고 나니 마음엔 서늘한 바람이 불어왔다. 임신이면 두 줄이 나오는 게 맞기는 한 걸까. 드라마나 온라인 속에서 보았던 선명한 두 줄이 있는 테스트기가 과연 현실 속에서도 존재하는 게 맞나. 임신을 확인하러 간 것도 아니었으면서 막상 아니라는 걸 소변으로 한 번 확인하고, 초음파로 한 번 더 확인하고 나니 밀려오는 실망감은 이루 말할 수가 없었다. 내 눈치를 보며 기분을 맞추려 애쓰는 남편을 보기에 미안하기도 하고, 그러지 말아야지 다짐하면서도 좀처럼 잡히지 않는 마음에 속이 상했다.

진료를 본 그날, 선생님 표현대로 쏟아지기 시작했다. 최근 몇 년간은 생리통이 있어도 힘들 정도는 아니었는데 이번엔 정말 눈물을 쏙 뺄 정도로 통증이 심해 주말 내내 고생을 했다. 진료실 문을 열고 들어간 나를 본 선생님의 눈썹은 시옷이 되어 '생리통으로 많이 힘드시냐'는 걱정의 말을 '안녕하세요' 대신 인사로 할 정도로.

누가 봐도 생리가 맞았지만 정확한 확인을 해야만 했다. 확인을 위해선 비록 생리 중이어도 초음파 검사는 피할 수가 없다. 왜 이런 검사는 배로 볼 수가 없는 걸까(아무리 내 뱃살이 많아도 차라리 배가 낫다). 속옷을 벗고 의자에 앉아 다리를 걸친다. 말 그대로 굴욕 의자. "넌 내게 모욕감을 줬어"라는 유명한 영화 대사도 있지. 이 의자는 존재만으로 그러하다. 정말 너무나 굴욕적이고 수치스럽지만 그렇다고 진료를 보지 않을 수도 없는 노릇이었다. 마음속으로 이거 하기 싫어서라도 하루빨리 임신을 해야겠다는 생각을 해본다. 물론 내 뜻대로 되는 일이었다면 여기까지 오지도 않았겠지만.

두꺼웠던 내막은 본격적으로 생리가 시작되며 얇아져 있었다. 선생님은 이식하는 자리가 어디인지 설명하시면서 이식을 위한 자궁의 깊이와 길을 확인하기 위해 또 다른 검사가 필요하다고 했다. 아플 거라고 미리 말씀은 해주셨는데, 와…. 진짜 너무 아프다. 아프다는 말을 할 수 없을 정도로 아프다. 선생님은 어지러울 수 있으니 좀 더 앉아있다가 천천히 일어나라고 친절을 베풀어 주셨지만 차마 생리 양이 많은 3일 차에, 그 자세로, 그 의자에 넋 놓고 앉아있을 수가 없어 성급히 일어났다. 순간 다리에 힘이 풀렸다.

진료비를 수납하고 주사실에 가서는 두꺼운 펜처럼 생긴 주사를 받았다. 주사실 간호사 선생님은 어떻게 용량을 맞추고 어떻게 주사를 놓아야 하는지 설명하면서 두꺼운 내 뱃살을 아무렇지 않게 잡았다. 생각해 보면 "자, 괜찮으시다면 제가 당신의 뱃살을 좀 잡아도 될까요?"라고 묻는 것도 이상하지만…. 그래도 그렇지. 세상에나. 지금껏 살면서 이렇게 생판 모르는 사람에게 내 뱃살을 내보이고 잡힌 적이 있던가. 하물며 살 부비고 사는 남편에게도, 나를 낳아준 엄마에게마저도 내 뱃살을 이렇게 잡도록 허락한 적이 없는데 말이다. 차라리 엉덩이를 깠더라면 내 눈에 보이지라도 않지, 엉덩이가 아닌 배에 주사를 맞아야 하는 나는 주사의 두려움보다도 뱃살을 드러내고 잡혀야 한다는 사실이 몹시도 당혹스럽고 부끄러웠다. 숨을 크게 들이마시고는 다시 제대로 뱉을 수가 없었다. 처음 주사를 마주한 긴장감도 물론 있었지만, 부끄러운 마음이 적어도 7할 이상으로 컸기 때문이다.

설명은 끝났다. 이제는 실전이다. 간호사 선생님이 지켜보는 앞에서 내가 직접 내 배를 잡고 배운 그대로 주삿바늘을 배에 찔러 넣었다. 몸속으로 약을 넣고 오 초간 기다린다. 살면서 자기 몸에 직접 바늘을 찔러 넣는 사람이 몇이나 될까. 누군가는 한순간의 실수로 임신이 되었다던데, 나는 왜 그 누군가가 될 수 없고 이렇게까지 해야만 하는 걸까. 당장 죽고 사는 문제도 아닌데 정말 이렇게까지 하는 게 맞는 걸까. 지금이라도 그만둘까. 짧은 오 초 동안 내 속에선 너무도 많은 내가 속삭인다. 어느덧 오 초는 지났고 배에 찔러 넣었던 바늘을 뺐다. 바늘이 두껍거나 긴 것도 아니고 배에 살도 차고 넘치게 많아서인지, 아니면 그저 긴장을 많이 한 덕인지 별로 아픈지도 몰랐다. 다만, 내가 직접 내 배에 주사를 놓아야 한다는 그

사실이 나를 힘들게 했다.

　소독솜으로 바늘이 빠져나간 자리를 눌렀다. 수치심과 부끄러움과 자괴감과 말로는 차마 다 설명할 수 없는 감정들에 겹겹이 둘러싸였다. 마음을 고쳐먹어야지 이래서는 안 되겠다. 전국에 난임 부부가 무려 20만 명이라고 하지 않나. 난 그저 20만 명 중 하나일 뿐이다. 그러니 심각해지지 말자고. 가볍게 생각하자고. 이까짓 거 별거 아니라고. 할 수 있는 긍정의 생각들을 있는 대로 다 끌어모았다. 그래야만 제대로 시작할 수 있을 것 같았다.

　웃자. 시작할 수 있는 것에 감사하자. 오늘부터 정말 1일이야. 쉽진 않겠지만 어디 한번 잘해보자.

추어탕이라는 허들

아버지는 추어탕을 참 좋아하신다. 그건 내가 어릴 적부터 지금까지 변함이 없다. 아버지가 좋아하는 음식이다 보니 엄마는 집에서 참 자주도 끓이셨더랬지. 모든 메뉴는 아버지 중심이었으니까. 어디 그게 추어탕뿐이었을까. 고기보다는 생선을 좋아하시는 덕에 생선을 자주 먹었던 기억은 있지만, 집에서 고기를 먹었던 기억은 딱히 없다. 그렇다고 외식을 했던 기억도 특별히 없고. 물론 거기에 불만을 가진 적은 단 한 번도 없었다.

힘 좋게 움직이는 미꾸라지를 시장에서 사와 커다란 양푼에 넣고 소금을 한 움큼 집어넣은 후 뚜껑을 덮으면 미꾸라지들은 제발 살려달라고 괴로움에 몸부림친다. 얼마간의 시간이 지나 거품이 가득 올라오고 미꾸라지가 다 죽고 나면 엄마는 그 미꾸라지를 씻어 추어탕을 끓였다.

추어탕이 싫었다. 추어탕을 끓일 때 나는 그 냄새마저도 싫었다. 집집마다 끓이는 방식이 다르다고 하던데 엄마는 늘 깻잎과 들깨를 가득 넣고 칼칼하게 끓였다. 추어탕을 끓이는 날이면 집에 있는 것 자체가 고역이었다. 그 와중에 추어탕은 왜 또 그렇게 매번 큰 솥으로 끓이는 건지. 밥상에 추어탕이 올라오는 날은 몇 날 며칠이 이어졌고, 그동안 나는 밥을 어떻게 먹었는지 모르겠다. 아버지는 추어탕을 좋아하시니 말할 것도 없고, 오빠는 좋아한다기보다는 아마 별다른 거부감 없이 '그냥 먹는' 쪽이었겠지만 난 그 '그냥 먹는' 게 잘 안되었다. 그건 다 큰 어른이 되어서도 마찬가지였다.

한번은 맹장 수술한 나를, 어떤 선배가 몸보신시켜 주겠다며 불러냈다. 고마운 마음에 나섰는데 거기는 다름 아닌 추어탕 집이었다. '못 먹어요. 안 먹어요.' 차마 말하지 못했고 꾸역꾸역 먹다가 반 이상을 남겼던 기억이 있다. 음식에 진심이지만, 나에게 있어 추어탕은 늘 선택 가능한 영역이 아니었다.

본격적으로 병원에 다니며 시술을 준비하면서는 소위 말하는 '카더라'에 한없이 빠져들고 말았다. 과학적인 근거가 있고 없고를 떠나 좋다는 건 꼭 해야 할 것만 같았고, 반대로 좋지 않다는 건 최대한 멀리해야 할 것 같았다. 문제는 바로, 시술할 때 추어탕만큼 좋은 게 없다는 거였다. 난관 봉착이라는 건 바로 이런 걸 의미하는 거였구나. 임신이라는 레이스에 이제 막 첫발을 딛게 되었는데 이렇게도 난이도 최상급의 허들을 만나게 될 줄이야.

동의보감에도 기록되어 있을 정도로 추어탕은 원기 회복에 도움이 되는 음식이라고 한다. 어느 기록에는 수태탕 역할을 했다고도 하고. 예로부터 아이가 안 들어서면 양반가에서는 아랫사람을 시켜 저잣거리에서 추어탕을 사다 며느리에게 먹였다나 뭐라나. 게다가 미꾸라지와 들깨의 조합이면 단백질과 비타민E의 집합체로 볼 수도 있으니 묻고 따지지도 않고 좋다는 얘기다. 그런데 그건 좋은 단백질 섭취가 힘들던, 말하자면 먹고 살기 힘든 시절의 이야기다.

고단백 음식이 착상에 도움이 된다는 것 때문인데, 사실 그건 추어탕이 아닌 다른 음식으로 대체해도 되는 거였고, 굳이 먹지 않아도 전혀 문제 될 것은 없었지만 사람 마음이라는 게 참 그렇다. 남들이 다 하는 거라면, 남들이 좋다는 거라면 어쩐지 나도 해야 할 것 같고 혹시라도 성공으로 가는 길에 1퍼센트의 도움이라도 된다면 기어코 해야만 할 것 같은 느낌적인 느낌이랄까. 1퍼센트의 플러스를 버리고 갈 수는 없었다.

더구나 음식이라는 건 내가 마음먹기에 따라 이겨낼 수 있는 문제가 아닌가. 이겨내야만 했다. 알레르기가 있어 목숨이 위태롭거나 몸이 간지러워 괴로운 상황이 아니라면 세상에 먹지 못할 음식은 없다. 그저, 먹지 않을 뿐이다.

남편은 음식 앞에서 나보다 한참 열려있는 사람이다. 게다가 추어탕은 남편이 좋아하는 음식 중 하나다. 안 그래도 그동안 나에게 한두 번 권했었지만 내가 단호하게 거절해 더 이상 꺼내지 않는 음식이기도 했다.

남편에게 추어탕에 대한 고민을 꺼내니 아주 간단하게 답을 내놓았다. 결혼 전부터 친구와 즐겨 가는 곳 중 속 편한 음식이 먹고 싶을 때 찾는 추어탕 집이 있다고 했다. 곱게 갈아서 요리하는 거라 입에서 느껴지는 불편함은 없을 거라고. 나처럼 추어탕을 먹지 않는 사람을 위한 메뉴도 있으니 일단 가보고 안 되겠다 싶으면 다른 걸 먹으면 된다면서.

"뭘 고민해, 일단 도전해 보고 안 되겠으면 마는 거지. 어려운 거 아니잖아. 쉽게 생각해."

심각한 나와는 달리 그는 명쾌했다.

가정집을 개조한 그곳은 어쩐지 외관부터 맛집이었다. 넓지 않은 주차장은 이미 만차였고, 근처의 골목에도 테트리스

하듯 주차가 되어 있었다. 차에서 내려 문을 열고 안으로 들어갈 땐 심호흡을 했던 것도 같다. 추어탕 그게 뭐라고 마치 전쟁터에 나가는 것처럼 비장한 마음 까지 들었다.

드디어 주문한 추어탕이 나왔다. 남편을 따라 다진 마늘을 듬뿍 넣었고 그 와중에 내 취향대로 청양고추도 듬뿍 넣고 한입 먹었는데…. 응? 내가 기억하는 맛이 아니다. 나를 힘들게 하던 맛이 아니다. 그러고 보니 추어탕 집인데, 지금도 오픈된 주방에서는 추어탕이 계속해서 끓여지고 있는데, 여기저기 테이블 위엔 추어탕이 가득인데, 한순간도 내가 기억하던 추어탕의 냄새가 나지 않았다.

"어때?"

남편이 내 눈치를 살핀다.

"뭐, 나쁘지 않네."

시큰둥한 대답과는 달리 손에 쥐고 있는 숟가락엔 추어탕이 가득 떠져 있었다.

추어탕이라면 고개를 젓던 사람이 맞나 싶을 정도로 아주 맛있게 먹었다. 심지어 마지막 한 입도 놓치지 않겠다는 마음이었는지 뚝배기를 세워 남김없이 다 먹고 말았다. 그날 이후 추어탕은 시술 주기에 따라 우리 집 냉장고에 가득 찼다 사라지곤 했다.

살다 보면 입맛이 변하는 건 자주 있는 일이다. 그게 어디 추어탕뿐일까. 어릴 적엔 버섯의 그 물컹한 식감이 너무 싫어서 입에는 대지도 않았고, 밥에 콩이 들어가면 식구들의 잔소리에도 아랑곳하지 않고 밥그릇 밖으로 콩을 빼내기 바빴으며, 샴푸 맛 나는 고수를 왜 먹는지도 이해할 수 없었던 나였다. 지금이야 버섯은 애정해 마지않는 식재료이며, 콩밥은 물론 콩국수도 좋아해 집에서 콩물을 만들어 먹는 정도이다. 고수는 또 어떻고. 외식을 즐겨하지 않는 우리가 동네에서 그나마 가장 자주 가는 곳이 쌀국숫집이다. 그곳에는 고수가 산처럼 쌓여 있어 얼마든지 갖다 먹을 수 있기 때문이다. 심지어 가끔 동네 마트에서 고수를 사와 쌀국수에도 넣고 샐러드에도 샌드위치에도 넣어 먹곤 한다.

이렇게 과거엔 먹지 않았던 음식을 먹게 되었다는 것은 그리 놀라운 일은 아니지만, 추어탕은 내게 의미가 좀 남다르다. 난임 레이스의 첫 시작으로 어렵게 허들을 넘으며 먹게 된 추어탕이지만 레이스를 마치고 트랙을 빠져나온 지금도 추어탕은 가끔 찾는 음식이 되었다. 적다 보니 입 안에 침이 고이는 것 같다. 아무래도 조만간 추어탕을 마주하고 있을지도 모르겠다.

그리고 이건 비밀인데, 어릴 적 기억 때문인지 집에서 엄마가 끓이는 추어탕이라는 허들은 아직 넘지 못했다. 엄마 미안.

꿈, 내게도 이런 날이 오는구나

난 굉장한 고통 속에서 아이를 낳았고,

그 아이는 아들이었다.

그래도 진통을 오래 하지는 않아 다행이라고 생각했다.

서운하게도 남편은 일 때문에 자리에 없었다.

그래도 괜찮았다.

그 와중에 오히려 '내게도 이런 날이 오는구나' 싶어

감격스러웠다.

꿈을 꿨다.

꿈인지도 모르게 꾼 꿈.

알람 소리에 놀라 눈을 뜨고는 기가 찼다.

이젠 하다 하다 이런 꿈을 다 꾸는구나.

출근 준비를 하는 남편에게 지난밤의 생생했던 꿈 이야기를 농담처럼 건넸다.

남편은 이러다 상상임신까지 하게 되는 건 아니냐며 마찬가지로 농담을 했고, 우린 마주 보고 웃었지만 이내 둘 다 말이 없어졌다.

이것 또한 지나가리라.

그 끝엔 뭐가 있을지 아무도 모르지만,

결국은 다 지나가리라.

기억을 위해 기록을 하기로 했다

내 주위에는 임신이 어려워 애를 먹는 가정은 없었다. 친오빠는 결혼하고 바로 큰 조카를 낳았고 2년 만에 둘째 조카를 낳았다. 남편의 누나, 시누이 역시 오빠와 비슷한 시기에 결혼을 하고 비슷한 시기에 두 조카를 낳았다. 주위 친구들 또한 다르지 않았기에 우리가 받아 든 결과는 조금은 낯설었다.

내가 아는 사람 중에 임신이 어려웠던 사람이 있었던가를 떠올려보았지만 딱히 떠오르는 사람이 없었다. 다만 남편의 친구 중에 결혼 연차는 꽤 되었어도 아이가 없고, 유산이 반복되는 친구가 있다고 했던 기억이 났다. 그 부부도 병원을 다니고 있을까. 붙잡고 여러 가지를 묻고 싶었다. 난임에 대해서. 난임부부가 되어 병원에 다니는 일에 대해서 아는 것이 하나도 없으니 구체적으로 뭘 물어봐야 할지도 몰랐지만 그냥 뭐라도 묻고 싶었다. 아무렇지 않게 임신을 하고 아이를 낳아 키우는 사람들 말고 정말 치열하게 그 과정을 겪었던, 지금도 마찬가지로 겪고 있는 사람들을 통해 듣고 싶었다. 그게 뭐라도 말이다. 그렇다고 겨우 얼굴 한두 번 본 남편의 친구 와이프에게 연락을 할 수는 없는 노릇이었다.

　오프라인에서는 내게 답을 줄 사람을 찾아볼 수가 없어 온라인 속을 헤맸다. 비록 아직 엄마는 아니지만 엄마들이 모여 있는 대형 커뮤니티에 들어가 보니 임신을 준비하는 사람들을 위한 게시판이 하나 마련되어 있었다. 거기엔 대부분 힘들다 괴롭다 네가 싫다 내가 싫다 등등 구체적이지 않은 감정을 뱉어내는 글이 가득했다. 임신 테스트기 사진을 올리고서 임신인지 아닌지 확인해 달라는 사람들도 있었는데 사실 이해하기 힘들었다. 힘든 마음을 토로하는 거야 그렇다 쳐도 임신 여부를 왜 사람들에게 묻는 거지. 테스트기를 봐도 잘 모르겠으면 병원에 가서 확인해야지 왜 온라인에 자신의 임신 테스트기 사진을 올려가며 묻고 있는지…. 그리고 누가 봐도 임신 같은 두 줄이 보이지 않는다면 그때는 안과 진료가 시급한 게 아닌가 의아했기 때문이다. 뭐, 가끔은 반대로 아무리 테스트기를 뚫어지게 쳐다보고 이렇게 째려보고 저렇게 째려봐도 보이지 않는 붉은 선이 보이냐고 묻는 경우도 있기는 했지만. 그만큼 간절하다는 거겠지. 없는 선을 보고 싶을 만큼.

누가 봐도 잘 보이는 붉은 두 줄을 재차 확인하고 싶은 마음도, 소싯적 매직아이 달인이라도 절대 볼 수 없는 붉은 결과 선을 보고 싶은 마음도 결국은 다 똑같은 마음이었을 거다. 바로 간절함. 그곳은 그런 간절함과 동시에 임신을 준비하며 요동치는 마음을 배출하기 위한 감정의 쓰레기통이었다.

내가 궁금했던 건 이런 게 아닌데. 매일 비슷한 글을 보고 있자니 어느새 내 마음이 쓰레기통이 되어가고 있는 것만 같았다. 결국엔 무엇이라도 답을…. 아니, 조금의 힌트라도 찾기 위해 찾아간 그곳을 빠져나올 수밖에 없었다.

어렵지 않게 병원은 예약했지만, 어떤 검사를 하는지 그 과정은 어떤지, 비용은 또 어느 정도 들어가게 되는지 등등 궁금한 것은 많았어도 관련 정보를 찾기가 쉽지는 않았다. 검색되는 블로그에 들어가 보아도 구체적인 내용을 확인할 수는 없었다. 찾아 들어간 블로그엔 다른 일상의 기록들은 비교적 상세했던 반면 시술에 관한 내용은 아는 사람만 알아볼 수 있는 정도였고, 그마저도 구체적이지 못했다. 왜일까. 병원 예약이 쉽지 않고 관련 커뮤니티에 하루에도 수십 수백 개의 글들이 쏟아짐에도 불구하고 주위에서는 임신이 어려운 사람들을 찾아보기가 어려운 이유. 검색했을 때 나타나는 블로그도 많지 않고 그마저도 공개된 정보는 한정적인 이유. 대체 뭘까. 어째서일까.

그제야 알았다. 사람들은 숨기고 싶어 했다. 임신이 어려워 병원에 다닌다고 하면, 대체 그게 왜 궁금한지 모르겠지만, 남편과 아내 중 어느 쪽의 문제인지를 묻는다. 더 나아가 걱정인 듯 아닌 듯 시험관을 하면 아픈 아이를 낳을 확률이 높다는 근거 없는 말을 보태기도 한다. 남 얘기하기 좋아하는 사람들은 우리가 생각했던 것보다 더 많고, 더 가까이에 있었던 거다. 그러니 숨길 수밖에. 마치 입양가정에서 입양 사실을 숨기고 싶어 하는 것처럼, 아이를 갖기 위해 병원에 다닌다는 사실을 숨기고 싶어 했던 것이다(물론, 지금은 그때와는 또 다르다는 걸 안다).

그렇게 드러내질 못하니 나를 감출 수 있는 온라인 카페에 기대어 매직아이를 하고, 감당하기 힘든 감정 버리기를 하는 것이 아닐까. 분명 나 말고도 어디선가 나처럼 조금의 힌트라도 찾고자 애쓰는 사람들이 있고, 그중 일부는 그와 같은 과정을 계속해서 반복하고 있을 것만 같았다. 뭐랄까, 어떤 하나의 커다랗고 벗어나기 힘든 악순환 같았달까.

생각 끝에, 기록을 하기로 했다. 그리고 그 기록을 숨기지 않기로 했다. 지나간 기억은 희미해지고 내 입맛에 맞게 옷을 입는다. 때문에 같은 시간 같은 상황에 있었다 해도 나의 기억과 너의 기억이 다른 모습을 하는 경우들이 있으며 내 기억마저도 한결같지 않을 수가 있다.

언젠가 오래전 싸이월드에 적었던 글을 다시 읽었을 때 대체 무슨 마음으로 적은 글인지를 못 알아봤던 적이 있었다. 처했던 상황과 내 감정에 솔직한 기록이 아니라면 내가 적었어도 대체 무슨 말인지 알아볼 수 없다. 시간이 흘러 언젠가 지금을 돌이켜 봤을 때 의도치 않게 제멋대로 입혀진 옷을 입은 기억을 갖고 싶지는 않았다. 그래서 제대로 된 기억을 하기 위한 기록을 남기기로 했다. 비록 괴로운 시간 속에 정답이 없이 오답만 가득한 노트일 뿐이라도, 그렇게 적은 나의 오답 노트가 나는 물론이거니와 나와 같은 사람들에게 조금이나마 유용할 수 있다면 그건 또 그 나름대로 의미가 있을 거라고 믿어 보기로 했다.

과배란 주사에서 채취까지

✚ 과배란 주사 5일 차

초음파를 확인해 보니 양쪽 난소에서 난포가 자라고 있다. 아직은 주사를 맞기 시작하고 며칠 지나지 않아 난포 사이즈도 작고 앞으로 몇 개가 더 자라게 될지는 조금 더 지켜봐야 알 수 있다. 이 난포들이 20밀리미터 정도가 될 때까지 열심히 키워야 한다. 그리고 주사가 바뀌었다. 처음에 받았던 펜처럼 생긴 주사는 그저 다이얼만 돌려 용량을 맞추는 게 전부였는데(고날에프펜), 새롭게 바뀐 주사는 가루와 주사액을 직접 섞어야 한다(IVFM HP). 섞는 모습을 배우는 나의 동공이 사정없이 흔들렸는지 주사실 선생님은 짜증 한 번 내지 않고 몇 번이고 반복해서 설명해 주신다. 집에서 연습할 수 있는 연습용 병을 챙겨주시기도 했다. 그분들에게는 매일 반복되는 일상일지라도 내게는 낯선 첫 경험이고, 그런 작은 배려에 경직

된 마음이 조금은 풀리기도 한다.

✚ 과배란 주사 8일 차

주사 맞는 날이 길어지고 난포가 자라면서 아랫배는 조금씩 더 뻐근해지고 있다. 역시나 난포는 개수도 많아지고 크기도 제법 자랐다. 그러나 지금쯤이면 13밀리미터 정도는 자라있어야 할 난포가 11밀리미터 정도밖에 안 된다. 나는 생리 주기가 긴 편인데, 그런 경우에는 주사를 쓰더라도 자라는 속도가 다소 더딜 수 있으니 걱정할 문제는 아니라고 했다. 상태로 봐서는 1주일 후 채취할 수 있을 것으로 보이지만 조금 더 자세한 일정은 3일 후 다시 확인하기로 했다. 9일 차부터는 난포를 키우는 주사는 물론, 혹시 모를 배란을 막기 위한 주사를 함께 맞게 될 것이다(세트로타이드주). 조기 배란 억제 주사도 현재 맞고 있는 주사와 마찬가지로 직접 가루와 주사액을 섞어서 맞아야 한다. 한 번 주사를 맞을 때 주사가 두 대인 것도, 약병이 네 개인 것도 아무것도 아니었다. 나를 긴장시킨 건 바늘 길이인데 길어도 너무 길다. 그래서인지 배에서 직각인 90°가 아니라 측면인 45°로 기울여서 찔러야 한다고. 하.

과배란 주사는 주사 맞은 부위가 찌릿하고 뻐근하다면 조기 배란 억제제는 간지러울 수 있다고 했다. 만에 하나 간지러우면 긁지 말고 살짝 차갑게 냉찜질을 해도 좋다고 나와 이름이 같은 주사실의 선생님이 웃으며 알려주신다. 선생님의 웃는 얼굴을 보는 나도 그만 웃음이 나왔다. 웃고 있는데 왜 자꾸 입술이 마르는 거죠, 선생님?

✚ 과배란 주사 10일 차

난포가 잘 자라고 있다는 신호인지 배가 너무나 아팠다. 갑자기 아랫배(팬티 라인)를 콕 찌르는 것 같더니 이제는 숨 쉴 때마다 아랫배 전체가 송곳 같은 꼬챙이가 배를 긁는 것 같은 느낌이다. 앉아있으면 아랫배가 눌리는 듯해서 도저히 똑바로 앉을 수가 없다. 오히려 서 있을 때가 그나마 편한 기분이랄까. 그렇다고 종일 서서 생활할 수도 없는 노릇이고…. 이거 참 꽉 난감하다. 이렇게도 저렇게도 편한 자세를 잡지 못하는 나를 보다 못한 남편이 진통제라도 먹으라며 약을 들이밀었다. 먹지 않고 버텨보겠다고 말하다가 거의 입에 욱여넣는 바람에 먹고 말았는데, 약을 먹고 나니 얼마 지나지 않아 그렇게 날 힘들게 하는 통증이 잦아들더라. 이게 뭐라고 기를 쓰고 그렇게 버틴 걸까.

담당 선생님도 힘들면 진통제를 먹어도 괜찮다고 하셨지만, 어쩐지 먹고 싶지 않았다. 모든 약에는 부작용이 따르는 법이니까 조금이라도 좋지 않은 영향을 미칠까 봐 조심하고 싶었다. 그냥 그런 마음뿐이었다. 이 마음은 남편에게도 차마 말하지 못했다. 언젠가 다큐멘터리에서 보았던 17차에 성공했다는 분은 대체 그 시간을 어떻게 견딘 걸까. 안타깝게도 약효는 오래 가지 못했고, 아랫배 통증에 이어 엉덩이와 골반, 허리까지 아파 왔다. 채취가 이 괴로움의 끝은 아닐 테고 어쩌면 그 이후 더 다양한 증상이 기다리고 있을 수도 있겠지. 그래도 일단은 하루라도 빨리 채취를 했으면 좋겠다는 생각을 떨칠 수 없었다. 그만큼 지금이 너무 힘들다.

✛ 과배란 주사 11일 차

난포는 16밀리미터로 잘 자라고 있다. 유독 오른쪽 배가 많이 아프더라니 오른쪽 난소에서 자라는 난포 개수가 더 많다고 한다. 오른쪽에서 56개, 왼쪽에서 24개 정도가 크게 자라고 있고 그 외 작은 것들이 몇 개 더 있다고. 문제는, 지금 자궁 안에 자리한 근종 위쪽으로 난포가 자라고 있어서 채취할 때 근종을 뚫어야 할 수 있다는 거였다. 그러네, 잊고 있었네. 내게는 지긋지긋한 근종이 있었지.

보통 수면 마취를 하면 몸이 완전히 이완되면서 난포가 내려오기는 하지만, 만약 그렇지 않다면 바늘로 뚫어야 한다. 자궁은 뚫으면 뚫리지만 근종은 딱딱해서 뚫리지 않을 수 있고, 그럴 경우엔 근종 위로 위치한 난포는 채취가 불가한 상황이 발생 될 수 있다는 것. 보통은 채취 후 집에 가서 24시간 안정을 취하고 누워있으면 괜찮지만, 자궁이나 근종을 뚫게 되면 재출혈이 발생할 가능성이 있다. 그건 복강 내 출혈이라 정말 응급한 상황으로 수술을 해야 할 수도 있다는 얘기다. 그런 위급 상황을 대비해 관찰이 필요하므로 채취 후 귀가가 아닌 입원을 해야만 한다. 선생님은 미소는 잃지 않았지만 그 어느 때보다 진지하게 설명을 하셨다. 하나부터 열까지 무서운 말들 투성이다. 안 그래도 쉽지 않은 이 길에 어쩜 이렇게도 넘어야 할 산이 많은 걸까.

✙ 과배란 주사 13일 차

주말이라 조금 서둘러 병원에 갔다. 여덟 시부터 진료 시작이지만 내가 도착한 일곱 시 사십 분에 이미 대기석은 만석이다. 심지어 진료실 불도 아직 켜지지도 않았고, 담당 간호사 선생님도 나오지 않았다. 불 꺼진 진료실 앞에 대기하는 사람들은 이른 시간임에도 불구하고 종일 격무에 시달리다 퇴근하는 사람들처럼 모두 지쳐 보였고, 생기 없이 가라앉은 거대한 하나의 덩어리 같아 보였다. 십 분쯤 지나니 어두웠던 진료실에 불이 켜지고 간호사 선생님들이 진료실 앞으로 나왔다. 공기부터 달라졌다. 뭔가 분주해지기 시작했다.

가장 큰 난포가 20밀리미터. 이틀 후인 월요일에 채취하게 될 것으로 보인다. 언젠가 월요일에 채취를 하게 된다면 남편이 오기 힘들 수 있다는 말을 했던 적이 있다. 그걸 기억한 선생님이 화요일까지 기다리면 이미 자란 난포가 채취하기도 전에 배란될 확률이 매우 높다며 걱정을 하신다. 다행히 남편의 스케줄은 조정할 수 있었고, 월요일에 무리 없이 채취 예약을 잡을 수 있었다. '그건 네 사정이고, 난 몰라' 할 수 있었을 텐데 나도 잊고 있던 남편의 스케줄까지 기억하고 신경 써 주시는 모습에 안 그래도 기본값으로 갖고 있던 감사한 마음이 마구 샘솟아 배가 되었다.

더 이상 과배란 주사를 맞을 필요는 없다. 당장 오늘 저녁 아홉 시에 난포 터지는 주사(IVFC)를 맞아야 하는데 집이 병원과 멀지 않으니 병원으로 나오기로 했고, 선생님은 일어나 진료실을 나가려는 내게 채취하는 날 입원 준비도 하고 오라고 한 번 더 강조해서 얘기하셨다.

✚ 채취

전날 밤 열두 시부터 물도 허락되지 않는 금식을 했고, 병원에 도착해서 이름 확인 후 남편은 남편대로, 나는 또 나대로 각자의 채취실로 이동했다. 하의 탈의 후 가운을 걸친 채 팔에 바늘을 꽂고 진통제를 맞았다. 진통제를 이렇게 먼저 맞는다는 건 채취 후가 그만큼 아프다는 얘기겠지. 자꾸만 손이 시리고 입이 바짝 마른다. 이후 개별적으로 분리된 방에서 대기를 하다가 드디어 채취실로 들어갔다. 채취용 의자에 앉아 마취과 선생님과 인사하고 뒤이어 내 담당 선생님과도 인사를 했다. 수면 마취를 위해 마스크가 내 얼굴 위로 올라오고 숨을 크게 들이쉬고 내쉬라는 말을 따라 스읍 크게 숨을 쉬었다. 들이마신 숨에 밀려 나오듯 그만 눈물이 새어 나와 흐르고 말았다. 고백하자면 나란 사람은 웃음도 많고 못지않게 눈물도 많은 사람이다. 그래도 대체 이 타이밍에 왜 눈물이 나는 건지 알다가도 모를 일이다.

긴장되고 두려웠던 거겠지. 병원의 도움을 받아보자고 마음먹었던 순간부터 주사를 맞고 지금 이렇게 누워있는 순간까지의 장면들이 촤라락 머릿속에 펼쳐졌던 거겠지. 물론 다 헤아려보기도 전에 레드썬…. 정신을 잃고 말았지만.

정신을 차려보니 회복실이었다. 일어나 앉을 엄두는 안 나고 좀 추웠던 것으로 기억한다. 내 옆에 있던 분도 춥다고 이

불 하나 더 달라고 하는 것으로 보아 나만 추웠던 건 아니었나 보다. 아무래도 마취가 풀리며 한기가 올라온 게 아니었을까.

선생님이 회복실로 와 채취 결과를 알려주신다. 열세 개가 채취되었다. 수면 마취 후 몸이 이완되면서 근종 위에 자리했던 난포들이 아래로 내려와 다행히 근종을 뚫지는 않았지만, 아직 출혈의 위험은 있으니 예정대로 입원해서 지켜보는 것이 좋을 것 같다고 했다. 배가 많이 당긴다고 말하니 침대에 누운 채 채취실로 다시 이동했다. 지혈을 위해 질 속에 삽입되어 있던 거즈를 빼고 초음파를 보았다. 약간의 피고임이 있기는 하지만 걱정할 정도는 아니었다. 다만, 복압이 올라가면 위험할 수 있다면서 모쪼록 크게 웃지 않게 조심하라고 했다. 24시간 절대적으로 침상 안정을 해야 한다는 당부의 말을 몇 번이고 반복해서 듣고 또 들었다.

3일 동안 배양 후 이식 예정이며 이식과 관련된 정확한 일정은 2일 후 연락을 주겠다고 했다. 이식 전까지 내가 해야 할 일과 할 수 있는 일은 무엇일까. 그건 잘 모르겠어도 일단, 한고비를 넘긴 기분이다. 입원실로 올라가기 위해 채취실 밖으로 나왔을 때 기다림에 지친 남편이 보였다. 반나절 사이 폭삭 늙어버린 그 모습에 웃음이 나오면서도 안쓰러웠고, 그의 퀭한 얼굴에서마저도 나는 안도감을 느꼈다.

탈수록 지치기만 하는 감정의 롤러코스터

내게서 채취한 난자를 남편에게서 채취한 정자와 수정시킨다. 그 수정란인 배아를 3일간 배양하고 이식하는 것이 일반적이라지만, 나는 5일 동안 배양을 하게 되었다. 수정된 배아의 세포분열 상태에 따라 그 차이가 짧게는 2일에서 길게는 6,7일까지도 날 수 있다는 것, 그 가운데 5일 배양의 경우 이식 후 착상될 가능성이 비교적 높다는 것을 지금은 알고 있다. 그러나 당시의 나는 전혀 알 길이 없었다. 어디에서도 이런 것에 대해 정확한 설명을 해주는 사람이 없었기 때문이다. 학교 다닐 때 수포자였던 내게도 그저 무겁고 두껍기는 하지만 때로는 베고 잘 수라도 있던 《수학의 정석》은 있었다. 만약 지금 내 앞에 마주한 일들과 관련된 정석이 있다면 상하권을 다 합한 두께라 하더라도 토씨 하나 빠뜨리지 않고 읽고 또 읽어가며 공부를 할 텐데. 학창 시절의 나는 비록 수포자였지만 임신을 준비하는 지금의 나는 열혈 수험생과 다르지 않으니까. 난임 생활을 헤쳐 나가는 데도 정석은 필요하다.

시험관 시술을 하고 임신을 하는 건 고작 30퍼센트 확률일 뿐이라고 했다. 그리고 첫 번째 시술에서 임신에 성공하는 것은 로또라고들 하더라. 로또라니. 무슨 임신을 복권에 비교해. 그렇다면 굳이 이렇게 애쓰지 않고 손만 잡고 잤는데도 임신을 했다는 사람들은 금수저를 물고 태어나기라도 했다는 거야? 괜스레 대상도 없이 화가 나고, 쓸데없이 억울하다. 그러다가 또 언제 그랬냐는 듯 내 인생에 복권 운이 있다면 이번에 아주 제대로 맞고 싶다는 생각을 하다가 이내 쓸데없는 생각 하지 말자고 스스로를 다그쳤다. 그렇게 매시간, 매 순간 나의 감정은 롤러코스터를 타고 있었다. 정말 롤러코스터를 타는 거라면 재미라도 있지. 감정의 롤러코스터는 탈수록 지치기만 한다.

호르몬의 영향 때문인지 그저 심리적인 요인 때문인지 채취 후 이식을 기다리면서 마음은 내내 불안했다. 아예 채취도 하지 못하거나 채취 후 복수가 차 응급실에 가는 경우도 있다는 걸 알고는 감사한 마음이 들었다. 그래도 열세 개가 채취

되었고, 컨디션을 관찰하기 위해 고작 하루 입원했을 뿐이니까. 산 넘어 산이라고, 채취 후 이식이 어려운 경우가 생길 수도 있다는 얘기에 혹여 내게도 그런 일이 생기는 게 아닌가 하고 다시 또 불안감이 되살아나 버렸지만. 5일 배양이라는 얘기를 들은 후엔 마치 당장 임신이라도 한 것처럼 좋았다가 괜히 설레발치다가는 될 것도 안 된다며 나를 질책했다. 그러는 사이 컵을 깨기도 하고 뜨거운 물에 손을 데기도 하면서 아무리 평정심을 유지하려 애써도 기분은 아래로 아래로 자꾸 아래로 내려가기만 했다. 급기야 이식 전날엔 들고 있던 음료를 바닥에 쏟았고, 쪼그려 앉아 닦아내던 순간 남편에게서 걸려온 전화가 촉매제가 되어 부글부글 보글보글 끓던 감정이 그만 넘쳐버리고 말았다.

요 며칠, 내 눈물샘은 어떻게 된 게 아무리 흘리고 닦아내도 24시간 만수 상태다. 단단히 문제가 생긴 게 틀림없다. 남편은 그저 나의 컨디션을 물었을 뿐인데…. "몸은 좀 어때?" 그 한마디가 나를 사정없이 흔들어 버렸다. 심플하지만 걱정이 가득한 목소리에 미안해지고, 출근해서도 나의 안부를 묻는 그의 마음이 고마웠다가, 이렇게 감정의 소용돌이에 휘말려 있는 내가 또 한없이 작게만 느껴졌다. 도대체 왜 이러는 거니, 정말. 마인드 컨트롤은 대체 어떻게 하는 거였더라.

난임, 기다림의 연속

느닷없이 찾아온 감기 기운 때문에 밤새 마스크를 쓰고 목에 스카프를 둘렀다. 다른 어느 때보다 컨디션에 더 신경을 썼는데 그게 좀 지나쳤는지 결과가 어째 이 모양이다. 과유불급. 옛말 틀린 거 하나 없다더니 역시나 그런 건가. 한겨울에도 감기에 잘 걸리지 않는 나였지만 아무짝에도 쓸모없는 평소에 건강한 나. 최상의 컨디션을 유지해도 모자랄 판에 하필 이럴 때 이럴 게 뭐람. 어쩐지 자꾸만 삐끗하는 것 같아 마음은 불안해지는데 그걸 또 겉으로 내색할 수도 없었다. 내색하고 나면 정말 그렇게 될 것 같아서. 삐끗하는 것 같은 마음이 그대로 현실이 되어버릴 것만 같아서.

병원으로부터 안내받은 이식 예정 시간은 오전 열한 시였지만, 채취한 날부터 그보다 빠른 오전 아홉 시에 프로게스테론 주사(슈게스트주)■를 맞아왔기 때문에 조금 서둘러 움직이기로 했다. 기다리더라도 병원에서 기다리자는 마음이었다. 주사 시간에 맞춰 병원으로 가 수납부터 한 후 주사를 맞았다.

항상 느끼는 거지만 역시나 난임은 기다림의 연속이다. 일반 진료 때도 그렇지만 이식하는 날도 예외가 아니다. 열한 시 예정으로 안내받았으나 이식 전에 다른 환자들의 채취가 늦어지면서 불가피하게 기다릴 수밖에 없었다. 이렇게 이식을 기다리는 나처럼, 진료실 앞에서도 그만큼 기다림이 길어지겠지.

시간이 얼마나 지났을까. 드디어 내 이름이 호명되었다. 5일 전 채취를 했던 곳으로 이번에는 이식을 하러 들어갔다. 담당 선생님은 채취했던 배아의 상태에 대해 브리핑을 해주신다. 총 열세 개의 배아 중 열두 개가 수정에 성공했다. 그 가운데 여덟 개가 배양에 성공하였고, 오늘 이식할 것은 상급 배아 두 개. 나머지 여섯 개는 하루쯤 더 지켜보고 냉동하게 될 것이라고 했다. 물론 그 여섯 개가 모두 냉동에 성공하는 것은

■ 프로게스테론 주사 : 배란 후 자궁내막을 두껍게 만들어 수정된 배아의 착상을 돕고 착상된 이후 자궁내막 두께를 유지해주는 역할. 임신 초기에 유산의 위험이 보일 경우 처방되기도 하며 '유산방지주사'로 불리기도 함.

아니지만 어쩐지 보험이 생긴 것처럼 든든한 기분이 들었다. 짧은 순간 머릿속에서는 여러 그림이 그려졌다. 이번에 성공을 한다면 냉동된 배아로 둘째를 준비해야지. 혹여 실패를 한다면 다음번엔 과배란 주사도 안 맞고 채취도 하지 않아도 되니 그것도 괜찮겠다는 뭐 그런. 첫 번째 그림이 가장 이상적이지만 어떤 그림이어도 나쁘진 않았다.

몇 번이고 이름을 확인한 후 이식을 하는데, 시작했나 싶은 순간 이식이 끝났다고 했다. 응? 벌써? 이식할 때 마취는 필요 없다더니 정말 눈 깜빡할 사이 끝나버렸다. 그동안 질 초음파에 익숙해져서인가 긴장은 했어도 아프진 않았다. 이식을 마친 선생님은 모니터를 내 쪽으로 돌렸고 여기 잘 보시라며 모니터의 한 부분을 가리켰다. 반짝이는 두 점이 보였다. 사실은 반짝반짝이 아니라 그저 깜빡깜빡이었을 테지만, 그 순간 초음파 화면은 까만 밤하늘이었고 깜빡이는 배아는 유난히 반짝이는 별이었다. 지금껏 산부인과에서 본 초음파라고는 근종이나 자궁내막만 보아와서인지, 그저 수정된 배아를 이식했을 뿐인데도 마치 아이를 품은 듯한 기분이었다.

어서 와. 반가워. 자리 잘 잡아줘. 잘 부탁해. 혀끝에서 맴돌던 그 말을 마음속에서만 수없이 되뇌었다. 할 수 있다면 밖에서 기다리고 있을 남편에게 이 화면을 그대로 보여주고 싶었다.

이식이 끝나고는 내 이름이 적힌 배아 사진을 받았는데 그동안 배아 사진을 본 적이 없으니 사진만으로는 세포분열이 잘 된 건지 알 수 없었다. 그저 상급이고 배양이 잘 되었다니 좋은 건가 보다 하는 정도일 뿐이었다. 비록 동그란 감자처럼 생긴 배아 사진일 뿐이어도 두 손으로 받아 가슴에 안았다. 조금 뭉클한 기분이 들기도 했다. 배아 상태가 괜찮으니 좋은 결과가 있을 거라는 선생님의 말씀에 뭉클했던 기분은 어느새 벅차올랐다. 감사하다고 연신 인사를 전했다.

눈물이 차올랐다. 이번만큼은 참아보려 했지만, 결국 차오른 눈물은 또 주르륵 흘러버리고 말았다. 이게 뭐라고. 정말 이게 뭐라고. 뭐든 처음이 어렵지 그다음부터는 쉽다지만, 그래도 그렇지. 한번 눈물샘이 열리고 나서는 어떻게 된 게 매번 그렇게 자동문처럼 손쓸 새도 없이 열릴 수가 있는 걸까. 심지어 그 자동문은 센서가 너무나 예민해져서 부끄러운 줄도 모르고 활짝 활짝 참 잘도 열린다.

한 시간쯤 누워있다가 이제는 집으로 가도 좋다는 말을 들었다. 눈을 뜨고 꿈을 꾼 기분으로 밖으로 나와 그제야 기다리고 있던 남편과 만날 수 있었다. 채취 때도 그랬듯이 기다리다 지쳐있는 모습을 보니 안쓰러우면서도 마음이 놓인다. 그리고 그날, 우리는 잘 먹고 힘내자는 마음으로 동네에서 가장 비싼 고깃집으로 가서 가장 비싼 고기를 먹었다. 아직도 기억한다. 우리가 어느 자리에 앉았는지, 고기를 구워 내 접시 위에 올려주는 남편의 손이 얼마나 조심스러웠는지, 그리고 고기를 받아먹는 나는 또 어땠었는지. 모든 행동 하나하나에서 비장함마저 느껴졌다고 해도 과언이 아니었을 그날의 우리를 아직도 생생하게 기억한다.

결과를 받기까지 1주일은 그 어느 때보다도 긴 시간이었다. 그동안 가끔씩 배가 콕콕거리는 것 말고는 이렇다 할 증상이랄 것도 없었고, 결과를 알게 되는 디데이가 다가오면서는 이상하게 마음이 놓였다. 아니. 놓였다는 말은 너무 의연한 표현이다. 어떻게 마음이 놓일 수가 있겠나. 마음이 놓였다고는 했지만 솔직하게는 반 포기 상태라고 하는 쪽이 맞을지도 모르겠다.

피검사 전날 밤. 자려고 누웠는데 남편이 조용히 말을 꺼낸다.

"어차피 확률이 30퍼센트밖에 안 된다잖아. 너무 큰 기대는 하지 말자. 그리고 혹시라도 결과가 좋지 않더라도 우리, 실망하지 말자."

기대했던 결과가 아니라면 나는 겨우겨우 붙잡고 있는 마음이 그대로 무너져버릴 거다. 그런 나를 보는 그 사람도 힘들 것을 알기에 마음 단단히 먹자는 의미로 던진 말이었겠지. 돌이켜 보면 그의 말은 내게 하는 것이었기도 하겠지만 스스로에게 하는 다짐과도 같은 말이었는지도 모른다. 누굴 향한 말이었건, 그 말을 들은 나는 아무 말도 할 수 없었고 입을 삐죽거리다 베개에 얼굴을 파묻었고 훌쩍이다 잠이 들었다. 아무리 반 포기 상태라고 했지만, 사실은 나머지 반의 기대가 컸던 거겠지. 그럴 수밖에 없잖아.

새벽. 화장실을 가서 소변을 보고 일어나는 데 붉은색 혈흔이 휴지에 묻어났다. 이제 와서 착상혈은 아닐 텐데. 뭐지. 착상에, 임신에 실패할 경우 피검사 전 생리를 하는 경우가 있다더니 온라인에서 보던 이야기가 바로 이런 걸 말하는 건가. 낮은 소리로 코를 골며 곤히 자는 남편을 깨워볼까 잠시 고민했지만 그런다고 달라질 건 없으니 머뭇거리다 일단 배를 쓰다듬으며 다시 누웠다.

아침이 되어 다시 화장실에 가 한 번 더 확인했다. 아니겠지. 새벽에 잠시 까꿍 하고 놀려준 것일 뿐, 언제 그랬냐는 듯 사라지지 않았을까 하는 기대는 처참히 무너졌다. 새벽과 마찬가지로 혈혼이 묻어났다. 새벽에는 불안한 마음이었다면 이제는 불안을 넘어선 좌절감에 가까웠다. 피검사건 뭐건 아무것도 하고 싶지 않았다. 그냥 이대로 사라져 버리고 싶었다. 이럴 줄 알았으면 임신 테스트기라도 좀 사다 놓을걸. 매일매일 하루를 나노 단위로 쪼개어 테스트기만 붙잡고 있을까 걱정되는 마음에 그나마 갖고 있던 것마저도 버렸던 걸 후회했다. 그렇게 나는 깊은 한숨을 숨기지 못했고, 그런 나를 보는 남편은 그래도 병원에 가서 확인해야 하지 않겠냐며 다독였다. 그 사람이라고 마음이 편했을까. 삐져나오는 한숨을 애써 꾹꾹 누르고 있다는 걸 알고 있었다. 그저 나와 박자 맞춰서 한숨 쉬지 않아 주는 게 고마웠다. 그래, 가보자.

다행히도 여섯 개의 배아 중 세 개가 냉동에 성공했다고 한다. 맞다. 내게는 보험 같은 냉동이 있었지. 채취를 하더라도, 그리고 수정이 되더라도 냉동 배아는 나오지 않을 수 있다고 하던데 무려 세 개의 냉동 배아가 있다고 하니 한결 마음이 놓였다. 아직 결과를 받아 든 것도 아니면서 머릿속에서는 이미 다음 시술을 준비하고 있었다.

"혹시 이번에 잘 안되면 언제 다시 오면 될까요?"

"아직 결과를 확인한 건 아니니 좋은 생각을 해야죠. 혹시라도 결과가 좋지 않다면 일단 생리가 시작되면 그때 나오면 됩니다. 다음 시술은 상태 봐서 바로 시작할 수도 있고, 한 달 쉬고 시작할 수도 있어요."

1주일 만에 만난 선생님의 목소리는 언제나처럼 다정하고 차분했다. 실망하기엔 이르다는 말씀에 씽긋 웃어 보이기는 했지만 그런다고 저 아래 지하 바닥으로 떨어진 기대를 다시 끌어올리기엔 웃음에서 받는 힘은 턱없이 부족했다.

검사를 위해 채혈을 하고, 어쩐지 기운이 빠져 병원 소파에 기대어 앉았다. 그래, 아직 끝난 건 아니지. 주사위는 던져졌고 할 수 있는 건 결과를 기다리는 것뿐. 슬퍼하는 건 조금 더 있다가, 결과를 받아놓고 해도 늦지 않다. 그러니 조용히 기다려보자.

329.9

채혈은 오전에 했지만 결과는 오후 네 시가 넘어야 나온다고 했다. 소변이 닿으면 바로 확인할 수 있는 테스트기처럼 채혈 검사도 그렇게 바로 수치로 나올 수 있다면 얼마나 좋을까. 세상 참 좋아졌다고 입에 침이 마르도록 말을 하지만 아직 과학 기술이 가야 할 길은 이렇게 무궁무진하다. 과학자님들 힘내세요, 파이팅! 뼛속까지 문과생은 그저 조용히 이렇게 응원만 할 뿐이다. 그리고 결과를 기다려야 하는 나도 파이팅!

채혈실에서 나와 넋 놓고 앉아있던 병원 소파에 언제까지 앉아있을 수는 없었다. 일어나자. 일어나 집으로 가자.

이럴 때일수록 밥을 잘 챙겨 먹어야지. 아니. 사실 그건 핑계다. 그냥 배가 고팠다. 어이없게도 그 와중에 배는 고팠다. 살면서 입맛이 없었던 적이 몇 번이나 있었나. 있기는 했었나. 배가 고프지 않았다 해도, 혹여 병원에서 전화를 받고 정말 입맛이 없어질 수 있으니 먹을 수 있을 때 먹어두자는 생각을 하기도 했던 것 같다(이러니 살이 빠질 틈이 있나). 그렇게 저축하듯 밥을 먹고, 이제라도 도움이 되지 않을까 싶어 포도 한 송이를 앉은 자리에서 먹었다. 부른 배를 두드리며 멍하니 앉아있다 TV를 보기도 하고, 음악을 듣기도 하고, 난임 커뮤니티에 들어가 다른 사람들은 뭐 하고 있나 기웃거리기도 하고, 친구와 카톡도 했지만 시간은 어쩐지 계속 그 자리에 머물러 있는 것 같았다. 내 시간만 이렇게 더디게 가는 건 아니겠지. 배 속에 저축을 너무 했었나, 속이 불편하다고 느끼고 있을 때, 병원에서 전화가 왔다. 세 시 삼십팔 분이었다.

"안녕하세요, 이은 님. 병원이에요. 수치 329.9로 임신 확인되셨어요."

"예? 삼백…. 몇이요?"

"삼.백.이.십.구.쩜.구! 축하드려요!"

"저, 임신이에요? 임신 맞아요? 가, 감사합니다!"

더 많은 대화가 오갔던 것 같지만 정확하게 기억 나는 대화는 이렇다. 그 순간의 나는 아마도 전화기를 붙잡고 연신 고개를 숙이며 보이지도 않을 감사의 인사를 했던 것 같다. 짧은 통화 사이사이 차마 글로는 다 옮겨 적기 힘든 비명을 질렀을지도 모르고. 내게 전화를 걸어서 결과를 통보해 준 간호사 선생님은 얼마나 당황하셨을까 싶지만, 나 같은 사람이 분명 나뿐만은 아닐 것이니 그분도 그러려니 하실 거라 믿는다. 병원에서 걸려 온 전화를 끊고 바로 남편에게 전화를 걸었다. 내가 병원 전화를 기다리던 것처럼, 남편 역시 내 전화를 기다리고 있을 테니 조금도 지체할 수가 없었다.

"임신이래! 자기야, 나 임신이래! 흐흑. 어떡해! 임신했대!"

남편의 "여보세요" 소리가 채 끝나기도 전에 쏟아냈다. 안 그래도 무거운 몸에 밥과 포도를 차곡차곡 저축해놓았어도 금방이라도 하늘로 날아갈 것 같았다. 물론 몸은 땅에서 1밀리미터도 뜰 수 없겠지만 마음만은 정말 하늘 끝까지 올라가고 있었다. 발끝 대신 광대가 한없이 올라갔고, 그렇게 올라간 광대는 내려올 생각을 못 했다. 오늘만큼은 세상에서 가장 행복한 사람이 바로 내가 된 것만 같았다. 오늘의 주인공은 바로 나. 전화기 너머의 남편이 웃는다. 오늘 우리는 그 누구도 부럽지 않다.

당장 임신 테스트를 해보고 싶었지만 아쉽게도 갖고 있던 걸 다 버려 하나도 없었다. 사러 나가볼까 하다 남편에게 퇴근하고 집에 오기 전 약국에 들러 테스트기를 사다 줄 수 있는지를 물었다. 그리고 회사마다 차이가 있을 수 있어 어떤 것은 두 줄이어도 또 다른 회사에서 나온 건 한 줄로 나올 수 있다는 말을 들었던지라 가능하면 각각 다른 회사 제품으로 두 개 정도 사다 달라고 부탁했다.

퇴근하고 집으로 온 남편은 고생했다며 나를 꼭 안아주었다. 그의 품에 안겨 나 역시 그의 등을 쓰다듬었다. 우리 둘 다 정말 수고 많았어. 잠시 후 남편은 재킷의 안쪽 주머니에서 임신 테스트기를 꺼냈다. 그의 손엔 각각 다른 회사의 테스트기 세 개가 들려 있었다. 쑥스러움이 많은 사람이 약국에 들어가 임신 테스트기를 달라고 말하는 모습이, 그 와중에 다른 회사의 테스트기를 주문하는 모습이 눈에 그려져 나도 모르게 웃음이 나왔고 또 한편 뭉클했다. 손에 들려 있는 테스트기가 그의 마음을 보여주고 있었다. 그동안 감정의 롤러코스터를 타는 내 곁에서 차마 입 밖으로 꺼내지 못하고 겉으로 내색하지 못했던 초조했던 마음을, 임신 소식을 전화로 듣고 벅찼던 마음을, 눈으로 한 번 더 확인하고 싶은 마음을 보여주고 있었다.

마음 같아선 당장 화장실로 달려가 마렵지도 않은 소변을 보고 확인하고 싶었지만, 자고 일어나 아침에 보는 첫 소변이 가장 정확하다는 말에 하룻밤을 꾹 참아야만 했다. 그 어느 때보다 가장 긴 밤이 되겠지만 조금이라도 선명한 두 줄을 볼 수 있다면 하룻밤 정도 기다리는 건 일도 아니지.

　새벽. 잠에서 깨 화장실로 갔다. 바로 하루 전날 이 시간엔 난데없이 보인 출혈에 울고 싶었는데 지금은 다르다. 나는 태생적으로 불안이 높은 사람이라 혹시라도 만에 하나 여전히 한 줄이면 어쩌나 하는 걱정이 없지는 않았지만 329.9는 결코 낮은 수치가 아니라는 것을 알기 때문에 기대하는 마음이 컸다. 남편이 사 온 세 개의 테스트기를 모두 꺼냈다. 첫 번째, 두 번째, 세 번째 테스트기에 소변이 닿았고 조금씩 옆으로 번져가고 있다. 그동안 아무리 기다려도 나타나지 않던 두 번째 줄이 이번엔 기다리고 있었다는 듯 닿자마자 선명하게 그 모습을 뽐내고 있다.

　스치듯 봐도 선명하고 붉은 두 줄. 테스트기 셋 다 선명하게 나의 임신을 알려주고 있었다. 드라마나 온라인에서만 보아오던 두 줄의 테스트기가 지금 내 눈앞에 있다. CG가 아니다. 임신이 맞다.

　내가 임신을 했다.

선명한 두 줄, 그리고 배 속의 두 아이

아무리 봐도 CG 같기만 한 두 줄을 뽐내는 임신 테스트기는, 마치 전리품처럼 TV 앞에 꽤 오랜 시간 자리했다. 누군가는 아무렇지 않게 쓰레기통에 버리기도 하더라만. 오랫동안 기다려와서인지 도저히 그럴 수가 없었다. 치워야지 말은 하면서도 치우지 못한 건(사실 그리고 싶지 않았고) 아마도 체감하지 못하고 있는 임신을 그렇게 눈으로라도 확인하고 싶었던 마음이지 않았을까. '눈으로 볼 수는 없어도 나 지금 임신한 거 맞아'라고.

✚ 5주 0일

임신 확인 후 참 길었던 1주일이 지났다. 이식 후 피검사로 결과를 듣기 전보다 더한 긴장의 연속이었다. 임신 확인 후 처음 들어간 진료실이라 그런지 선생님도 나도 마주하는 얼굴이 유독 밝다. 우리가 진료실에서 이렇게 환한 얼굴로 마주한 적은 아마 이때가 처음이었지. 조금은 긴장된 마음으로 초음파를 확인해 보니 아기집이 보인다. 까맣고 동그란 점 두 개. 세상에나. 이식한 배아 두 녀석이 모두 다 자리를 잡은 거다. 쌍둥이였다. 아주 잠깐 기대를 하기는 했지만 정말 둘 다 자리를 잡아주었을 줄이야. 믿기지 않았다. 축하의 말을 아끼지 않는 선생님께 연신 감사하다는 인사를 드렸다. 평소에는 그렇게 굴욕적이고 수치스럽기만 하던 의자도 오늘은 아무렇지 않다. 이까짓 의자 얼마든지 앉아줄게(난임 병원에서는 배 초음파를 보지 않는다)!

진료를 마치고 나오니 간호사 선생님이 축하 인사와 함께 산모 수첩을 주신다. 집으로 오는 길엔 전철역에서 임산부 배지를 집어 왔다. 그곳에서 임산부 배지를 준다는 것을 알고는 있었지만 그건 갖고 싶다고 가질 수 있는 게 아니었다. 임산부라는 자격이 필요했고, 드디어 나는 그 자격을 얻은 거다.

이미 아기집을 확인했기 때문에 큰 의미는 없지만 그래도 필요하다니 2차 피검사를 해야만 했다. 결과는 4,670으로 역시 굉장히 높은 수치다. 휴. 이제 더 이상의 피검사는 없겠지(1차 피검사 후 최소 이틀에 1.6배의 수치가 상승해야 정상 임신으로 볼 수 있다).

✦ 6주 0일

아기집 안의 난황을 확인하는 날. 남편은 "난황이 대체 뭐야?"라고 물었다. 뭐라고 설명을 해야 이 남자가 한 번에 알아들을 수 있을까 잠시 고민하다 말했다. "달걀로 따지면 노른자라고 보면 되지 않을까? 탯줄이 아직 연결되지 않았으니 아이들의 영양공급원 같은 거" 노른자에 비교하다니 나도 참….
어디에선가 봤던 기억이 있어 한 말인데 너무 쉽게 이해한다.

며칠 전부터 속이 비면 쓰리고, 밥을 먹으면 메스껍고, 기름 냄새와 냉장고 냄새에 민감해진다. 이따금 현기증도 나고, 마치 과음하고 난 다음 날의 숙취 같은 기분이 들기도 한다. 설마 나, 입덧하니?

✦ 6주 5일

아기집과 난황 확인을 앞두고 긴장했던 것보다 더 긴장되는 날이었다. 바로 심장 소리를 확인하는 날이기 때문이다. 날이 날이니만큼 남편과 처음으로 진료실에 함께 들어가게 되었는데, 산부인과 진료실은 처음인 남편의 눈빛에서 어색함이 가득 묻어난다.

흑백의 초음파 화면 안에 뭔가 보인다. 아이들의 심장이 반짝반짝 빛나고 있다. 어느새 남편이 의자에 앉아있는 내 어깨에 손을 얹는다. 지금 나처럼 당신도 벅차구나. 그까짓 입덧쯤이야 아무것도 아니다. 숙취 같은 입덧이 종일 날 힘들게 해도 얼마든지 웃으며 견딜게. 건강하게만 자라주라.

+ 7주 5일

이날은 내 생일이기도 하다. 1주일 동안 얼마나 자랐을까. 막히지 않는 시간이라 십 분 거리의 가까운 병원이고, 병원에 다녀와서 다시 또 이불 속으로 들어갈 게 뻔한 주말이지만 어쩐지 아이들을 만나러 가면서 예의가 아닌 것 같았다. 그래서 나는 물론 남편마저도 깨끗하게 샤워하고 병원으로 출발했다. 남편은 굳이 이렇게까지 해야 하느냐며 투덜댔지만 상관없었다.

+ 8주 5일

지난 한 주간 감기 때문에 조금 힘들었다. 예전 같으면 약을 먹고 금방 떨굴 텐데 맨몸으로 견디다 보니 입술까지 터지고 자연스레 기력도 떨어지는 기분이다. 그사이 얼마나 자랐는지, 심장은 또 얼마나 열심히 뛰고 있는지 매일매일 확인하고 싶은 마음이 간절하지만 그나마 일반 산부인과에 비해 진료 텀이 짧으니 이것만으로도 충분히 감지덕지다.

진료실에 들어가자마자 남편이 선생님께 비행기는 언제부터 탈 수 있는지를 묻는다. 응? 우리 태교 여행이라도 가려는 건가? 어차피 가도 제대로 즐기지도 못할 거 나중에 출산까지 다 하고 좀 수월해지면 그때 가는 게 좋지 않나. 그저 비행기를 타도 괜찮은 시기를 물었을 뿐인데 옷을 갈아입으며 혼자서 상상의 나래를 펼쳤고, 어쩌면 나 못지않게 남편이 펼치는 상상의 나래 역시 만만치 않다는 생각에 웃음이 새어 나왔다.

초음파 화면 속 몸에 생긴 동그란 팔로 꼬물거리는 모습이 마치 젤리곰 같다. 간지럽히는 사람도 없는데 자꾸만 입가에 미소가 번진다. 곁에 있는 남편도 표정을 숨기지 못한다. 감사하게도 열심히 초음파 기계로 아이들을 확인시켜 주시던 선생님은 최대한 젤리곰이 잘 보일 수 있는 각도를 찾아 사진으로 주셨다. 이쁘게 집 지어놓고 그 안에서 움직이는 모습을 처음 봐서 그런지 아기집을 볼 때와 심장 소리를 들었을 때와는 또 다른 기분에 벅차다.

그리고 또 하나 반가운 건 질정으로부터 해방된다는 거다. 배아를 이식한 날부터 지금껏 아침저녁으로 약을 먹고 질정을 넣으며 프로게스테론을 보충하고 있었는데 드디어 해방되었다. 그만큼 두 아이가 안전해졌다는 얘기겠지. 머리에 꽃을 달고 살아도 좋으니 눈을 한 번 깜빡하면 한순간에 여름이 되어 아이들을 만날 수 있기를 바라는 마음이 자꾸 커져만 간다.

✚ 9주 5일

산전 검사야 과배란 주사를 맞기 전에 이미 했으니 따로 하지 않았고, 경부암 검사는 2년 반 전 검사가 마지막이라서 경부암 검사를 하게 되었다.

어느덧 한 화면에 두 녀석이 다 들어오기 힘들 정도로 자랐다. 다음 주면 난임 병원 진료의 마지막이다. 흔히 '졸업'이라고도 하는데, 드디어 그날이 다가왔다며 축하의 말씀을 전해 주시는 선생님. 졸업을 앞두고 기분 좋은 진료를 마쳤다.

✚ 10주 4일

경부암 검사 결과 재검이 필요하다는 연락을 받아서 하루 앞당겨 병원에 갔다. 사실 검사를 받아놓고는 까맣게 잊고 있었다. 그런데 느닷없이 재검이라니. 나를 보는 선생님의 표정이 썩 밝지가 않다. 그림을 그려가며 자세히 설명해 주시는데, 1~3단계가 있다면 고위험군인 3단계라고 한다. 2년 반 전에 했던 기록에는 문제가 없었던 것으로 보아 지금 3단계라면 속도가 빠른 편이기는 하나 시험관 시술 후 질정을 사용하는 과정에서 발생한 일시적인 증상인 건지 이미 조직 내로 침투되었는지 확인은 어렵다고 했다. 그 말은 그저 염증으로 가는 단계일 수도 있고, 암으로 가는 단계일 수도 있다는 얘기이며, 간단하게 치료로 끝날 수도 있고 수술을 해야 할 수도 있다는 얘기인 것이다. 여러 가지 경우의 수와 모든 가능성이 열려있는 상태라 조직검사가 필요하지만, 난임 병원에서는 조직검사가 어려우니 가능한 빨리 대학병원으로 가 검사를 받아보는 것이 좋겠다고 말씀하신다. 이게 뭐지. 대체 무슨 상황인 거지.

난임 병원을 기분 좋게 졸업하고 싶었는데…. 선생님과 웃으며 안녕하고 싶었는데…. 지금껏 잘해오다가 이게 무슨 날벼락인가.

적은 나이가 아니고 다태아多胎兒이기 때문에 출산 병원으로 아산 병원을 생각하고 진료 예약을 해둔 상태였다. 첫 진료까지는 아직 한 달가량이 남아있다. 병원에 전화를 걸어 사정을 설명했으나 예약한 교수님의 진료는 앞당기기 어려웠고, 다른 교수님의 가장 빠른 진료는 약 20일 후였다. 다른 교수님의 진료를 보고 난 후엔 다시 처음 예약했던 교수님으로 변경은 불가했다. 이걸 어쩐다.

✚ 11주 2일

기형아 검사가 필요한 시기고 대학병원은 진료 텀이 길다고 해 동네 산부인과를 찾았다. 난임 병원을 다니는 동안 내내 질 초음파를 봐왔던지라 배로 보는 초음파가 오히려 낯설었다. 나의 타고난 뱃살 때문에 아이들이 잘 보이지 않으면 어쩌지. 하의를 탈의해야 하나, 그냥 내리기만 하면 되나, 상의를 들어야 하나…. 처음 간 병원에서 처음 해보는 배 초음파라 그런지 이렇게 사소한 것에도 긴장이 된다.

옷은 그대로 입은 채 상의는 살짝 올리고 하의는 살짝 내린 채 생애 첫 배 초음파를 보게 되었다. 화면에 출산 예정일이 보이니 혼자가 아니라는 생각에 순간 긴장이 풀렸다.

아랫배가 단단하게 만져진다고 말씀드리니 주 수로는 11주이지만, 다태아라 일반 산모보다 한 달가량 배가 더 빨리 나온다고 보면 된다고 한다. 그러니 11주지만, 약 16주 배와 마찬가지라고. 2주 후 기형아 검사를 하기로 했다.

경부암 재검에 대해 얘기를 꺼내야 할까…. 내내 고민하다 그만 타이밍을 놓쳤다.

✚ 12주 3일

새해 첫날이지만 평소와 다를 것 없는 날이었다. 점심을 먹은 후 남편은 설거지를 하고 난 소파에 앉아 TV를 보고 있었다. 느낌이 이상해 소파에서 일어나는데 뭔가 흐르는 느낌….

바로 화장실로 달려가 확인해 보니 속옷에 붉은 피가 묻어있다. 출혈이다. 병원에 전화해 보니 당직 선생님이 계신다고 했다. '별일 없을 거다. 아무 일도 없을 거다.' 주문인지 기도문인지 모를 말들을 가슴에 새기면서 병원에 갔다. 너무나 다행히도 두 아이는 잘 놀고 있었고 출혈이 심하지는 않지만, 원인을 알 수는 없다고 했다. 다만, 출혈을 멈추게 할 어떤 처방도 해줄 수 있는 게 없다며 일단 집으로 돌아가 움직이지 말고 누워있으라고만 했다. 그러면서 이 상태라면 유산확률이 50퍼센트라고. 혹시 모르니 대학병원으로 갈 수 있는 진료의뢰서를 받아두었다.

할 수 있는 게 없다고 하니 일단 누워있자는 마음으로 집으로 돌아오는 길, 엘리베이터를 타자마자 밑으로 울컥 쏟아진다. 집에 도착하자마자 화장실을 가니 이번엔 속옷에 조금 묻어난 정도가 아니라 아기 주먹만 한 덩어리가 쏟아진다.

의뢰서를 들고 바로 아산 병원으로 출발. 응급실로 가니 임산부라고 바로 분만장으로 옮겨졌다. 분만장으로 가 상황을 설명하고 옷을 갈아입으러 탈의실로 가는데 그대로 또 한 번 쏟아진다. 화장실에 가서 보니 아까와 마찬가지로 덩어리 혈이다. 두려웠지만 눈물은 나오지 않았다. 어떻게든 정신을 붙잡아야 한다는 생각에 마냥 울고 있을 수만은 없었다.

패드가 깔린 침대에 누웠지만 흐르는 느낌은 계속되었고, 간호사들과 의사들이 초음파를 보며 이것저것 확인하기 시작했다. 출혈의 위치는 자궁 안쪽, 아래로 자리 잡은 아이의 아기집 아랫부분이었다. 워낙 출혈량이 많아 양수가 함께 쏟아졌는지도 검사했지만 다행히 양수는 아니었고 이후로는 조금씩 출혈이 줄어들었다.

그렇게 3박 4일간 수액을 맞으며 입원해서 지켜보았다. 아직 자궁 안에 피가 고여있는 것이 보였지만 새롭게 보이는 출혈은 없어 일단 퇴원하기로 했다.

사실 정확한 출혈의 원인을 알 수 없다는 것과 해줄 수 있는 처방이 없다는 것은 두 병원이 같았지만, 출혈의 위치나 양수 여부의 확인 등 응급상황에 대처하는 모습을 보면서 역시 위급한 상황에서는 큰 병원으로 가는 것이 맞다는 것을 깨닫게 되었다.

입원해 있는 동안 경부암 재검 소견에 대해 전달했더니 부인과 교수님이 병실로 오셔서 진료를 봐주셨다. 안타깝게도 문제는 있어 보인다 했고, 임신 초기이기 때문에 달리 손을 쓸 방법은 없다고 했다. 그나마 다행인 것은 급하게 치료해야 할 상태는 아닌 것으로 판단된다는 것이다. 경부암 진료는 3개월 후 다시 보는 것으로 마무리되었다.

그렇게 시작된 출혈은 멈췄다 다시 보이기를 반복했다. 멈췄다고 해서 아주 깨끗하게 사라진 것은 아니고 고여있던 게 나오는 정도지만(새로 생긴 출혈일수록 선명한 붉은색을, 고인 출혈일수록 어두운 적갈색을 띤다) 불안하기는 해도 처음처럼 두려운 마음은 덜했다. 다태아의 경우 단태아 보다 출혈 발생률이 높기도 하고, 심할 경우 출산까지 내내 출혈을 달고 사는 경우도 있다고 한다. 병원에서도 나도, 당장은 할 수 있는 것이 아무 것도 없다. 그저 최대한 누워서 지내는 것뿐. 내 몸은 비록 누워있는 시간이 길어 허리가 아프고 출혈로 하루하루 예민해질지언정, 아이들은 잘 놀고 있으니 최대한 긍정의 마음을 놓지 않는 수밖에.

✚ 14주 0일

엉덩이에서 허벅지 종아리 발까지 정확하게 구분되어 있고, 팔도 어깨부터 팔꿈치 손까지 구분되어 있다. 출혈은 아직 그대로 고여있는 상태이나 20주까지는 계속 이 상태일 수 있다고 한다. 새로운 출혈은 없어도 피고임은 여전히 있는 상태이기 때문에 절대 안정을 취하고 움직임을 적게 해야 한다는 당부를 들었다. 그리고 아무래도 출혈이 계속되어서인지 빈혈이 있어 빈혈약을 처방받았다.

✚ 15주 0일

요 며칠 진하지 않은 선홍색 출혈이 보여 동네 병원에 갔다. 출혈을 확인하기 위해 배가 아닌 질로 초음파를 보았다. 피고임이 조금 커진 듯하다. 입원을 할 수 있다면 좋겠지만 병원에 비어있는 병실이 없어 어쩔 수 없이 집으로 돌아와 밥 먹고 화장실을 갈 때를 제외하고는 내내 누워지냈다.

✚ 15주 5일

콧물 같은 점성이 있는 적갈색의 출혈로 출혈 양상이 달라졌다. 어쩐지 불안한 마음이 들어 동네 병원을 찾았지만 역시나 붉은 출혈이 아니라면 지금으로선 아이들이 잘 있는지 확인하는 것 말고는 병원에서도 해줄 수 있는 게 없다는 얘기만 들었다.

고맙게도 아이들은 잘 버텨주고 있다. 여전히 내 몸이 문제다.

16주 5일

지독한 출혈은 1월 한 달 내내 있었다. 그래서인지 크게 놀랍지도 않은 일이었다. 그러다 1월 26일, 큰 덩어리 혈이 빠지면서 출혈은 멈췄다. 대신 노란색 콧물 같은 냉이 시작되었다. 4일 뒤인 30일 밤, 다시 선홍색 출혈이 한 번 있었고 더 이상의 출혈은 없었지만, 출혈에 익숙해졌다 싶었던 나도 그날은 이상하리만큼 불안해서 밤새 잠 한숨을 못 잤다. 아침이 되어 진료 시작 시각에 맞춰 바로 동네 병원을 갔다.

초음파를 보니 고여있는 피가 아직 있긴 하지만 지난번 보다 그 양이 많이 줄어 있었다.

"아이들도 주 수에 맞게 아주 잘 크고 있으니 걱정하지 마세요. 안 그래도 이미 그러고 있겠지만 절대 안정하는 것도 잊지 마시고, 위에 자리한 둘째는 엉덩이를 대고 앉아있어서 잘 보이지 않지만 첫째는 90퍼센트 딸입니다. 아래는 아들인 거

같기도 하고."

…라고 말하는 선생님.

하지만 불안했다. 온라인 속 그 많은 정보 사이에서 공통적인 내용은 염증 검사를 해보라는 거였기 때문이었다. 그래서 물었다. 혹시 염증 검사는 하지 않아도 되겠느냐고. 그러나 돌아오는 건, 검사는 필요 없고 절대 걱정하지 않아도 된다는 말뿐.

걱정하지 말라고는 했지만, 병원을 나서면서도 불안한 마음은 떨칠 수가 없었다. 남편에게 전화를 걸어 상황을 얘기하고 바로 택시를 잡아타 아산 병원으로 갔다. 불안한 마음을 잠재우고 싶어서였다. 걱정하지 않아도 된다는 말을 한 번 더 듣고 싶었다고 해야 할까. 차트가 있다면 바로 위급한 상황에 분만장으로 올라가도 된다는 얘기를 본 기억이 있어 접수도 없이 그대로 분만장으로 올라갔다.

증상을 설명하니 바로 염증 검사부터 하는 분만장 선생님들. 검사 결과 염증 수치가 다소 높게 나왔지만 걱정할 정도는 아닌 것으로 보인다고 했다. 담당 교수님이 분만장 회진을 도실 테니 그때 만나보면 더 자세한 설명을 들을 수 있을 것이라며 기다리는 동안 누워있으라고 했다. 정말 얼마 지나지 않아 교수님이 오셨다.

"염증 수치가 높게 나와 항생제 처방을 내릴 겁니다. 어렵게 가진 아이들이니 지키는 게 우선이 되어야 하지 않겠어요? 일단 입원해서 하루 이틀 경과를 보고 퇴원 결정을 해야 할 것 같아요."

나의 기대가 무너져버렸다.

이래서 사람들이 큰 병원을 선호하는 건가. 머릿속이 복잡해졌지만 일단 나는 그 '큰 병원'에 왔고, 교수님을 만났고, 비록 미처 예상하지는 못한 입원이지만 안심해도 괜찮겠다는 생각이 들었다. 순간의 판단이었고 의도한 바는 아니었어도 이곳에 왔으니 다행이다 싶었다. 일단, 입원을 위해서는 보호자가 있어야 했지만 남편은 일 때문에 바로 올 수가 없었다. 고민 끝에 가까이 사시는 시아버지에게 전화를 걸었고, 한걸음에 달려와 주신 시아버지의 도움으로 무리 없이 입원할 수 있었다.

남편이 서둘러 일을 마치고 병원으로 왔다. 그의 얼굴을 보는 것만으로도 안심이 된다. 오전에 동네 병원에서 촬영해 앱에 저장되어 있던 아이들의 초음파 동영상을 보았다. 출혈이건 염증이건 아무렇지 않다는 듯 잘 놀고 있는 아이들을 보며 함께 웃었다. 비록 입원을 했지만, 그 순간의 우린 군더더기

없이 행복했다.

코골이가 심한 남편은 병원에서 함께 잘 수가 없어 밤 열한 시가 넘어 집으로 돌아갔다. 혼자 남겨진 시간. 옆 침대 부부가 시끄러워 밤새 뒤척이다 겨우 잠들었다.

배가 아프기 시작했다. 약한 생리통처럼 그냥 싸한 느낌. 옆에 두었던 티슈로 밑을 닦았는데 느낌이 이상했다. 어두운 병실, 핸드폰 불빛에 의지해 티슈를 확인해 보니 붉은 피였다. 화장실을 가려고 일어나는데 다리를 타고 주르륵 흐르는 느낌. 서둘러 화장실을 다녀와 간호사들을 호출하고 시간을 보니 새벽 다섯 시쯤.

간호사들과 의사들은 출혈이 어느 정도였는지 여러 차례 묻고 아이들 심장 소리를 확인했다. 아이들의 심장은 여전히 잘 뛰고 있었고, 보다 자세한 확인을 위해 분만장으로 이동하기로 했다. 출혈 때문에 휠체어는 탈 수가 없어 침대에 누운 채 그대로 이동하면서 불안해지기 시작했다.

비록 출혈은 있지만 다행히도 양수는 아니었다는 말에 조금은 안심이 되었다. 질로, 그리고 배로 정말 꼼꼼하게 초음파를 확인했지만 이미 배는 싸한 생리통을 넘어 조금씩 더 아파오고 있었고, 뭉치는 느낌마저 있었다. 그러나 '아직은' 문제없다는 대답을 겨우 듣고서 다시 병실로 이동.

그리고 또 얼마나 지났을까. 조금 심하다 싶은 생리통 증상이 나타났다 사라지기를 반복하고 있었다. 체크해 보니 약 오분 간격이었다. 그때 시간이 여섯 시 삼십구 분. 다시 급하게 간호사를 호출했다. 내 상태를 보고선 의사와 상의 후 수액 투여 속도를 높이고 진통제를 놓아준다. 하지만 진통은 멈추질 않았고 반복되는 주기가 짧아지고 있었으며 진통의 세기는 더심해지고 있었다.

두려웠다. 남편이 필요했다. 그가 온다고 할 수 있는 일은 없겠지만 그저 그의 존재가 필요했다. 너무 아파서 진통제를 맞았는데 소용없다는 말을 하고 아무래도 빨리 와줘야겠다는 통화를 마치고서는 바로 분만장으로 이동했다.

누군가 지금이 고비라는 말을 했고, 조금만 참으라고도 얘길 했다. 그 많은 간호사 중 누구였을까. 1부터 10까지 중에 통증의 강도가 어느 정도냐 물었다. 지금껏 경험해 보지 못한 통증이었지만 차마 10이라고 말할 수가 없었다. 지금보다 더 아프더라도 참을 수 있을 것 같았다. 그래야만 할 것 같았다. 그럼 내 통증은 몇인 거지.

눈물이 났다. 이대로 아이들이 잘못되는 건가 싶은 마음에 두려웠다. 도저히 참을 수 없을 것 같은 진통이 올 때는 제발 아이들을 살려달라고 알고 있는 모든 신에게 할 수 있는 모든 기도를 했다. 난 괜찮으니, 더 아파도 좋으니, 지금 이 통증이 10이 아니라 고작 1이어도 얼마든지 참을 수 있으니 아이들을 지켜달라고.

어디선가 분만실로 옮겨야겠다는 말이 들렸고 옮겨지기 직전…. 첫 아이가 나왔다.

설마 지금 아이가 나온 거냐고 몇 번이고 물었지만, 그 많은 의료진 중 누구도 대답해 주지 않았다. 그저 간호사들과 의사들의 움직임이 매우 분주해졌다는 것만 알 수 있었다. 그렇게 분만실로 옮겨지니 그제야 얘기를 한다.

"경부가 이미 다 열려버려서 아이가 버티지 못하고 나왔어요. 너무 작아서 손쓸 방법은 없어요. 아직 한 아이가 더 있지만 거꾸로 자리하고 있어 다소 시간이 걸릴 수 있습니다. 경부가 이미 다 열려있는 상태라 아이는 지킬 수 없을 것 같아요. 다음을 생각해서라도 조금만 더 힘냅시다."

그 상태에서 의료진에게 들려 분만 침대로 옮겨졌고 얼마 지나지 않아 두 번째 아이가 나왔다.

거짓말같이 진통은 사라졌고, 아이가 나왔으니 재워드리겠다는 말과 함께 마취약이 도는 것을 느낄 수 있었다.

그렇게 난 아이들을 낳았다. 그리고 잃었다.

지켜주지 못해 미안해, 미안해

회복실에서 정신이 들었을 때 난 이미 울고 있었다. 그리고 내 손을 잡고 나를 쓰다듬으며 울고 있는 남편이 곁에 있었다. 그의 얼굴은 비통함이 가득했다. 내 얼굴도 있는 대로 일그러져 있었겠지.

조산도 출산이라고 병원에서 주는 미역국을 보니 목이 메어온다. '내게는 네가 우선이다'라는 남편의 말에 못 이겨 한 숟갈 떠넘기다 그만 눈물을 쏟는다. 끝내 지켜주지 못한 아이들에게 미안하고, 지켜내지 못한 내가 한심하고, 힘들게 가진 아이들을 무력하게 잃게 되어 억울하고, 곁에서 슬픔을 다 쏟아내지 못하는 남편에게 미안했다.

병실로 회진을 온 교수님은 최대한 감정을 배제하고 상황을 설명했고, 안쓰러운 마음을 담아 나를 위로했다.

"출혈이 길어지면서 염증 수치가 높아진 것으로 보여요. 원래 염증이라는 놈이 출혈을 좋아합니다. 융모막을 검사해 보니 이미 감염되어 있었고, 이 상태라면 지금이 아니라도 아이들의 뇌가 다 녹아버렸을 거예요. 나중을 생각하면 지금이 오히려 잘 된 것일 수도 있어요. 물론 힘들겠지만 이게 끝이 아니니 다음 임신을 준비해야죠. 이제는 아무 생각 하지 말고, 어서 몸과 마음을 추슬러야 합니다."

비록 동네 병원이었지만 출혈이 있는 한 달 동안 수시로 병원을 찾았다. 평균적으로 4주에 한 번 진료를 보게 되어 있지만, 난 거의 매주 찾아가 병원 직원들을 보기 민망할 정도였다. 심지어 마지막 진료에서는 염증 검사를 하지 않아도 되겠느냐고 내가 물었고, 담당 의사는 검사는 필요 없고 걱정할 필요도 없다는 대답을 했지. 그런데 결국은 이렇게 되었다. 물론 근본적인 문제는 내 몸뚱어리겠지만 출혈이 있는 임산부의 상태를 미리 체크하지 못하고 안일하게 대처한 그 병원이, 그 의사가 원망스럽다. 기껏 집에서 멀지도 않은 큰 병원에 차트를 만들어 놓고 그저 동네 병원에 의존한 내가 너무나 한심스럽다. 병원에 있는 매일 밤 수많은 생각에 잠들지 못했다. 수시로 터져 나오는 나의 울음과 한숨이 병실에 가득했을 테지만, 다른 산모들에게 미안한 마음을 가질 여유조차 내겐 없었다.

아이들이 16주를 넘긴 상태라 장례를 치러야 한다고 했다. 퇴원하던 2월 2일. 장례식장 안치실로 가 남편이 두 아이를 받았고, 집으로 돌아오는 차 안에선 아이들이 담긴 상자를 무릎 위에 올려 계속해서 쓰다듬는 것 말고는 할 수 있는 것이 없었다. 아무런 말도 할 수 없었다. 입을 떼는 순간 터져 나오는 슬픔을 감당할 자신이 없었다. 그래서 눈물조차 흘릴 수가 없었다.

집으로 돌아와 보자기로 곱게 쌓인 나무 상자를 열어보니 그 안엔 작은 상자가 더 있었다.

1월 31일. 07:50 am 16주 5일. 남아. 130g
1월 31일. 08:01 am 16주 5일. 남아. 80g

동네 병원의 마지막 진료에서 첫째는 90퍼센트 딸이라고 했던 것과는 달리 두 아이 모두 남자아이였다. 그 상자를 열어 아이들을 눈으로 확인하는 것까지는 차마 하지 못했다. 그저 상자 겉에 적혀있는 아이들의 출생에 대한 기록만 한참을 바라보다 출혈이 있기 전 만들어두었던 배냇저고리와 그간 앨범에 차곡차곡 정리해 두었던 두 아이의 초음파 사진을 각각 나무 상자에 넣어주고 다시 보자기로 싸는데…. 태어나 처음 입히려던 배냇저고리를 수의로 쓰게 되었다는 생각과 부모가 되어 처음 해주는 일이 장례를 치러주는 거라는 생각에 애써 단단히 붙잡고 있던 슬픔의 고삐를 놓쳐버렸다. 그렇게 상자를 붙잡고 한없이 울었다.

도저히 화장터에는 갈 자신이 없었다. 역시나 나는 가지 않았으면 좋겠다는 남편과 가족들의 말 뒤에 숨어 남편과 시누이 편에 아이들을 보냈다. 화장하고 오면 어디라도 함께 가서 아이들을 뿌려주고 싶은 마음이었지만, 화장한 건 집에 들이는 게 아니라는 시아버지 말씀에 남편과 시누이가 화장터 옆 추모 공원에 아이들을 뿌려주고 왔다.

그렇게 아이들을 보내고 꽤 오랜 시간 훗배앓이와 젖몸살에 시달렸다. 훗배앓이에도 젖몸살에도 가장 좋은 건 모유 수유라지만 젖은 돌아도 젖을 물릴 아이들이 없었다. 가만히 있다가도 어느 순간 치밀어 올라왔고, 가슴에 두르고 있는 붕대 안에서 흐르는 유즙 때문에 미쳐버릴 것만 같았다. 어렵게 품은 새끼도 지키지 못한 어미라는 생각에 나 자신을 원망했다. 하지만 그 모든 감정을 겉으로 꺼내놓을 수는 없었다.

젖을 말리기 위해 엿기름을 가득 넣은 식혜를 만들어 미역국과 함께 보내는 시어머니 앞에서, 혹시라도 끼니를 거를까 싶어 끼니마다 전화를 걸어오는 친정엄마 앞에서, 무너지는 나를 보일 수가 없었다. 나 못지않게 견디기 쉽지 않은 시간을 보내고 있을 텐데도 끊임없이 나의 기분을 살피는 남편 앞에서 나의 괴로움을 토로할 수는 없었다.

아니다. 더 솔직한 이유는 나를 용서할 수 없었기 때문이다. 원인이 무엇이건 간에 끝내 아이들을 지켜내지 못했다는 죄책감이었다. 누구도 나를 탓하지 않았지만 내가 가장 크고 날카로운 손가락으로 나를 탓하고 있었다. 어떤 변명도 원망도 할 수 없다. 그저, 떠나간 아이들에게 미안한 마음뿐이었다. 지켜주지 못해 미안해. 미안해.

그 늪은 넓고 깊어서

　얼마 전 송일국 배우 아이들의 근황이 담긴 기사를 보았다. 별다른 내용은 없었다. 요즘은 그저 인스타그램 피드만으로도 기사가 되는 세상이니까. 몇 학년인지, 키가 몇인지 굳이 이게 기사로 나올만한 얘기인가 싶지만 그만큼 전 국민의 사랑을 받았던 아이들이었으니 함께 실린 사진이 제법 반갑기는 하다.

　아이들을 좋아했다. 지금도 아이들을 좋아한다. 한때 나는 아이들이 나오는 방송 보는 것을 꽤나 즐겼다. 지금은 키도 발도 나보다 더 커진 세쌍둥이 대한, 민국, 만세를 보며 그 순수한 사랑스러움에 빠져 재방에 삼방에 유튜브까지 찾아보기도 했다. 당시 세쌍둥이에 빠진 랜선 이모가 비단 나뿐만은 아니었겠지.

한번은 딸 둘을 키우는 손위 시누이가 세쌍둥이 중 만세 같은 아들이라는 보장만 있다면 하나 더 낳고 싶다는 말을 한 적이 있었다. 그만큼 만세가 이쁘다는 말이라는 걸 알면서도 속이 상했다. 그때 난 아이를 무척이나 기다리고 있었고, 바라는 마음처럼 되지 않아 조바심이 났으며, 마음의 그릇은 종지보다도 작아진 상태였다. 아들이라는 보장 같은 건 필요 없었다. 그저 내게 와주기만 한다면 아들이건 딸이건 아무 상관 없이 그냥 그대로 감사할 뿐이었다. 그런데 '보장'만 있다면 '낳고 싶다'니. 그런 자신감에 화가 났고, 나를 배려하지 않음에 서운했다. 하지만 더 깊은 곳에 감춰진 정말 솔직한 마음은 모두 부러움이었다. 부러워하는 내 마음을 발견하고는 더 이상 어린아이들이 나오는 방송을 찾아보지 않게 되었다. 어쩌면 애써 피했다는 게 맞는지도 모르겠다.

안타깝게도 그런 마음은 자꾸만 그 대상을 넓혀갔다. 이제 슬슬 아이를 가져보려고 한다는 말을 엊그제 한 것 같은데 어느새 출산 소식을 전해오는 지인도, 어쩌다 보니 그리되었다며 계획에 없이 부모가 된 지인도 다르지 않았다. 심지어 길에서 마주치는 낯선 엄마와 임산부도 모두 다 내게는 부러움의 대상이 되어버렸다.

늪에 빠져버린 것 같았다. 늪은 끝이 어디인지 도저히 가늠

할 수 없을 정도로 깊었고 그만큼 막막했다. 시간이 흐르고 몇 번의 계절이 바뀌어도 내가 있는 곳의 시간과 공기만 다른 사람들과는 다른 차원으로 흘러가는 것 같았다. 조금씩 서서히 작아지던 나는 결국 쭈구렁방탱이가 되어 방구석에 보이지 않는 하나의 작은 점이 되어가는 듯했다.

정말 속이 상한 건, 부러운 마음이 커지고 내가 느끼는 자존감이 희미해질수록 그와는 상대적으로 내 마음의 가시는 뾰족해지고 그 수는 자꾸만 곱절로 늘어나고 있었다는 것. 때문에 그 시기 임신을 했거나, 출산을 한 이들에게 내가 세운 가시만큼의 거리가 생기게 되었고 머리로 하는 생각과는 달리 마음은 좀처럼 그들에게 다가갈 수가 없었다는 거다.

첫 번째 시험관 시술을 하고 임신을 했을 때 친구 R은 둘째를 임신했고 우리의 출산 예정일은 고작 4주의 차이가 있을 뿐이었다. 당시 내 배 속엔 아이가 둘이어서 40주를 다 채우기 전에 출산할 확률이 매우 높았다. 보통 한 달 정도라고 하니 친구와 비슷한 시기에 출산이 예상되어 비록 가까이에 살지는 않지만 나이도 생일도 비슷한 또래의 아이를 키울 수 있어 좋다는 얘기를 나누기도 했다. 그때는 무려 5개월이나 빨리 낳게 될 수도 있을 거라는 변수까지는 내 머릿속에 없었다.

친구의 출산 소식을 듣고 당연하게 기꺼이 축하의 말을 건
넸다. 그리고 그날, 저녁 찬거리로 시장에서 삼치 한 마리 사
들고 검은 봉다리를 들고 오는데…. 어느 순간, 마치 노이즈
캔슬링처럼 주위 소음은 온데간데없이 사라지고 유난히 끌리
는 내 신발 소리와 손끝에 덜렁덜렁 매달려 있는 삼치 봉다리
의 부스럭 소리만 내 세상에 가득했다. 집으로 돌아와 싱크대
앞에 서서 삼치를 씻다가 결국 빗장이 풀려버렸다. 만약에 그
때 그렇게 아이들을 보내지 않았더라면, 지금쯤 싱크대에서
삼치가 아니라 욕실에서 아이를 씻기고 있을지도 모를 일이
다. 품 안에 아이들을 안고 힘들어도 힘든 줄 모르고 마냥 행
복했을 텐데. 가보지 못한 길은 어쩐지 더 꽃길 같고 아름답
게만 그려지는 법이지. 그래서인지 갖지 못한 현실 너머를 상
상할수록 지금 여기에 있는 내가 더 작고 비참하게 다가왔다.
삼치가 비린지 내 눈물이 비린지 알 수 없었다. 서러웠다. 심
호흡을 해보고 아무리 눈에 힘을 바짝 줘봐도 한번 열려버린
빗장은 다시 잠기지 않았고 풀려버린 무릎엔 좀처럼 다시 힘
이 들어가지 않았다.

그리고 몇 년이 지난 어느 날 평소에는 잘 가지도 않는 쇼핑
몰에서 R을 마주쳤다. 친구 곁엔 두 아이가 함께였다. 작은 아
이는 졸렸는지 칭얼대며 보채고 있었고 친구는 지친 기색이

역력했지만 그마저도 내게는 좋아 보이기만 했다. 짧은 인사를 나누고 헤어진 후 주차장에서 한참을 멍하니 서 있었다. 딱 저만했겠구나…. 한겨울 찬 바람이 그대로 나를 훑고 지나갔다. 몹시도 추운 날이었다.

한번은 임신 후 출혈 때문에 입원해 있던 병실에 남편의 친구 아내가 함께 입원해 있었다. 그이가 다니던 병원은 입원할 수 있는 병실이 없어 같은 계열의 병원(일종의 프랜차이즈 분원 같은)에 입원하게 된 거였는데 그게 하필 내가 다니던 병원의 같은 병실이었다. 그이와 나는 임신 주 수가 비슷했다. 그이는 입덧으로 힘들어했지만 막연하게 알 수 있었다. 그만큼 아이가 배 속에서 제대로 자리 잡고 있다는 것을. 비록 먹는 일이 고역이고 더불어 기력이 달릴 테지만 그게 동시에 희망이라는 걸 말이다. 한 병실에 있다 보니 그이의 작은 변화가 모두 눈에 들어왔다. 주 수에 맞게 아이가 자라고 있다는 얘기를 들을 때마다 진심으로 축하해주었다. 그리고 동시에 멈추지 않는 출혈과 주 수보다 자꾸만 며칠씩 뒤로 밀리는 내 상황이 불안해졌다. 결국 난 8주가 채 되기도 전에 아이를 잃었고, 그이는 건강하게 딸을 낳았다.

나의 마음과는 별개로 그이의 출산을 축하했다. 진심이었다. 그러나 돌잔치 소식을 듣고 마음에 작은 파문이 일었다.

출혈에 좋다는 연근을 먹기 좋게 갈아서 앉지도 못한 채 누워서 마셨다. 하루하루 기도하는 심정으로 지내던 지난 시간이 자꾸만 찾아와 노크를 하고 있었다. 함께 가자는 남편에게는 가고 싶지 않다고 말하고(도저히 웃으며 그 자리에 앉아있을 자신이 없다는 말을 할 수는 없었다) 결국 혼자 보냈지만, 그날 돌잔치에서 돌아온 그를 보고 끝내 혼자 보낸 몇 시간 전의 나를 후회했다. 옷을 갈아입으며 조용히 깊은숨을 뱉는 남편을 목격했기 때문이다.

내가 병실에 입원해 누워있는 동안 남편은 매일같이 퇴근후 집에 가서 연근을 갈아 병실로 가져다주었다. 그 사람 역시 그 시간을 떠올릴 수 있을 거라는, 허나 애써 꾹 삼키고 있을 거라는 생각까지는 미처 하지 못했다. 그 시기를 함께 겪고 태어난 아이의 1년을 축하하는 자리에 앉아있는 건 나 못지않게 남편도 마찬가지로 쉽지 않았을 거다. 지푸라기보다 못할지언정 어쩌면 곁에서 힘이 되어줄 사람이 필요했을지도 모를 텐데…. 나는 내 생각만 했다는 걸 너무 늦게 알았다.

그래서였을까. 이후 우연히 길에서 그 부부와 딸아이를 만나 반갑게 인사를 하고 차에 타서도 "애가 벌써 저렇게 컸구나, 이쁘다"는 말만 할 수밖에 없었다. 반가움과 부러움의 끝에 비집고 들어오는 상대적 박탈감과 상실감 등, 쓰디쓴 마음에 둘이서 손 붙잡고 울고 있을 수만은 없으니까.

하다못해 반달가슴곰이 인공수정에 성공했다는 뉴스를 보면서도 "곰도 인공수정에 성공하는데, 하물며 시험관을 하는 나는 어째서…" 하며 세상 온갖 만물의 임신과 출산에 대한 부러움에 몸부림치던 나였다. 그렇다고 아이가 있는 모든 친구들과 멀리 지낸 건 아니지만 나와 임신 기간이 겹쳤던 경우 자꾸만 잃어버린 아이들과 그 시간들이 떠올라 나도 모르게 가시가 돋고 그만큼의 벽을 세우고 조금씩 멀어지고 있었다.

그렇게 나는 자존감은 찾아볼 수도 없는 주제에 뾰족한 가시를 세운 볼품없는 사람이 되어가고 있었다. 내가 누군가에게 다가갈 수도, 누군가가 나에게 다가올 수도 없는 사람이 되어버린 채 서서히 늪으로 깊이 빠져들어 갔다.

나는 지쳐있었다. 할 수 있을 것 같았고, 가질 수 있을 것 같았지만 마음처럼 되지 않았다. 그러니 나날이 힘은 배로 들게 되어 어제보다 오늘이 더 지쳤고, 오늘보다 내일은 더 지쳐있을 거라는 걸 경험으로 알고 있었다. 가시를 거둬야 한다는 걸 알고 있으면서도 내 마음은 머리가 시키는 대로 움직여지지가 않았다. 그랬다. 그랬었다.

그리고 지금. 지금은 늪에서 자유로워졌을까. 있는 대로 세워둔 가시를 좀 거두었을까. 물론 처음과는 다른 이유지만 아직까지 아이들이 나오는 방송은 찾아보지 않는다(이제는 그다지 흥미롭지가 않다). 글쎄. 다른 건 몰라도 적어도 마음 끝이 더는 괴롭지 않은 걸 보면, 비록 흔적은 남았더라도 나를 잡아먹었던 그 넓고 깊은 늪으로부터 조금은 자유로워졌다고 말하고 싶다. 그래도 괜찮지 않을까.

나의 중앙정원에서

남편과 함께 즐기는 취미 중 하나는 드라마 몰아보기다. 본 방송이 진행될 때는 방송 시간에 맞춰서 TV 앞에 앉아 있어야 한다는 부담감에 주로 마지막 방송까지 끝난 후 몰아서 보는 편이다. 그래서 드라마 속 인기 있는 대사나 장면이 밈처럼 사람들 틈을 비집고 다닐 때는 잘 이해하지 못하다가 한참 지나고 나서야 우리끼리만 신나 하기도 한다. 그렇게 추앙이 가득한 〈나의 해방일지〉를 보았고, 애정해 마지않는 〈멜로가 체질〉을 즐겼으며, 우리 부부의 인생 드라마 〈나의 아저씨〉를 만났다.

마찬가지로 조금은 늦게 빠져서 보았던 드라마가 있었으니 바로 〈슬기로운 의사생활〉이었다. 의학 드라마라고 하면 재미있고 없고를 떠나, 기저에는 어둡고 심각하고 딱딱한 병원 내 암투를 다루는 게 대부분이다. 그러나 작가와 감독의 전

작인 응답하라 시리즈처럼 〈슬기로운 의사생활〉엔 사람 사는 따뜻한 이야기가 가득했다. 특히 환자와 보호자의 이야기를 자연스레 소개하는데 어떻게 된 게 첫 화부터 사람 마음을 무너뜨리더니 내내 마음 한쪽 끝을 잡고 쉽게 놔주지 않았다.

우연히 유튜브를 보다가 알고리즘이 이끄는 쇼츠 영상으로 〈슬기로운 의사생활〉을 다시 보게 되었는데 문득 잊고 있던 에피소드 하나가 떠올랐다. 바로 뇌사자의 심장을 기다리는 소아 흉부외과 환자 보호자들의 모습이다.

은지 엄마와 민찬 엄마. 언제부터였는지 알 수 없지만 은지는 꽤 오래 중환자실에 입원 중이었고, 민찬이는 이제 막 입원을 한 케이스였다. 익숙하지 않은 병원 생활에 정신없는 민찬 엄마를 살뜰하게 챙기는 건 은지 엄마였다. 은지 엄마는 "우리는 단거리 레이스가 아닌 마라톤을 하는 중이니 괜히 힘 빼고 지치지 말자" 위로를 건네지만, 그건 사실 은지 엄마 스스로에게 하는 다짐과도 같은 말이었다. 얼마 지나지 않아 이식할 수 있는 심장이 나타났고, 민찬이가 이식을 받게 되었다. 그걸 지켜보는 은지 엄마는 기꺼이 축하를 전했고, 그날 밤 아무도 없는 병원의 중앙정원에서 홀로 앉아 목 놓아 울었다.

울고 있는 은지 엄마를 보며 지난날의 내가 겹쳐 보였다. 오로지 임신과 출산을 목표로 하고 앞만 보고 달려가던 그때의 나. 쉽지 않은 그 길에서 만난 이들은 서로가 긴 마라톤을 함께 달리는 페이스메이커였고, 어두운 터널 안에서도 앞으로 나아갈 수 있게 비춰주는 작은 전구였으며, 지독한 난임전戰에서 만난 전우였다.

표면적으로는 시술에 필요한 정보를 공유했고, 보이지 않게는 마음을 의지했다. 남편에게조차도 털어놓지 못하는 속내를 나누었고, 시술을 앞두고, 혹은 실패로 종료 후에도 롤러코스터를 타는 내 마음을 굳이 설명할 필요가 없었다. 언니나 여동생이 없는 나에게 그들은 언니였으며 동생이었다. 그런 그들이 실패의 성적표를 받을 때면 함께 가슴 아파했고, 임신을 하면 진심으로 축하했으며, 출산까지 가는 여정에 응원을 보냈다. 그리고 드디어 마라톤의 결승선에 도달했을 때, 어두운 터널을 빠져나갔을 때, 난임전을 승리로 마쳤을 때, 그렇게 엄마가 되었을 때면 함께 박수치고 기쁨의 눈물을 흘렸다.

장기 이식이 여러 가지 미세한 조건이 맞아떨어져야만 가능한 것처럼 시술을 통한 임신과 출산도 마찬가지다. 정말 다양한 케이스가 있고 각각의 케이스에 또 여러 갈래 경우의 수가 존재한다. 그리고 그 경우의 수에는 또 다른 각각의 경우의 수가 나타나고 또, 그리고 또…. 그러니 선착순처럼 먼저 줄을 섰다고 해도 순서대로 탈출에 성공할 수는 없는 노릇이다.

머리로는 충분히 알고 있는 사실이지만, 내 속엔 너무나 많은 마음의 방이 있다. 동료이자 전우들이 하나둘 지긋지긋한 난임전을 끝내고 나와 다른 길로 접어들게 되면 내 마음속 다른 방에는 희미한 불이 켜진다. 이러다 언젠가 이 어둡고 서늘한 곳에 나 혼자만 남겨지게 되는 것은 아닌가 하는 불안과 두려움이 엄습해 왔다. 그럴 때면 나만의 중앙정원을 홀로 찾는다. 그리고 그들 역시 중앙정원에서 울고 있을 나를 알기에 내 앞에서 충분히 기뻐하지도 못한다. 늦은 밤 아무도 없는 병원의 중앙정원에서 외롭게 혼자 울던 은지 엄마처럼, 그런 은지 엄마를 알기에 조용히 죄인처럼 지켜보는 민찬 엄마처럼. 그럼 난 또 미안해지고 마는 감정의 악순환. 차라리 서로의 마음을 몰랐다면 더 좋았을까.

나의 축하와 응원과 기쁨의 눈물은 하나의 거짓도 없는 진심이었다. 그러나 그 마음이 진심이었던 만큼 무너지고 두려워 혼자 울었던 마음도 솔직한 나였다.

당시엔 온전히 한가지 얼굴을 하지 못한 그 마음이 너무나 혼란스럽기만 했다. 둘 중 어느 쪽이 진짜 내 마음인지 갈피를 잡지 못했다. 어느 날은 내가 너무도 불쌍했고, 어느 날은 내가 세상에 둘도 없는 위선자처럼 느껴졌다. 혹시라도 누군가에게 이런 나를 들킬까 두려워 내 감정에 나조차도 솔직하지 못하고 스스로를 자꾸만 방으로 밀어 넣었다. 밀어 넣고 밀어 넣고 또 밀어 넣다 보면 어느덧 내가 있는 곳은 방이 아닌 깊고 어두운 동굴이 되어버렸다.

동굴 속에서 미처 빠져나오지도 못한 채 다시 또 나만의 마라톤 페이스를 찾기 위해 꾸역꾸역 일어나 달린다. 주저앉아 울고만 있을 수는 없기 때문이다. 그렇게 달리다 다시 또 동굴 속으로 들어가게 되더라도 내가 할 수 있는 일은 일단은 무거운 마음을 모래주머니처럼 달고서 앞만 보고 달리는 것뿐이었다. 지금은 그런 양가감정이 지극히 자연스러운 거라는 걸 안다.

얼마 전 남편과 밤 산책 중 드라마를 보고는 그 시절의 내가 떠올랐노라며, 그때의 내 마음이 어땠었는지를 털어놓았다. 나의 뒤늦은 고백 같은 이야기를 들은 남편은 "그랬구나. 그럴 수 있어. 당연한 거야"라고 말했다. 아무 일도 아니라는 듯 담담하게 건넨 그의 말이 그토록 따뜻하게 느껴질 수가 없었다. 그 어떤 말보다 다정한 위로가 되어주었다.

드라마 속 은지는 마침내 누군가의 심장을 받았고, 혼자 울던 은지 엄마는 이제 더는 중앙정원에 홀로 앉아 울지 않는다. 그리고 지금 나 또한 끝이 보이지 않던 치열했던 마라톤을 끝내고 가벼운 산보 같은 삶을 살아가고 있다.

아직 내 마음속 중앙정원은 그대로 남아있다. 그 시간을 떠올리며 글을 쓰는 지금, 이 순간도 어쩌면 중앙정원에 머물러 있다고 볼 수 있겠지. 달라진 것이 있다면 중앙정원을 찾는 날은 손에 꼽을 만큼 줄었으며 눈물짓는 날이 있을지언정 그 울음도 짧아졌다는 것이다. 그리고 이 글을 마무리하게 될 때쯤이면, 나는 지금과는 또 달라져 있을 것이라고 믿는다. 비록 글을 마무리하기까지의 과정이 녹록지 않을지라도 멈추지 않고, 뒤로 물러서지 않고, 한 발 한 발 앞으로 나아갈 수밖에 없는 이유다.

나의 드림캐처

날이 더워지면서 남편의 베개 커버를 세탁하는 일이 잦아지고 있다. 남편의 것만 세탁하냐고? 맞다. 남편의 베개 커버만 세탁한다. 언젠가부터 베개가 불편해졌다. 베고 누우면 머리를 받쳐 주면서 동시에 부담스럽지 않을 만큼의 푹신함도 있는 베개를 좋아했다. '좋아했다'라고 적고 보니 마치 과거의 이야기 같지만, 지금도 좋아는 하는데 찾지를 못하고 있다. 이런 저런 베개를 구매해서 사용해 봤으나 번번이 실패했고 결국 아무것도 없이 자는 쪽을 선택했다. 불편한 베개를 베고 자는 것보다 그러는 쪽이 훨씬 덜 불편했기 때문이다. 물론 아직도 새로운 베개를 보면 '이번에는 혹시?' 하는 기대를 하게 된다. 또 실패할까 두려워 시도하는 횟수는 현저히 줄었지만. 그래서 오늘도 남편의 것만 열심히 세탁한다.

세탁을 위해 커버를 벗기고 새로운 커버를 씌웠다. 한동안 잘 사용하지 않다가 근래 다시 꺼내 쓰는 커버다. 코너 상단엔 드림캐처가 수놓아져 있다. 디자인을 찾고, 원단을 고르고, 자수를 놓고, 머신을 사용해 지퍼를 다는 것까지…. 하나부터 열까지 내가 직접 만든 거다. 지금이야 바느질이라고는 떨어진 단추를 다는 정도만 할 뿐이지만 내게는 한때 어둠 속에서 글을 쓰는 아들이 있는 것도 아니면서 밤을 새워 바느질하던 시절이 있었다.

첫 번째 유산을 하고 한 달이 좀 지났을 무렵이었다. 생각을 끊고 뭐라도 집중할 거리가 필요했다. 그때의 나는 아침에 눈을 떠서 밤에 잠들 때까지 후회로 가득한 시간을 보내고 있었다. 끝까지 마음 놓지 말걸…. 처음 입원했을 때 병원에서 등 떠밀 때까지 버텨볼걸…. 새롭게 출혈이 보일 때마다 동네 병원이 아니라 큰 병원으로 갈걸…. 이렇게 해볼걸…. 그건 하지 말걸…. 시간을 되돌릴 수 없다는 걸 알면서도 문틈 사이로 빠져나오는 연기처럼 스멀스멀 새어 나오는 생각과 이어지는 후회를 멈출 수가 없었다. 후회로 가득한 지난 시간도 지옥이지만, 그 시간에 잠식당해 후회 속에 갇힌 순간도 역시 지옥 같았다. 어떻게 생각을 끊어낼 수 있을까에 대한 고민이 시작되었던 것 같다. 생각을 끊어내려 또 다른 생각을 하게 되는 악순환. 그 악순환 끝에 찾아낸 게 바로 바느질이었다.

사람 좋아하는 남편은 특히 중학교 동창 친구들과 꽤 가깝게 지내고 있었다. 뭐든 나와 함께 하는 것을 좋아하는 사람인지라 결혼 전부터 친구들을 만날 때면 나도 동석하는 경우가 많았다. 심지어 결혼한 이후에는 어느 순간 내 친구들보다 더 자주 만나기도 했다. 그렇게 만나는 남편의 친구들 가운데 하나가 퀼트 공방을 운영하고 있다는 사실이 떠올랐다.

그동안 보아왔던 언니(남편은 나와 동갑이지만 빠른 연생이라 그의 친구들은 나보다 한 살, 많게는 두 살 나이가 많다)는 경계가 확실한 사람이었다. 필요 이상의 관심을 보이지 않을 사람. 혹여라도 느닷없이 눈물을 보일지라도 왜 그러냐 묻기보다는 조용히 휴지를 건네줄 사람. 그동안 내가 느껴왔던 것이 맞다면, 비록 남편 없이 따로 만난 적은 없었지만 어쩐지 부담이 없을 것 같았다. 게다가 공방은 다른 동네에 있어 대중교통으로 한 시간은 족히 걸린다. 멀리 가지 않으면서도 동네를 벗어나게 되는 거라 공방에 오가며 길에서 보내는 그 시간마저도 하나의 환기가 되어줄 수 있을 거라는 기대가 있었다. 남편을 통해 가능한지를 물었고, 흔쾌히 좋다는 말에 아무런 준비도 없이 1주일에 한 번씩 공방에 다니게 되었다.

술자리가 아닌 공방에서 만난 언니는 남편의 친구이자 나의 바느질 선생님이었고, 때로는 친구가 되어주기도 했다. 핀 쿠션부터 바늘이나 작은 가위 등을 넣을 파우치를 시작으로 서툴지만 한땀 한땀 손바느질을 시작했다. 그렇게 가방을 만들고, 식품 건조기 등 기타 주방용품의 커버를 만들었다. 준비된 도안이 없다면 사이즈를 직접 확인해 가며 언니, 그러니까 선생님의 도움을 받아 무에서 유를 만들어가는 과정에서, 성취감은 물론 만족스러운 결과물을 손에 넣기도 했다. 집에 혼자 있는 시간엔 거의 바늘을 붙잡고 있었고, 남편이 출장을 가 집에 없는 날이면 밤을 새워가며 바느질을 하기도 했다. 언니는 내게 손이 빠르다고 했지만, 사실은 손이 빠른 게 아니라 그만큼 바늘을 붙잡고 있는 시간이 길었던 거다.

바느질이 좋았다. 바느질하는 시간이 좋았다. 가늘고 뾰족한 바늘을 천에 폭 찔러 넣을 때의 소리는 짜릿했고, 바늘 끝에 달린 실이 천을 빠져나올 때면 작은 쾌감마저 있었다. 찔러 넣고 빼내는 행위를 무한 반복하다 보면 내 눈앞엔 천과 실만 있을 뿐이었고, 어느새 머릿속은 고요해졌다. 잠시 한눈을 팔면 바로 바늘에 찔리기 때문에 내려놓을지언정 다른 생각을 할 수가 없었다.

그러던 어느 날 우연히 드림캐처를 보았다. 오래전부터 알고 있던 노래가 유난히 귀에 꽂히는 순간이 있는 것처럼, 그날, 드림캐처가 내게 그랬다. 어디에서 봤는지는 기억도 나지 않지만, 한번 머릿속에 들어오더니 내내 떠나지 않았고, 기어코 만들고 싶다는 생각까지 이어졌다. 그러나 그곳은 퀼트를 하는 바느질 공방. 드림캐처를 만들 수는 없었다…. 없기는 왜 없어. 만들 수 없으면 수를 놓으면 되는 거지. 퀼트 공방이지만 자수도 하고 있었으니 생각만 있다면 전혀 문제 될 게 없었다. 물론 나는 자수라는 걸 해본 적이 없었지만 내게는 유능하신 선생님이 있으니 어쩐지 할 수 있을 것 같았다. 자, 그렇다면 어디에 수를 놓아야 하지? 어디긴. 드림캐처니까 당연히 베개 커버지. 이렇게 의식의 흐름대로 아무런 대책도 없이 나는 해보지도 않은 수를 놓아 드림캐처를 만들 생각을 했고, 그렇게 베개 커버를 만들게 되었다.

온라인 이미지 사이트에 들어가 맘에 드는 도안을 찾고 적절한 재질과 색상의 원단을 골랐다. 재단을 하고, 자수를 놓게 될 위치를 잡고, 밑그림을 그린 후 처음 한 땀을 찔러 넣을 때…. 내 손은 조금 떨렸을까. 어쩐지 그동안 해왔던 바느질과는 느낌이 달랐다. 그저, 해보지 않은 자수라서가 아니라 이상하게 마음가짐이 조금은 비장해지는 느낌이었다. 공방에서는 자수를 다 마칠 수가 없어 여기는 이렇게, 저기는 저렇게 해보자며 필요한 자수 기법을 배워 집으로 가져왔다. 나는 늦은 시간까지 바늘을 붙잡고 있었다.

아메리카 원주민의 전통 주술품 드림캐처. 잠자리 근처에 걸어 놓으면 악몽을 잡아준다는 것을 어디에선가 본 기억이 있다. 원형 안에 얽인 실은 거미줄처럼 악몽을 잡아주고, 깃털은 좋은 꿈을 내려주며, 중간중간 달린 구슬은 붙잡힌 악몽이 아침 햇살을 받고 변한 이슬을 상징한다고 했던가. 나의 악몽 같은 시간이 모두 그곳에 걸려버리기를, 다시 또 새로운 꿈을 꿀 수 있기를, 그리고 당장은 바라지도 못할 테지만 언젠가는 반드시 나의 괴로운 시간이 반짝이는 이슬이 되어주기를 바라는 마음을 담아 한 땀 한 땀 바느질을 했다. 그렇게 밤하늘을 닮은 짙은 회색빛의 원단에 수를 놓았고, 어둡고 캄캄한 내 마음에도 새겨 넣었다.

간절한 마음으로 수를 놓아 베개 커버를 만든 지도 벌써 8년이 지났다. 깊은 밤하늘 같기만 하던 짙은 회색빛의 원단은 세월을 지나며 어느덧 색이 바래 새벽녘의 하늘 같아졌다. 그사이 사용하던 베개도 바뀌어 커버와 사이즈가 맞지도 않다. 심지어 지금 나는 베개를 사용하지 않기도 하고.

그때의 바람처럼 나의 악몽 같은 시간은 내게서 떠나 거미줄에 걸렸을까. 괴로웠던 시간은 반짝이는 이슬이 되었을까. 글쎄. 잘은 모르겠지만, 적어도 지금 나는 그때보다 한결 가벼워졌다. 후회가 남지 않는 시간이란 있을 수 없겠지. 없었던 일이 될 수 있는 것도 아니고 말이다. 그저 이렇게 그날을 떠올리며 조금은 아파하더라도 툭툭 털고 다시 일어날 수 있다는 것이 감사할 뿐이다.

마음을 글로 적고 보니 내 커버도 다시 사용하고 싶어졌다. 어서 내게 맞는 베개를 찾아야겠다. 이제는 정말 좋은 꿈을 꿀 수 있을 것만 같다.

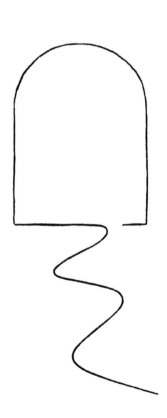

편견이 신념이 되지 않기를

한동안 잘 사용하던 콩나물시루를 드디어 처분했다. 한동안 잘…. 이라고 적었지만 '잘'은 아닌 것 같다. 사놓고 콩나물을 기른 건 정작 열 번도 채 되지 않았으니까. 열 번이 뭐야. 다섯 번은 사용했을까 모르겠네.

살림살이에 욕심이 많은 나는 2인 가족이면서도 5인 가족이 사용하는 큰 사이즈의 시루를 샀더랬다. 아니 처음 사용해보는 거 그냥 플라스틱으로 된 걸 사도 충분했을 텐데 굳이 옹이로 된 시루를, 그것도 풀세트로 구매해서 거의 방치를 했던 거지. 미니멀 라이프가 대체 뭔가요? 가능하기는 할까요? 다른 건 몰라도 주방용품 앞에서는 이상하게 자꾸만 맥시멀리스트가 된다. 술에 맞게 잔을 갖추고 싶고, 용도에 맞는 냄비를 갖고 싶다. 스텐 찜기가 있으면서 대나무 찜기를 사이즈 별로 갖고 있는 나다. 남편이라도 나를 좀 말려주면 좋으련만, 콩나물시루를 옹이 풀세트로 사준 사람이 바로 남편이다. 누구 하나 말리는 사람이 없으니 미니멀 라이프가 가당키나 하겠냐고. 주방 한편에 두고 쓰다 크기도 무게도 만만치 않아 결국 현관 신발장 아래에 처박아둔 지 오래. 이대로는 안 되겠다 싶어 사진을 찍고 중고 거래 사이트에 판매 물품으로 올린 지 한 달이 지났고 그동안 도르마무와 거래하러 온 닥터 스트레인지처럼 끌어올리고, 끌어올리고, 또 끌어올려 드디어 거래를 이루어냈다.

약속 시간이 되어 거래자와 만났는데, 어라, 당연히 아주머니일 거라고 생각했던 나의 예상을 뒤엎고 차에서 내린 분은 나보다 연배가 있으신 아저씨가 아닌가. 다시 보니 그분의 닉네임으로는 여자라고 판단하기엔 조금은 어려운 지점이 있었다. 아, 물론 보이는 닉네임에 성별이 붙어 있는 게 아니니 그것만으로 다 알 수는 없는 노릇이고 알았다 한들 달라지는 것도 없지만…. 콩나물시루를 거래하려는 사람이 남자일 거라고는 단 한 순간도 생각하지 못했다. 괜스레 놀란 마음을 들키지 않게 유난히 더 친절히 인사를 하고 돌아서는데, 섣부른 판단을 하고 혼자서 놀라버린 내가 어쩐지 부끄러워져 머쓱했다.

편견이라는 건 이토록 무섭다. 나부터가 타인이 갖는 편견에 당혹스러웠던 적이 한두 번이 아니었으면서 정작 타인을 향해서는 이렇다니. 나이만 먹었다고 어른이 아닌 건 그 누구도 아닌 바로 나였다는 생각까지 들었다.

사실 콩나물시루는 지난달에 이루어졌던 거래인데, 한 달 전의 기억이 소환된 이유는 바로 얼마 전 우연히 보았던 한 댓글 때문이다.

위층 살던 이웃이 이사 가면서 남기고 간 고마운 손편지와 관련된 글을 적었고, 꽤 많은 사람들이 그 글을 읽었으며 반응은 가히 폭발적이었다. 사람들의 마음속에 층간 소음에 대한 화두를 하나씩은 품고 있어서인지 층간 소음과 관련되어 정말 많은 댓글도 달렸었다. 사실 포털 사이트의 댓글이 다 그런 건 아니지만 이따금 논리도 없고 납득도 안 되는, 말 그대로의 '악플을 위한 악플'이 달리는 경우들을 보았기 때문에 잘 읽지는 않는다. 그러다 우연히 한 댓글이 눈에 들어왔다. 내용인즉슨, 아래층 이웃이 굉장히 예민한데 알고 보니 아이를 못 갖는 부부이며 그렇게 예민하게 구니까 애가 안 생기는 게 아니겠냐는 거였다. 그리고 거기엔 동조하는 대댓글이 있었고. 그 많은 댓글 중 하필 눈에 띄어도 어쩜.

나는 비자발적 무자녀 부부의 삶을 살고 있다. 댓글에서 말하는 '예민해서 애를 못 갖는 여자'가 바로 나였던 것이다. 지금에야 무자녀의 삶을 받아들이고 온전한 나로서 살고 있지만, 만약 아직까지 병원에 다니며 부모가 되기 위해 애쓰는 중이었다면 그 댓글은 아마도 굉장한 무기가 되어 나를 찌르고 또 찔렀겠지.

사실은 찔렸다. 꽤 아팠거든. 원래 무딘 칼에 찔리면 더 아픈 법이다. 댓글을 보고 며칠이 지난 어느 날 운전 중 신호 대기에 걸려 정차해 있을 때, 느닷없이 그 댓글이 퍽 하고 명치를 치고 가더니 이내 맘 한구석이 욱신거렸다. 몇 년이 지나도 이렇다. 상처야 굳은살이 박이고 무뎌지기는 했어도 치열했던 그 시기가 없었던 일이 되는 건 아니니까. 정말 지긋지긋하다. '그게 언젠데 아직도 그래?'라는 소리가 들리는 것 같다. 아닌 척할 뿐이지…. 응, 아직도 그래.

우리는 책이나 영화나 이야기로 간접 경험을 하지만 그건 말 그대로 간접적인 것일 뿐 직접 몸으로 경험한 것 아니다. 아무리 보고 들어도 경험하지 않고서는 알지 못하는 일들이 있다. 혹자는 난임의 스트레스가 암 환자와 비슷한 수준이라고 말한다. 그러나 나는 암을 가족의 입장에서 지켜보기는 했어도 내 몸으로 직접 경험하지는 못했기 때문에 섣불리 난임 스트레스를 암에 비교해서 말할 수가 없다. 아무리 죽을힘을 다해 노력해도 내 의지대로 할 수 없는 일이 있다는 것을 경험으로 아는 사람은 그렇게 쉽게 말하지는 못할 거다. 그러니 정말 난임을 겪는 이들은 혹시라도 예민해서 애가 안 생긴다는 말을 들을까 두려워 더 조심하고 숨죽이고 있다는 것을…. 그들은 모르겠지. 그래, 모르니까 할 수 있는 얘기겠지.

사람은 누구나 자신이 아는 만큼 생각하고 판단하게 된다. 지금껏 살아온 방식이 삶을 바라보는 기준이 될 수밖에 없다. 잘 알지 못하더라도 당장 내게 필요하거나 궁금한 것이 아니면 미루어 짐작만 할 뿐이다. 그리고 그런 짐작이 쌓여 자칫 오해나 편견을 만들기도 하는 거지. 그러다 어느 순간 악의가 없어도 누군가에게는 상처를 줄 수 있다는 걸 우리는 알면서도 매번 잊고 만다.

나 또한 인지하지 못한 채 갖고 있는 편견이 있겠지. 나도 나의 직간접적인 경험을 바탕으로 나름의 기준을 갖고 살아가는 사람이니까. 당장 콩나물시루를 거래하러 온 분을 의심의 여지 없이 아주머니일 거라고 내 멋대로 생각했던 것처럼 말이다. 다만, 그런 편견이 신념이 되지는 않기를 바란다. 그릇

된 신념은 신념이라기보다는 고집이고 아집이다. 그렇게 확증 편향에 사로잡히는 어리석음에 매몰되지 않고 부디 유연한 사고를 가질 수 있기를. 언제든 생각의 환기가 가능한 뒷문 하나쯤은 열어둘 수 있기를 바란다. 더불어 그 문이 낡고 녹슬지 않게 수시로 기름칠을 해두어야겠다는 다짐을 할 뿐이다.

그나저나 콩나물시루를 가져가신 아저씨는 잘 사용하고 계실까. 비록 내게는 필요하지 않아 팔아버린 물건이라도 그 댁에선 잘 사용되기를 바라는 욕심 같은 마음이 있다. 다시 중고거래 물품으로 올라오지 않는 것을 보면 그렇다고 봐도 괜찮으려나. 만약 그렇다면 오늘 그 댁의 저녁 메뉴는 어쩐지 내가 콩나물을 키울 때 주로 해 먹던 콩나물밥이라면 참 좋겠는데. 적당히 식감이 살아있는 콩나물밥에 간장양념을 촤라락 뿌리고 참기름을 쪼르륵 더해 슥슥 비벼 먹으면 얼마나 맛있게요. 아, 안 되겠다. 콩나물 사러 가야지. 그 댁이 아니라 당장 우리 집의 오늘 저녁 메뉴로 콩나물밥을 지어야겠다.

인생은 멀리서 보면 희극

예전에 살던 집 근처에 자매가 운영하는 마카롱 집이 있었다. 디저트를 좋아하지만 마카롱은 너무 달아 즐기는 편이 아니었는데, 그 집 마카롱을 맛본 이후로는 마카롱이 이렇게 맛있을 수 있다는 걸 깨닫게 되었을 정도로 맛있었다. 한 번 맛을 본 후로는 가끔 나에게 선물을 주듯 쓸어와 냉장고에 쟁여놓고 먹기도 했고, 지인들에게 선물로 주기도 했었다.

맛있는 마카롱을 알아본 사람이 나뿐만은 아니었는지 그곳은 언제나 사람들이 줄을 섰다. 지방에서는 물론 외국인 여행객까지 찾아올 정도였다. 안 그래도 맛집으로 소문난 곳인데 1주일에 단 3,4일만 영업을 하니 사람들이 더 애가 탔을까. 바로 그 앞에 사는 내가 행운인 것처럼 느껴지는 순간들마저 있었음을 고백한다.

적다 보니 각각의 재료가 주는 노골적이지 않으면서도 적당한 단맛이 그려진다. 맛이 그려지니 마카롱이 먹고 싶어졌다. 다른 곳 말고 딱 그 집 마카롱. 사랑스러운 디자인에 먹기도 전부터 눈이 즐겁고, 첫입을 베어 물었을 때 코로는 웃음이 새어 나오면서 동시에 입꼬리가 올라가며 자연스레 광대까지 같이 올려주는 맛. 아니 뭐, 마카롱이 먹고 싶다는 얘기를 하려는 건 아니고.

자매가 마카롱을 만들고 자매의 어머니는 일손을 도와 판매를 맡았다. 아무래도 바로 집 앞이다 보니 오며 가며 자주 마주쳤고 자연스레 판매자와 손님이 아닌 이웃이 나누는 일상의 대화를 하게 되었다. 어느 날 마카롱 집 어머님이 내게 그런 말을 했다.

"자기는 정말 팔자 좋아. 남편 착해, 서울에 집이 있어, 직장을 나가는 것도 아니고, 애 키우는 것도 아니니까 얼마나 좋아."

그 말을 들은 내 표정이 어땠을까. 어쩐지 조금 억울했다. 어색하게 웃어 보였지만 내 마음을 노래로라도 불러주고 싶었다. '내가 웃는 게 웃는 게 아니야, 또 내가 걷는 게 걷는 게 아니야.' 하….

그때의 나는, 나란 사람은 오로지 임신만을 위해 존재하는 사람 같았다. 새롭게 시술이 시작되면 많게는 1주일에 두세 번씩 병원에 갔고 혹시라도 임신을 하게 된다면 매 순간 조심스러웠다. 그러다 실패를 하면 몸을 추스르기에 최선을 다했고, 그렇게 몸이 조금 회복되었다 싶으면 다시 또 새로운 시술을 위해 준비해야 하는. 그렇게 나의 모든 생활은 병원 스케줄, 그러니까 '시술'을 중심으로 돌아갔다. 다니던 직장을 그만두었지만, 그 상황에서 새롭게 어떤 일을 할 엄두도 낼 수가 없었다. 안타깝게도 실제로 임신을 준비하면서 다니던 직장을 그만두는 사람도 적지 않았다. 그러니 오히려 병원 스케줄을 부담 없이 잡을 수 있다는 것이 다행이라고 여겨지기까지 했다.

시술과 실패가 반복되면서 몸이 회복되는 속도는 점점 더 더뎌졌다. 가끔은 정해져 있는 수명을 끌어다가 사는 느낌마저 들었다. 과배란을 할 때는 몸속에 집어넣은 호르몬제 때문에 힘들어…. 이식을 한 이후로는 혹시 모를 나의 행동이 잘못된 결과를 초래할까 조심스러워…. 실패를 한 이후엔 몸과 마음에 납덩이가 달린 것 같아 늘 걸음걸음이 무거웠다. 그럼에도 불구하고 어쩐지 내게는 포기의 'STOP'보다는 성공의 'GOAL'

이 한 뼘이라도 더 가까이 있을 거라는 근거 없는 확신도 있었다. 그러니 도저히 멈출 수가 없었다. 그리고 그런 날이 반복될수록 나는 생기를 잃어갔다. 몸은 마치 빵빵했던 에어캡이 하나씩 하나씩 터져 너덜거리는 것 같았고, 마음은 잘 짜인 원단의 실이 한올 한올 풀려 여러 갈래로 흐트러지는 것 같았다.

결혼하고 이듬해부터 살던 동네였지만 내내 직장을 다녔고, 직장을 그만두고도 병원에 다니느라 동네에는 알고 지내는 사람이 딱히 없었다. 그저 나도 모르게 단골이 되어버린 마카롱집 모녀와 가벼운 근황을 나누며 스몰 토크를 하는 정도였을 뿐, 이런 깊은 속사정까지 다 얘기하는 건 아니었다. 그래서인지 겉으로 보이는 나는 한없이 평안했는가 보다. 내 마음은 비록 바람 앞에 촛불 같고 속이 들여다보일 정도로 얇은 얼음판 위를 걷는 것처럼 불안할지라도.

그래, 젊은 여자가 아이를 키우는 것도 아닌데 직장에 다니지도 않고 남편이 벌어다 주는 돈이나 쓰며 설렁설렁 강아지와 산책이나 하고 다니는 모습을 보았으니 팔자 좋다는 말이 나올 만도 하겠다. 따지고 보면 그분의 얘기 중 뭐 하나 틀린 게 없는 건 맞는 것 같기도 하고. 비록 적지 않은 대출을 깔고 앉아있어도 집이 있고, 남편이 착한 것도 맞고, 이유야 어쨌건 직장에 다니지 않는 것도 맞고, 하루에 몇 번씩 실외 배변만 하는 나의 똥강아지 루피의 배변 때문에라도 산책을 하는 게 맞는 말이기는 하니까. 맞는데, 맞기는 하는데 달콤한 마카롱 집 어머니의 틀린 것 없는 그 말이 난 왜 이렇게 쓰냐.

그날 이후 그분을 만나면 더 환하게 웃었고, 더 여유를 부렸다. 굳이 내 사정을 다 말할 필요는 없으니까. 이러나저러나 내가 좋아 보인다는 얘기이니 계속 좋아 보이려 했다. 요즘 흔히 말하는 그저 '있어보이니즘'일 뿐이라도 기꺼이 그렇게 보이기로 했다. 사실 그건 굳이 애쓸 필요도 없었다. 다른 사람의 눈에 팔자가 좋아 보이는 게 뭐 어때서. 생각해 보면, 지지리 궁상으로 보여 혹여라도 어디에선가 내 얘기를 하며 쯧쯧 혀를 차고 안쓰러워하는 것보다야 팔자 좋다는 말을 듣는 게 오히려 낫다. 그러니 억울해할 필요는 없다. 그래, 오히려 그쪽이 훨씬 낫다. 내게 팔자 좋다는 말을 하신 마카롱 집 어머니도 딸들이 맛집 사장님이 되어 사람들의 부러움을 사더라도, 누구에게도 차마 말하지 못하는 쓰린 속이 있지 않겠나. 누구라도 말이다.

인생은 멀리서 보면 희극이고, 가까이 보면 비극이라고 하지 않던가. 누구나 다 자기만의 비극은 품고 있을 거다. 그걸 굳이 밖으로 내보일 필요는 없겠지. 그러니 오늘도 내가 감당할 수 있을 정도로만 웃자. 스마―일.

정답은 정해져 있는 게 아니었다

임신이 어렵다, 혹은 유산이 반복된다는 것을 알면 많은 사람들은 속 사정은 알지도 못하면서 마음을 편히 가지라는 말을 한다. 한발 더 나아가 내려놓으라는 말도 한다. 내려놓으면 된다고. 왜 마음을 편히 갖지 못하느냐고. 그보다 더 대책 없는 조언이 또 있을까 싶다. 그것은 마치 암세포도 생명이라고 했던 드라마 대사와 견주어도 좋을 만큼 개똥망같은 소리다. 그런 말을 할 때면 세트처럼 "내가 아는 누군가는 내려놓으니 임신을 했다더라"라는 말이 더해지기도 한다. 그들은 '내가 아는 누군가'의 속사정까지는 결코 알 수가 없다는 것에 내 손모가지를 건다(도박은 나쁜 겁니다).

경험해 보지 않으면 쉽게 말할 수 있다. 잘 알지를 못하니까. 직접 부딪쳐 보지 않으면 산도 쌓아 올리고 이미 올려진 산도 옮길 수 있는 거 아니겠나.

속 모르는 사람들이 하는 조언이라는 말들은 아무래도 조급하게 생각해서는 안 된다는 말이기도 하겠지. 그리고 그 안에는 예민해서 그렇다는 뜻도 있을 테고. 이것도 예민하게 받아들여서 그런 거라고 하지는 말고. 아니 근데, 이렇게도 생각하고 저렇게도 생각해 봐도 예민해질 수밖에 없기도 하다. 먹는 거, 입는 거, 바르는 거 하나하나 다 신경 쓰면서 생활을 하는데 잔잔한 호수와 같은 마음으로 살아간다는 건 도를 닦는 성인도 아니고 거의 기적에 가깝지 않을까. 마음을 내려놓는다는 건 어떻게 하는 걸까. 내게 내려놓음이란 곧 포기를 뜻하는 거였다. 그러나 포기할 수 없었으니 마찬가지로 내려놓을 수가 없었다.

배 속에 있던 아이를 17주를 앞두고 낳아서 보낸 것을 시작으로, 임신 확인 후 아기집까지는 보지 못한 화학적 유산, 난황까지는 봤지만 심장이 뛰지 않아서, 잘 뛰던 심장이 멈춰서, 그리고 텅 빈 아기집만 보여서…. 그렇게 유산을 하고 수술을 해야만 했다. 내게 찾아왔던 아이들은 마치 손가락 사이로 빠져나가는 모래알 같았다. 차라리 아예 임신조차 되지 않았더라면 내려놓는 게 조금은 쉬웠을까. 조금만 노력하면, 조금만 더 노력하면, 어떻게든 조금만 더 노력이라는 걸 하면 내게 온 아이들을 잡을 수 있을 거라고 믿었다. 그러나 결국 모래알은 다 빠져나가 버리고 말았고, 손에는 모래가 있던 흔적만 남아 있을 뿐이었다. 그렇게 다섯 번의 유산을 겪고 나니 난 지칠 대로 지친 상태였다. 경험은 쌓이면서 나름의 노하우가 생긴 다지만, 유산의 경험은 쌓이면서 노하우가 생기는 게 아니라 누적된 무게로 내 마음을 누르고 더 날카로워진 칼로 내 마음을 휘저어 놓았다. 내가 처한 상황에 놓여본 적은 나도 처음이라 어디로 가야 할지 갈피를 잡을 수 없었다.

네 번째 유산을 하고 소파수술 후 골반염 때문에 1주일간 병원에 입원했을 때였다. 병실의 밤은 너무나 길었다. 침대를 둘러싼 커튼 안에서 난 여기저기서 불쑥불쑥 튀어나오는 생각들로 관객 하나 없는 모노드라마의 주인공이 되곤 했다. 소파수술을 한 지 1주일이 채 되지 않아 몸까지 아프다 보니 유산을 했다는 슬픔 못지않게 내 처지가 너무나 서러웠다. 웃다가도 눈물이 나고, 남편을 봐도 눈물이 나고, 자다가도 그렇게 시도 때도 없이 눈물이 났다. 유산이라는 건, 오롯이 내가 감당해야 하는 몫이라 버티고 버텨도 무너질 때가 많았다. 나는 수없이 버텼고 결국엔 무너졌다.

심정지로 유산이 되었다는 말을 들었던 날. 진료를 마치고 주차타워 안에 들어가 있는 차를 기다리며 남편과 마주 앉았을 때였다.

"죽고 싶다."

나도 모르게 그 말이 입 밖으로 튀어나와 버렸다. 죽을 만큼 힘이 든다고 여겨진 적은 있었지만 죽고 싶다는 생각을 했던 적은 없었다. 입 밖으로 그 말이 튀어나오고 나니 어쩌면 이러다 정말 그럴 수도 있겠다는 두려움이 엄습해 왔다. 마치 고속도로의 졸음 쉼터에 들어가 아슬아슬한 주행을 잠시 쉬어가는 것처럼, 어두운 터널 속에서 희미하게 빛나는 초록색 비상구처럼, 나도 그 아슬아슬한 레이스에서 옆길로 빠져나와 잠시나마 쉬고 싶었다. 그래야만 할 것 같았다. 결국은 다시 합류하게 될지라도 일단은 정신없이 달려온 길에서 한발 거리를 두는 시간이 필요했다. 나의 졸음 쉼터를, 초록색 비상구를 찾아야만 했다.

그렇게 한발 빠져나와 앞으로의 계획이고 뭐고 아무런 생각 없이 그저 오늘만 살아내던 어느 밤. 남편과 저녁밥을 먹으며 가볍게 반주 한잔을 하는데, "이제야 좀 사는 것 같다"는 말이 그의 입에서 나왔다. 소주 한 잔을 그대로 목으로 넘기고 '크'

하는 소리가 반사적으로 나오듯 너무나 자연스러워 하마터면 내가 잘못 들은 건가 싶었을 정도였다. 먹는 거 하나하나 입는 거 하나하나 일일이 다 신경 쓰지 않고, 커피나 술을 앞에 두고서 괜한 죄책감을 갖지 않던 날이었다. 단 한 번의 한숨도 없던 그 자리. 말하지 않았다면 알 수 없을 만큼 평범하고 평안한 일상이 난데없이 오히려 어색하게 다가왔고, 그제야 우리를 제대로 보게 되었던 것 같다.

우리 둘 다 아이를 무척이나 좋아하고 우리가 그려온 미래에는 늘 아이가 있었지만, 그렇다고 엄마나 아빠가 되기 위해서 한 결혼은 아니었다. 그런데 왜 인생엔 마치 이 길만 있는 사람처럼 앞뒤 재지 않고 달려가기만 했던 걸까. 아이 전에 우리가 먼저 있어야 하는 거 아닌가. 지난 몇 년의 시간을 돌이켜 봤을 때, 그 속에 우리는 보이지 않았다. 정신이 번쩍 들었다. 그래, 이건 좀 아니다. 뭔가 잘못됐다. 임신과 출산, 그렇게 엄마가 되기 위해 달리는 동안 정작 중요한 건 놓치고 살았다는 걸 그제야 깨달았다.

남편은 그동안 그만하고 싶다는 시그널을 수차례 보내왔다. 다음 시술을 준비하는 나를 보면서 "우리 또 하는 거야?"라고 묻기도 했고, "난 아이 없어도 괜찮아, 상관없어"라고도 했다. 응급실에 누워 진통제로 겨우 버티고 있을 때는 궁서체 볼

드로 "이제, 그만하자. 이러다 정말 머지않아 홀아비 되겠어"라고도 했으니까.

그랬던 사람이 지금은 이제야 사는 것 같다고 말을 한다. 지난 시간 그이의 말을 들으면서도 마음속으로는 그저 그냥 하는 소리일 뿐이라고만 생각을 했는데, 어쩌면 그건 내가 그렇게 듣고 싶었던 게 아니었을까. 우리는 함께하는 동반자이자 짝꿍이자 파트너라고 생각하면서도 정작 나는 함께하는 사람은 바라보지 않은 채 혼자만의 레이스를 하고 있었구나.

잠시 쉬어가는 거라고 생각했다. 언제라도 결국은 다시 그길로 돌아갈 거라고만 생각했다. 나의 선택지는 이미 정해져 있다고 여겨왔는데 눈을 씻고 다시 보니 내 앞엔 그동안 미처 보지 못했던 다른 선택지도 놓여 있었다. 선택을 해야 했다.

"이제 내려놓는 거야?"라고 누군가 내게 물었다. 그러면서 역시나 "그래, 내려놓으면 온대"라고도 했지.

"아니, 내려놓는 거랑은 달라. 굳이 내려놓는 거라고 한다면 그래, 그럴 수도 있겠다. 그런데 난 그렇게 생각하지 않아. 정확하게는 다른 선택을 한 거야. 아이를 원하던 내가 아닌 새로운 선택지를 집어 들었으니까."

물론 이 말을 입 밖으로 꺼내진 않았다. 대신 그저 조용히 웃어 보이기만 했을 뿐.

　다른 선택지가 있다는 것을 미처 보지 못했을 때의 나는 내려놓는다는 것은 곧 포기하는 거라고만 생각했다. 선택하지 않은 것과 포기하는 것은 다르다. 나는 아이를 포기한 게 아니라 우리를 선택하기로 했다. 우리. 나와 남편. 그리고 누구보다 나 자신. 이 선택이 나를 어디로 가게 만들어 줄지 알 수는 없지만 가보지 않은 길을 미리 예단하지는 않기로 했다. 물론 여러 시행착오가 있겠지. 그래도 두려워하지는 않기로 하자. 그토록 지독하고도 괴로운 시간도 지나왔는데 뭐가 더 힘들까.

좋아지고 있어

가을이 시작되는 밤이었다. 길 건너 치킨집에서 매장 앞에 펼쳐 놓은 테이블에 앉아 생맥주와 함께 치킨을 먹던 중이었다. 바싹하게 튀겨진 치킨 사이사이 겉바속촉으로 튀겨진 떡 튀김을 한 입 먹고, 보기만 해도 시원한 생맥주를 한 모금 넘긴 남편이 내게 물었다.

"요즘 마누라는 어때?"

"뭐가?"

"전반적으로. 그냥 어떤가 해서."

"…좋아."

겉으로는 드러나지 않는 몸 상태와 더 깊이 자리한 마음의 상태를 묻는 것이었다. 그의 물음에 나는 좋다고 대답을 했지만 그날 오갔던 많은 대화 중 그 짧은 순간이 며칠 동안 내내 꼬리표처럼 따라다녔다. '정말 좋아? 정말 좋은 거 맞아?' 하고 내 뒤를 졸졸 따라다니며 묻는 것만 같았다.

몸과 마음을 추스르느라 몇 달을 보냈고, 작은 똥강아지 보아를 새 가족으로 맞이하며 온 신경을 쏟느라 정신이 없었다. 시아버지 간병에 적극적인 조연 역할을 했고 돌아가신 후에는 직접 발로 뛰지는 않았으나 여러 가지를 정리하면서 또 시간을 보냈지. 요즘의 나는 어떤가. 남편이 그동안 함께 하기를 바라던 운동을 미루고 미루다 드디어 시작했다. 하루하루 집안일을 하며 사랑스러운 털뭉치들 루피와 보아를 돌보고 있지만, 예전보다 조금 자주 게으름을 부리며 지내는 것 말고…. 내 마음 저 깊은 곳은 어떤 상태인가를 나 스스로도 돌아보지 못하고 지내고 있는 것 같다.

새로운 선택을 한 거라고 나 스스로에게 말을 했지만, 그렇다고 어떤 급격한 변화가 생긴 것은 아니었다. 그러다 보니 선택지를 바꿔 들지는 않겠지만 나도 모르게 자꾸만 선택하지 않은 것을 떠올리게 되었다. 그동안 아무리 힘들어도 그 길의 끝은 반드시 해피엔딩, 다시 말해 엄마가 되어 있을 거라고 나 스스로를 애써 다독여왔다. 그렇게 먹는 것, 입는 것, 생각하는 것 등 나의 모든 것을 오직 임신과 건강한 출산에만 맞춰 살았기 때문에 멈추고 나서는 삶의 목표를 잃은 기분이었다.

오래전 친구들과 배를 타고 제주도에 간 적이 있었다. 늦은 밤, 바다와 하늘의 경계도 알아볼 수 없을 정도로 어두운 밤에 저 멀리서 길을 알려주듯 반짝이는 불빛이 보이곤 했다. 한없이 어둡기만 했다면 무서웠을지도 모를 그 밤바다가 아름답게 기억되는 건, 캄캄한 어둠 속에서 별처럼 빛나던 그 불빛 덕분이겠지.

지금의 나는 망망대해를 표류하며 떠 있는 한 척의 작은 배와 같다. 그날처럼 아무것도 보이지 않는 어두운 밤은 아니지만 등을 밀어주는 바람도 없고 바라보고 갈 수 있는 빛도 보이지 않는 것 같아 두려운 것도 사실이다. 목표를 잃은 삶에서 바닥을 치는 자존감은 어쩌면 당연지사일 테다. 결과적으로 몸과 마음은 만신창이가 되었고 경력은 단절되었으며 다시 새롭게 일을 시작하자니 어디서부터 어떻게 시작해야 할지 잘 모르겠다. 그렇게 자신감은 결여되고 심하게는 내 존재의 이유까지 고민하기도 했다.

다른 무엇도, 다른 누구도 아니다. 다시 처음으로 돌아가 오직 나 자신과 우리를 선택했다. 매일매일 소소하지만 감사한 일을 찾아가며 수없이 스스로를 다독이고 있지만 하루에도 열두 번씩 무기력함에 허덕이고 있다. 친정엄마는 내게 전화를 했을 때 외출 중이라고 하면 마치 나의 외출은 곧 병원이라는 듯이 반사적으로 병원에 간 건지를 물었다. 그 바람에 속이 한 번씩은 뒤집히기도 한다. 물론, 병원에 가기를 바라는 마음이 아니라 혹시라도 다시 또 시작하는 건 아닌가 걱정하는 마음이라는 것을 알고 있다. 알고는 있지만, 엄마의 그런 걱정의 말마저도 내 마음엔 걷잡을 수 없는 분진을 일으켜 다시 고요하게 만들기까지 적지 않은 시간이 필요하다.

그래도 그나마 다행이라고 할 수 있는 건 무기력함은 말 그대로의 무기력함일 뿐 손쓸 새도 없이 우울의 늪에 빠져 허우적대는 것은 아니라는 거다. 누구라도 어느 정도의 우울감은 갖고 살아간다. 그러니 이따금 찾아오는 나의 우울감은 인정은 하되 너무 깊게 받아들이지 않으려 했고, 그래서인지 그 빈도수가 조금씩은 줄어들고 있는 것도 같다. 더불어 엄마의 걱정 가득한 말과 그로 인해 방어할 틈도 없이 치고 올라오는 감정에도 이전보다는 조금 의연하게 대처하게 되더라는 거다.

지난 몇 년의 노력으로 얻은 결과물은 없지만 피한다고 피해지는 것도, 없던 일이 되는 것도 아니니 일부러 드러내지는 않더라도 굳이 외면하고 감추지 않기로 했다. 무엇보다 깊은 고민 끝에 스스로가 선택한 만큼 지금의 나를 인정하고 내일의 나를 놓아버리지 말자는 생각을 하고 나니 마음은 한결 가벼워졌다. 그저 정신 승리라고 해도 어쩔 수 없다. 그런 마음이 없고서는 내 선택이 과거 언젠가처럼 나도 모르는 사이 손가락 사이로 빠져나가 버릴 것 같거든.

당장 두 주먹을 불끈 쥐며 허공에 파이팅을 외치는 비현실적인 다짐은 하지 않겠다. 그저 맛있는 밥 먹으며 건강하게 운동하고 신나게 놀면서 특별할 것 없는 하루하루를 살아가겠다. 그렇게 조금 더 건강한 중년을 보내는 모습을 꿈꾸겠다. 예고 없이 지난 시간이 불쑥 튀어나오게 되면 모르는 척 외면하지 않고 아픈 마음을 달래주겠다. 속수무책으로 우울감에 빠지는 날도 있을 테고 동굴 속으로 기어들어 가는 날도 분명 있겠지. 그러나 그럼에도 불구하고 다시 일어나면 그만이다. 물론 그런 일이 없다면 좋겠지만, 무조건 그러기를 바라는 것보다 잘 극복하는 게 더 중요한 거 아니겠나.

그날, 생맥주를 시원하게 한 모금 넘기고 남편이 내게 물었던 것처럼 지금 나의 전반적인 상태를 다시 물어온다면 그저 막연하게 '좋다'고 말하기보다는 '좋아지고 있다'는 말을 해야지. 아직 구체적인 형체도 이렇다 할 계획도 없지만, 천천히 만들어 가보려 마음먹었으니까. 어제보다는 오늘이, 그리고 오늘보다는 내일이 좋아질 테니까.

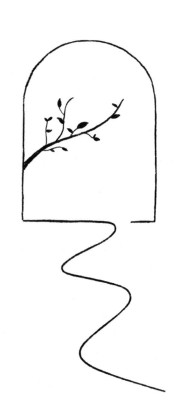

모감주나무 열매

  이곳으로 이사한 지도 어느덧 꽉 채운 6년을 넘기고 있다.
6년이라고 적어놓고 나도 모르게 "어우" 소리가 절로 나왔다.
얼마 전에도 누군가 물어서 말로 6년이라고 뱉기는 했지만, 막
상 이렇게 글로 적고 보니 어쩐지 체감하는 시간보다 길게 다
가와 놀랐는가 보다. 연고도 없는 곳으로 이사 와 홀로 외딴
섬 같이 느껴지던 이 동네가 그래도 싫지만은 않았던 건 바로
공원 때문이다. 집을 기준으로 했을 때 내 방 창 너머로는 물
빛공원이 있고 물빛공원 너머로 생태공원이 있으며, 오른쪽
으로는 연꽃공원이 있다. 뒤로는 여울공원과 이름 모를 두어
개의 작은 공원이 있고 왼쪽으로는 데크 길로 산책하기가 굉
장히 좋은 낮은 산이 있다. 그리고 그 모든 공원은 다 연결되
어 있어서 가벼운 마음으로 각각의 공원에서 짧은 산책을 하
기에도, 제대로 마음먹고 빙 둘러 긴 산책을 하기에도 아주 좋

다. 자고로 숲세권, 공세권이라고 한다면 이 정도는 되어야지.

처음엔 바로 눈앞에 보이는 곳이니 물빛공원을 자주 갔다면 요즘에 주로 찾는 곳은 바로 연꽃공원이다. 목적지인 연꽃공원까지 가기 위해서는 짧은 횡단보도를 하나 건너 옆 단지를 둘러싼 산책로를 통과해야 한다. 횡단보도의 끝이 바로 산책로의 시작인 셈이다. 이름도 없는 산책로지만 여느 공원보다 초록이 무성해 사계절의 변화를 쉬지 않고 보여주는 곳이다. 양쪽으로 제법 크게 자란 나무와 풀들이 초록의 터널을 만들어 마치 새로운 세계로 들어가는 하나의 출입구처럼 여겨지는데, 그래서인지 그곳에 들어설 때면 나도 모르게 숨을 한 번 크게 들이마시게 된다. 새로운 세계로 입장할 준비가 되어있다는 하나의 신호처럼, 나만의 루틴으로.

얼마 전부터 그 산책로에 유독 내 눈길을 끄는 나무가 있다. 짙은 초록의 잎이 가득하고, 가지 끝엔 투명한 연둣빛 열매 주머니가 매달려 있다. 지난 몇 해 동안 이 길을 다니면서도 '독특하게 생긴 나무가 다 있네' 생각만 했지 이 나무의 정체가 뭔지 궁금했던 적은 없었다. 호기심을 안은 채 '넌 이름이 뭐니?' 하고 핸드폰을 꺼내 찰칵 사진을 찍는다. 세상 정말 좋아졌지. 이제는 사진만 찍어도 길가의 나무와 풀의 이름을 알 수 있으니 말이다. 그 덕에 어렵지 않게 이 나무의 이름을 알게 되었는데 바로 모감주나무라고 한다. 모감주나무.

삶의 목표가 오로지 임신과 출산이었을 때, 병원 및 시술 정보를 공유하던 커뮤니티에 가입했었다. 아무리 우리나라가 매년 새롭게 기록을 경신할 정도의 초저출산 국가를 향해 가고, 사람들은 여러 가지 이유로 아이를 낳지 않으려고 한다지만 그곳은 전혀 다른 세상이다. 통장을 쥐어짜고 몸과 영혼을 갈아 넣으면서까지 내 새끼 한번 낳아보겠다고 발버둥 치는 사람들이 모인 곳이었으니 말이다. 그 시절의 나 또한 수많은 그들 중 하나였다. 시술에 필요한 정보를 얻기도 하고 온라인에서 마음을 나눈 사람들을 오프라인에서도 만나는 등의 활동을 했었다. 아홉 번의 시술과 다섯 번의 임신과 그만큼의 유산을 반복하면서 가족들, 특히 그 고난의 길을 함께 가는 남편에게조차 차마 말하지 못한 속내를 털어놓으며 위로받고 위로하기도 했던 곳이었다.

그곳의 이름은 '불임은 없다, 아가야 어서 오렴(이하 불다방)'인데, 지금껏 보았던 수많은 난임 커뮤니티 가운데 가장 정보가 많고, 가장 광고가 없고, 가장 운영진이 진심인 곳이다. 병원에서는 자세히 설명을 듣기 힘든 용어의 설명이라든가, 약이 처방된 이유라든가, 각 병원이나 선생님마다 다른 시술의 정보를 얻는 것은 기본이었다. 운영진 역시 과거 난임을 겪었던 이들이라 난임이나 난임 부부에 대한 이해가 높았고, 이미 난임의 터널을 벗어나 육아를 하고 있으면서도 커뮤니티 유지에 진심을 다했다. 운영진의 꿈은 난임 부부가 없어져 자연스레 커뮤니티가 사라지는 것이라고 했던가. 그런 사람들이 있는 곳이니 더 마음 붙이는 게 어렵지 않았던 것 같기도 하고.

오프라인 만남으로까지 이어진 인연도 있지만 대부분 오직 온라인 안에서만 유지되는 관계에서 서로에게 언니가 되고 동생이 되고 친구가 되었다. 재미있는 건 금전거래가 전혀 없이 크고 작은 것들의 무료 나눔이 굉장히 다양하게 이루어진다는 거다. 누군가는 직접 끓인 추어탕을 전국의 언니 동생 친구에게 택배로 보내주었고, 누군가는 시술에 도움이 될 만한 제품이나 적지 않은 금액의 영양제를 나누기도 했다. 치팅데이가 필요한 누군가에게 치킨을, 반려견과 함께 사는 이들에게는 직접 만든 간식을 나누는 이들도 적지 않았다. 오죽하면 당시 사람들은 그곳 '불다방'을 마음속의 친정이라고까지 했을까.

나 또한 나눔을 하기도 받기도 했는데, 내가 나눈 것이 무엇이었는지는 기억나지 않아도(할 필요도 없고) 내가 받았던 것은 하나하나 다 기억하고 있다. 그 많은 물품 중엔 부적 같은 것들도 있었는데 바로 배냇저고리와 은도끼, 모감주나무 열매였다. 배냇저고리는 간절하게 바라고 기도해 얻은 아이에게 입혔던 것이었고, 은도끼는 아이 없는 집에 선물하면 아이가 생긴다고 해서 친한 부부에게 선물을 받았다는 것이었다. 그리고 모감주나무 열매는 진주 은석사에 갔다가 떨어진 열매를 가져온 건데 바로 스님들의 염주를 만들 때 사용되는 열매라고 했다.

덕분에 한동안 침대의 이불 밑엔 배냇저고리와 은도끼가 있었고, 베개엔 모감주나무 열매가 있었다. 그렇게 나눔 받은 것들은 말 그대로 부적처럼 갖고 있다가 출산까지 마치고 난 이후 또다시 필요한 이들에게 릴레이 나눔을 하려고 했다.

그러나 결국 나는 무자녀 부부로 살게 되었고, 기쁘게 나누겠다는 마음은 조용히 접어둘 수밖에 없었다.

임신과 출산이 간절한 사람에게, 나같이 그 길에서 두 손을 들고 빠져나온 사람의 나눔이 과연 의미가 있을까.

마지막 아홉 번째 도전을 유산으로 마무리 짓고 잠자리에서 은도끼와 배냇저고리, 모감주나무 열매를 꺼내 정리하던 순간이 떠올랐다. 내 아무리 눈물샘에 초 예민한 센서를 가진 자동문을 장착하고 있다고 하더라도 처량 맞게 울지는 않았다. 그저 나만 알 수 있을 정도의 한숨을 조금 쉬었을 뿐. 내게는 필요가 없어졌지만 내게 보내준 사람들에게는 소중한 것이었을 테니 차마 버릴 수도 없다. 그렇다고 다시 돌려주자니 그것도 뭔가 옳지 않은 것 같아 결국 화장대 밑 작은 금고 안에 고이 모셔두었다(금고 안에 금붙이라도 있다면 얼마나 좋았겠냐만 뒷말은 하지 않겠…).

발걸음 가벼웠던 산책길에서 그렇게 내 눈길을 잡아끌던 나무가 모감주나무라는 것을 알게 되자 나도 모르게 그때의 시간들이 튀어나왔다. 잠시 시큰했고 잠시 한숨을 내뱉었다. 고통스러운지도 모르고 견뎌낸 인고의 시간들과 그래도 꽤 멀어지고 있다는 것을 느끼며 이내 다시 지금의 시간을 걷는다.

동그란 열매를 알알이 엮어서 스님들의 염주를 만들 듯 지난 내 시간들이 방울방울 엮여 내게도 다정한 시간이 오겠지. 어쩌면 나도 모르는 사이 성큼 다가와 있는지도 모른다. 아니, 내가 서 있는 지금이 이미 그 시간의 한가운데인지도 모를 일이다. 일단 가보자. 아직 공원까지는 더 가야 하니까 산책길에 나란히 서 있는 모감주나무를 즐기며 걸어가 보자. 그렇게 걷다 보면 오늘의 산책도 지금의 시간도 끝을 보게 되겠지.

보통의 삶을 살아가는 우리들에게

"언니, 이제 정말 병원 안 갈 거야?"

"응. 안 가. 할 만큼 했어. 지금 낳아도 애가 스무 살이면 난 환갑이 넘어. 아우, 못 해. 이제 남편이랑 나랑 이렇게 둘이서 살래. 넌? 좀 더 쉬다가 병원 갈 거야?"

"언니. 난 결혼을 했으니까 아이도 낳고 싶어. 다른 사람들 사는 것처럼 평범하게. 그냥 보통 사람처럼 살고 싶어."

보통 사람처럼 살고 싶다는 P는 '불다방'을 통해 알게 된 인연이다. 온라인상에서는 특별한 교류가 있었던 건 아니었던 것으로 기억하는데…. 우연한 기회에 집이 가깝다는 걸 알게 되었고, 또 다른 인물을 통해 만나게 되었다. 이후 시술에 대한 정보를 나누다 어느덧 서로의 가정사까지 털어놓게 된 유일한 동네 친구가 되었다.

내 생일에 그녀가 써준 손편지를 아직 갖고 있다. 그날 우리는 동네 아웃백에 가서 무슨 스테이크와 투움바 파스타를 먹었더랬지. 가락시장에서 도매업을 하는 그녀의 남편 덕에 신선한 채소도 종종 얻어먹었고, 본인은 먹지 않는 식재료를 챙겨두었다가 내게 가져다주기도 했다. 어느 생일엔 맛있는 고깃집에서 샀다며 항정살을 덩어리째 사다 주기도 해 당황하게 만들었던 사람. 시술에 실패한 후 두드러기 때문에 고생할 땐 늦은 밤에도 약을 들고 집까지 찾아와주기도 했다. 당시 P는 시험관 시술을 하면서 생긴 알레르기로 호흡곤란이 와 응급실을 가기도 했다. 본인 역시 손가락으로 팔뚝에 이름을 써 넣을 수 있을 정도로 고생하던 중이라 두드러기가 얼마나 사람을 괴롭게 하는지 잘 알고 있었기 때문에 그렇게 한달음에 달려와 준 거겠지.

임신은 되지만 자꾸만 유산이 되는 나와는 달리 그녀는 한 번도 임신한 적이 없었다. 나는 조금만 더하면 난임 탈출에 성공할 수 있을 거라는 마음에 계속 갔던 거라면, P는 반대로 임신의 경험이 없으니 더 끝까지 갈 수밖에 없다고 했다.

그러나 말했듯이 난 이미 다른 선택을 했고, 나이도 사십 대에 접어들고 말았다. 지금 당장 아이를 낳는다고 해도 아이가 스무 살이 되면 내 나이는 환갑이 넘는다. 물론 사십 대 후반이나 오십 대에도 내 새끼 하나 안아보겠다는 마음으로 병원에 다니는 분들이 있고, 그분들의 선택을 진심으로 지지하고 응원한다. 실제로 쉰을 눈앞에 두고 출산까지 이루어 낸 분들을 잘 알고 있다. 그러나 그분들과 나는 다르다.

차고 넘치도록 풍요로운 주머니 사정은 아니지만 우리 부부는 강아지와 함께 살면서 이 정도면 딱 좋다고 할 정도의 생활을 하고 있다(물론 돈이라는 건 다다익선. 많을수록 좋기야 하겠지. 그래서 이따금 로또를 삽니다만…). 여기에서 지금 아이를 갖게 된다면 단순히 플러스알파의 문제는 아닐 거다. 게다가 난 오랜 시술과 반복되는 실패를 지나오며 몸도 마음도 만신창이가 되어있다. 한창 난임 레이스에 몸담고 달릴 때에는 미처 인지하지 못했던 시술의 후유증을 이제야 몸으로 느끼는 중이다. 거울을 보면 한숨밖에 나오지 않고, 매달 자궁에서 시작되는 통증으로 한 달에 컨디션이 좋은 날은 얼마 되지 않았으니까.

건강검진을 위해 방문했던 산부인과(난임 병원 아닌 일반 산부인과)에서 경부암 검사를 하는 김에 근종의 크기가 궁금해 초음파를 함께 본 적이 있었다. 안타깝게도 난 근종은 물론 선근증도 있었다(과거다. 지금은 병변만 깔끔하게 제거하고 통증 없는 신세계에 살고 있으니). 자궁 근종이야 생리가 계속되는 한 커질 수밖에 없다고는 해도 시험관 시술을 하면서(꼭 그 때문은 아닐지라도) 선근증이 생겼고, 통증이 심해진 상태였다. 그때 검사를 위해 질경을 넣자마자 근종이 만져진다며 평소에 통증이 없는 게 아니라 이 정도의 통증을 늘 갖고 살아서 통증에 익숙해진 거라는 말을 들었다. 출산 계획이 없으면 자궁을 적출하는 게 가장 좋은 치료 방법이라는 말과 함께. 의사 선생님은 굉장히 조심스럽게 말했고 나 역시 이미 알고 있는 사실이었지만 마치 상처 위에 겨우 앉은 딱지를 확 잡아 뜯은 듯이 아팠다. 그날 집으로 돌아와 남편에게 내가 너무 불쌍하다고 말하며 한숨 쉬었던 기억이 있다. 못지않게 불쌍한 사람을 앞에 두고서.

　보통 사람처럼 살고 싶다는 그녀의 말을 듣고, 새로운 선택을 하면서 내내 가슴 속에 품고 있던 질문이 떠올랐다. '왜 아이를 낳고 싶지?', '왜 엄마가 되고 싶은 거지?' 나 스스로에게 질문을 했을 때 할 수 있는 답이라곤 '나도 남편도 아이를 좋아하니까', '아이를 좋아하므로', '…좋아하기 때문에?' 말고는 없었다. 아무리 생각해 봐도 다른 답이 떠오르지 않았다. 난 왜 이런 가장 근본적인 질문을 이제야 하게 된 걸까. 진즉에 했더라면 나의 선택은 조금 더 빨랐을까.

　많은 사람들이 결혼을 했으면 애 하나는 있어야 한다고 말한다. 애가 없으면 헤어지기 쉽다, 노후가 외로울 거다, 키울 때 힘들기도 하지만 애가 주는 즐거움이 얼마나 큰 줄 아느냐, 애도 안 낳으려면 결혼은 왜 했냐 등등. 한번은 시어머니가 남편에게 전화를 걸어 입양을 알아보는 것은 어떻겠냐고 말씀하셨다. '나중에 차례 지내줄 사람 없어서 어떡하냐, 그러니 입양을 잘 생각해 봐라'라고 하셨다는 거다. 시어머니의 입양 권유에도 사람들이 아이를 낳아야 한다고 하는 말에서처럼 아이를 위한 이유는 없었다.

　아이 때문에 억지로 붙잡고 있는 인연이라면 그게 더 지옥이지 않을까. 아이가 주는 즐거움이야 물론 크겠지만 성인이 된 자식 때문에 눈물짓는 부모들을 너무 많이 봐왔다. 게다가 아이를 낳으려고 결혼한 것이 아니니 '결혼=아이'는 성립할 수 없다. 이따금 남편과 둘 뿐이라 장례에 대한 '고민' 아닌 '생각'을 해본 적은 있다. 그런데 뭐, 어떻게든 되겠지. 자식이 있어도 외롭게 갈 사람은 외롭게 가는 거고, 그 순간이 걱정되어 입양까지 하고 싶지는 않다. 정말 내가 한 사람의 인생을 이 땅에 제대로 자리 잡고 오롯이 혼자 설 수 있도록 해줄 수 있겠다는 확신이 서지 않는 이상. 말도 안 되는 일이지.

보통의 삶이란 무엇일까. 평범함이란 대체 무얼까. 적당한 나이가 되면 결혼하고 아이를 낳아 4인 가족으로 사는 것이 사람들이 말하는 보통의 삶일까. 그렇다면 이렇게 아이 없는 부부로 산다는 건 별난 걸까.

내 주위, 부부만으로 구성된 2인 가족으로 살아가는 사람들을 보았다. 그들의 삶은 결코 특별나 보이지 않았다. 아이가 없어도 충분히 평범한 부부생활을 하고 있었다. 그들의 삶에는 아이가 주는 행복이야 있을 리 없겠지만 오직 부부만이 느낄 수 있는 행복이 있다. 물론 그들의 깊은 속사정까지야 알 수는 없고 어쩌면 내가 좋은 모습만 보고 싶어서일 수도 있겠지. 하지만 하나 확실한 것은 그들은 그저 부부의 삶, 온전한 부부의 삶을 살아간다는 거였다.

시선을 조금 더 멀리 뻗어 아이 없는 삶을 사는 사람들의 커뮤니티가 있다. 딩크(Double Income, No Kids) 혹은 싱크(Single Income, No Kids)의 삶을 사는 사람들. 거기엔 애초부터 스스로의 선택에 맞게 '자발적'으로 무자녀를 선택한 사람들이 많았지만, 비록 나와 같이 처음의 시작은 '비자발적'이었어도 누구보다 자신들의 삶에 애정을 갖고 살아가는 사람들이 있었다.

타인의 눈으로 기준을 정해놓고 사는 삶은 반짝일 수 없다. 그러므로 행복할 수도 없다. 내가 생각하는 평범한 삶이란 가족 구성원의 수, 살고 있는 집, 타고 다니는 차, 직업이 아니다. 내가 사랑하는 사람과 일상을 공유하며 살아갈 수 있는 것. 함께 밥을 먹을 사람이 있고, 다정한 안부를 물을 사람이 있는 것, 함께 하기로 한 사람과 일상을 나눌 수 있는 것이다. 그리고 그런 일상 속에서 마치 마트 전단지의 할인 코너처럼 소소한 행복을 놓치지 않을 작은 특별함을 품고 있는 삶.

그렇게 나는 나의 기준으로 보통의 삶을 살아가고 있다. 그리고 같은 이유로 특별한 삶을 살아가고 있다. 나뿐 아니라 우리는 모두가 각자의 삶에서 지나가는 행인1 행인2가 될 수도, 누구보다 반짝이는 Celebrity가 될 수도 있다.

결국 P는 나와 그런 대화를 나눈 뒤 들어갔던 시술에서 고대하던 임신을 하게 되었다. 비록 만삭 때까지도 얼굴이 반쪽일 만큼 굉장한 입덧을 했지만 무사히 출산까지 마쳤다. 그녀는 에너지 넘치는 세 살 아들과 서로의 Celebrity로 살아가고 있다. 그녀가 그토록 바라고 꿈꾸던 '보통의 삶'을 살아갈 수 있음에 아낌없는 축복을 보낸다. 그리고 나 또한 내 기준의 보통의 삶을 살아가고 있으니 나 스스로에게도 응원과 지지를 아끼지 않겠다. 이 글을 읽고 있을 당신에게도 기꺼이.

뒤늦은 인사

처음 병원을 찾았던 날부터 이제 더는 못 해 먹겠다고 두 손을 든 날까지, 나는 같은 병원에서 쭉 한 명의 선생님과 난임 치료를 진행했다. 보통 한두 번, 길어봤자 두세 번 만에 선생님 혹은 병원을 바꾸는 것과는 달리 나와 같은 경우가 드물기는 했다. 보통은 그 안에 끝내거나 옮기거나 하니까.

물론 오직 한 병원'만' 다닌 것은 아니다. 유산이 반복되다 보니 임신 후, 보다 공격적인 처방을 받기 위해 마지막 차수에선 반복 유산■을 잘 본다는 병원을 병행하기도 했다. 그런데 그건 그저 보조적인 선택이었을 뿐 메인은 아니었다.

유산이 반복될수록 그런 나를 지켜보는 사람들은 병원을 바

■ 반복 유산이란 20주 이내 자연 유산이 2회 이상 반복적으로 발생하는 경우를 말하며, 일반적으로는 '습관성 유산'이라고 하지만 습관성이라는 말에 의외로 오해가 생기기 쉬워 반복 유산이라고 표기했다.

꿔보는 것을 조심히 권하기도 했다. 병원을 바꾸기 싫다면 같은 병원 안에서 선생님만 바꾸는 형식인 '손'을 바꿔보라고도 했지. 어느 병원이 좋다더라, 어느 선생님이 잘한다더라 하면서. 심지어 통 말씀이 없으시던 시아버지도 한번은 마치 지나가는 이야기를 하듯 "어느 병원이 괜찮다던데…" 하셨을 정도니까. 시아버지가 내게 아이에 대해 말씀하신 건 이때가 처음이자 마지막이었다.

나는 첫 시술에 임신에 성공했고 소위 말하는 '졸업'이라는 것도 했었던 경험이 있다. 그리고 비록 유지가 되진 않았지만 50퍼센트의 확률(정확히는 55퍼센트 이상)로 임신을 하기도 했다. 내 생각으로는 병원, 그러니까 내 담당 선생님은 당신이 할 수 있는 최선을 다했다. 무엇보다 임신 유지에 의사의 도움을 받을 수는 있어도 그건 전적으로 의사의 역할이라고 생각하지는 않았다. 게다가 진료 내용을 차트에 꼼꼼하게 기록하고, 기록한 내용을 제대로 숙지하고 있는 의사를 만나기란 쉽지 않다는 것을 잘 알기 때문에 병원이건 선생님이건 옮기고 바꿀 이유가 없었다(한 지인은 담당 선생님이 차트를 앞에 두고 있어도 확인하지 않는 건지, 다른 환자와 착각을 하거나 진행 내용을 모르고 있을 때가 많았다고 한다. 진료실에 들어갈 때마다 "저의 이름은 누구이며, 저는 지난번 진료 때 어땠고, 오늘은 무얼 확인하기로 했습니다"라고 말을 하기도 했다고…. 그 선생님은 'ㅇ깜빡 씨'로 불릴 정도로 유명했다).

네 번째 유산했을 때였다. 7주를 코앞에 두고 심정지로 유산되어 소파수술을 하고 며칠 지나지 않아 고열에 힘들었던 적이 있었다. 수술했던 난임 병원에 전화로 문의하니 내원하라고 했다. 가볍게 진료만 보러 갔다가 염증 소견이 보여 그대로 하루 입원해서 항생제 처방을 받았다. 다행히 다음 날 컨디션이 좋아져 퇴원했지만, 오후부터 다시 열이 올랐다. 아이스팩을 겨드랑이에 껴보아도, 옷을 벗어 보아도 열은 내려가지 않았다. 병원에 재차 문의했더니 아무래도 대학병원 진료를 보는 게 좋겠다며 진료의뢰서를 준비해 두겠다고 했다. 진료 시간이 끝난 병원에 갔다가 퇴근도 하지 않고 기다리고 있던 담당 선생님을 만났다. 열이 내리면 굳이 움직이지 않으려는 내 맘을 눈치채셨는지 열이 쉽게 잡히지 않는 게 어쩐지 느낌이 좋지 않다며 무조건 대학병원에 가보라고 하셨다. 그전에도 소파수술 후 열이 올랐던 경험이 있어 받아 온 진료의뢰서는 그냥 서랍 안에 넣어둘까 했지만, 병원 밖까지 함께 나와 내 손을 잡고 신신당부를 하신 선생님의 말씀을 외면하기는 어려웠다. 밀져야 본전이라는 생각으로 집에서 차로 십 분도 채 걸리지 않는 아산 병원 응급실을 찾아갔다.

대학병원 응급실은 어째서 이렇게 늘 사람이 많은 걸까. 간단하게 검사를 받고, 앉아 있을 의자도 부족한 응급실에서 하염없이 기다리다가 때마침 열이 좀 떨어지는 것 같아 '그냥 집에 갈까' 생각하던 차. 결과가 나왔는데….

경중 환자 중 염증 수치가 톱이라고 했다. 머릿속에서 그게 무슨 말인지 이해를 하기도 전에, 마치 바다가 갈라지는 기적이 눈앞에서 펼쳐지듯, 앉을 자리도 없던 응급실에 순식간에 누울 자리가 만들어졌다. 어느덧 열이 떨어져 환자가 아닌 보호자라고 여길 정도로 말짱해 보이는 내가 저벅저벅 걸어가 누웠을 때, 대기실에 있던 사람들의 쏟아지는 시선이란.

응급실 선생님 얘기로는 염증 수치가 0.3 미만이면 정상이고 3,4 정도까지는 약 처방만 하고 집으로 돌려보낸다 했다. 나는 15 이상이었다. 그대로 두었다가는 패혈증까지도 갈 수 있는 상황이었다고 했지, 아마. "근데 지금 전 왜 괜찮은 거죠?"라는 물음에 아직은 낮에 먹은 약 기운 때문일 거라는 대답을 들었다. 이후 거짓말처럼 급격히 상태가 악화되어 허리를 제대로 펴기 힘들 정도로 통증이 심해져 CT까지 찍었다.

결국 골반염 진단을 받았고 염증 수치가 쉽게 떨어지지 않아 1주일간 입원을 하기도 했다.

만약 응급실 도착 전에, 저녁을 먹으면서라도 열이 떨어졌더라면 난 굳이 응급실까지 가지 않았을 거다. 그랬더라면 집에서 끙끙 앓다 실려 갔을지도 모를 일이다. 물론 염증 검사가 조금 더 빨리 이루어졌더라면 어땠을까 하는 아쉬움도 개미 눈곱만큼은 있었지만, 사실 그건 난임 병원의 한계이다. 오히려 큰 병원에 가보라고 몇 번이고 당부하신 덕에 더 큰일이 생기기 전에 예방할 수 있었다. 입원해 있던 어느 날엔 간호사 선생님을 통해 몸 상태를 묻기까지 하셨으니 선생님께 감사한 마음이 들 수밖에.

그러다가 문득, 난 숙제 같은 환자일 수 있겠다는 생각이 들었다. 이미 졸업까지 했었지만 여전히 첫째를 준비하고 있으니. 임신의 확률은 높아도 유지는 되지 않는 환자. 그런 생각이 들자 이상하게 병원 가는 일이 불편해졌다. 자주 다니면서 익숙해진 것은 있지만 선생님은 물론이거니와 주사실 선생님, 간호사 선생님, 심지어 사사로운 대화를 한 번도 한 적 없는 원무과 직원들을 마주하는 것마저도 어쩐지 조금씩 신경 쓰였다.

모두가 친절했다. 주사실 선생님은 언제나 돌덩이가 된 내

엉덩이를 힘차게 마사지 해주셨고, 내 담당 선생님과 진료실을 나란히 한 원장님 방 간호사 선생님과도 안부를 물을 정도였다. 담당 간호사 선생님은 그사이 외래에서 상담실로 자리를 옮기셨는데, 내가 이식한 것을 알면 내 결과에 촉각을 세우고 있을 정도였다. 임신이라면 함께 기뻐하고 유산이 되었다면 조용히 눈시울을 붉히기도 했다. 사람의 마음이 참 간사한지라 함께 기뻐해 줬을 땐 그렇게 감사하기만 하더니 결과가 좋지 못했을 땐 지나친 관심이라 여겨지기도 했음을 고백한다.

급기야 다섯 번째 유산 후 소파수술을 위해 수술대에 누웠을 땐 마취과장님이 나를 알아보셨다. "아이고"였나 "어머나"였나. 추임새는 정확하게 기억나지 않아도 그 뒤의 말은 기억한다. "얼마 전에 자궁경도 하고 채취도 했는데…." 수술대 위에 누워있는 나를 안타까워하는 마음이라는 건 알지만, 그래도 이럴 때는 처음 만나는 사람처럼 대해주셨더라면 어땠을까. 아니면 그냥 조용히 손만 잡아주셨더라면. 물론, 악의 없는 그 마음을 내 마음이 불편해서 불편하게 받아들이게 되는 거였겠지만, 그래도…. 그래도 말이다. 그렇게 수술대에 누워 눈물을 닦지도 못한 채 잠이 들었다. 지금 생각해 보니 총 아홉 번의 시술을 받는 동안 자궁 내 폴립을 제거하기 위한 자궁경을 네 번, 채취를 네 번, 소파수술을 세 번 했다. 마취과 과장님을 그렇게 열한 번이나 만났네. 참 많이도 만났다.

이게 참 좋으면서도 불편하고, 감사하면서도 불편하고, 편한 듯하면서도 불편한…. 양날의 검과 같았다. 그렇게 반복되는 실패와 회복을 가진 뒤, 다시 진료실 문을 열고 들어갈 때마다 나는 처음 병원을 찾았을 때보다 더 깊은 심호흡을 해야만 했다.

얼마 전 시가에 가다가 오랜만에 병원 앞을 지나게 되었다. 분명 차창 너머 눈앞에 존재하고 있는 병원이지만 어쩐지 다른 차원의 공간처럼 느껴졌다. 내 과거의 시간이 그대로 그곳에 머물러 있는 것 같았다. 지금이라도 문을 열면 그때의 그 인물들이 그대로 그곳에서 반갑게 인사할 것만 같았다. 문득 그분들의 안부가 궁금해져 병원 홈페이지를 살펴보았다. 그 사이 과장님이었던 내 선생님은 부장님이 되었고, 새로운 선생님들이 더 보이고, 마취과에는 한 분이 더 오신 걸 알 수 있었다. 아쉽게도 간호사 선생님들은 홈페이지에서 확인할 수가 없었다.

마지막 병원 문을 나선 지도 벌써 5년이 되어가고 다시 병원에 갈 생각도 없다. 간절한 마음이 컸던 만큼 처절하고 치열했던 그 시절의 나를 아는 사람들은 피하고 싶기도 할 텐데, 난 왜 그들의 안부를 궁금해하는 걸까. 그건 아마도 감사하지만 불편하다고 생각했던 마음이 사실은 불편하지만 감사했던 거라는 얘기가 아닐는지.

유산 후 수술대에 누운 나를 안타까워해 주시던 마취과 선생님, 내 시술 결과를 날짜까지 세어가며 기다려주신 상담실 선생님, 그저 짧은 눈인사라도 늘 반겨주시던 원장님 방 간호사 선생님, 돌덩이가 된 엉덩이를 안쓰러워해 주시고 시술 당일엔 긍정의 기운을 듬뿍 주시던 주사실 선생님, 그리고 누구보다 내 선생님…. 내 컨디션에 나보다 더 관심 가져 주시고, 임신을 확인했을 땐 진심으로 기뻐해 주셨으며, 유산이 되었을 땐 함께 마음 아파해 주신 내 담당 선생님.

모두 잘 지내고 계신가요?

이제야 전하지도 못할 인사를 드려요.

정말 감사했어요.

내게도 있습니다, 투명 인간 친구

　내게는 좋아하는 영화나 드라마를 잊을만하면 한 번씩 다시 보는 취미가 있다. 보다 보면 처음에 봤을 때는 놓쳤던 대사가 들리기도 하고, 관심을 두지 않았던 인물이 이해되기도 하며, 미처 보지 못했던 디테일이 보여 그런 것들을 찾는 재미도 쏠쏠하다. 그런 거 다 떠나서 그냥 좋아서 보는 경우들이 더 많(은 것 같기도 하)다.

　얼마 전, 아니 당장 어제도 영화 〈후아유〉를 다시 꺼내 보았다. 90년대 PC통신 시절 한석규·전도연의 〈접속〉이 있다면, 2000년대에는 게임 속 가상공간이 펼쳐지는 조승우·이나영의 〈후아유〉가 있다. 영화에서 특히 애정하는 장면들이 몇 있는데, 그 가운데 하나가 바로 형태(조승우 배우)가 "라이브 스피커 켜!"라고 말하고는 인주(이나영 배우)에게 노래를 불러주는 장면이다. 이어지는 장면은 그저 기타 반주 하나에 얼굴이 벌게지도록 부르는 투박한 라이브지만, 내게는 조승우 배우의 연기 중 최고로 꼽을 정도이기도 하다. 그가 뮤지컬 〈지킬 앤 하이드〉의 무대에서 불렀던 〈지금 이 순간〉은 도저히 견줄 수가 없을 정도로 최고의 라이브다. 〈환생〉, 〈첫사랑〉, 〈유혹하지 말아요〉의 원곡 가수들 노래도 모두 좋았지만 이 영화를 본 이후로는 오직 조승우, 형태의 곡으로 각인되어 버렸다. 그 장면은 언제 봐도 한결같이 조금은 설레고 나도 모르게 새물새물 웃게 만든다. 그 순간만큼 나는 스피커 너머의 라이브를 들으며 눈이 반짝이던 인주의 표정과 같달까. 절대적으로 표정이다, 표정. 얼굴이 아니라. 얼굴은 다시 태어나도 닮을 수가 없다. 암만. 그렇고말고. 그리고 어쩐지 부끄럽지만 그 장면을 떠올리는 지금 내 표정도 그러하다. 방구석에 혼자 있어서 얼마나 다행인지. 호호호. 지금은 두 배우 모두 중년이 되었어도 아직까지 내게는 청춘의 이미지가 강하게 남은 이유 역시 바로 이 영화 때문이겠지. 이 글도 영화의 OST를 들으며 쓰고 있다(영화 OST는 지금은 고인이 되신 방준석 님의 작품이니 그분의 음악을 좋아했던 분이라면 한번 들어보기를 추천한다).

영화의 두 주인공 형태와 인주는 투명 인간 친구다. 형태의 대사를 그대로 옮겨보자면 이렇다. "투명 인간 친구라는 말 알아? 만나는 것도 전화도 안 돼. 이 약속은 지켜야 해. 하지만 언제나 옆에 있어. 그래서 힘이 되는 친구."

내게도 영화 속 인주와 형태처럼 투명 인간 친구가 있다. 만나는 것도 전화도 안 되는. 그러나 서로의 자궁 컨디션까지 스스럼없이 나누는 친구. 때로는 다니는 병원을 공유하고, 때로는 읽고 있는 책이나 맛있는 음식을 추천하기도 하고, 달리기를 시작할 수 있게 해주었으며, 달리기를 시작했을 때엔 기꺼이 페이스메이커가 되어주었던 그런 친구. 여행을 다녀오면 현지에서 들고 온 작은 선물을 보내기도 하고, 시가에서 농사지으신 농작물을 보내기도 한다.

난임의 터널에 갇혀 허우적거리고 있을 때, 마음속 친정 같던 '불다방'에서 알게 된 인연으로, 당시 닉네임의 초성을 따서 그녀는 나를 ㄱ으로, 나는 그녀를 ㄲ으로 서로를 부른다. 나이는 내가 몇 살 더 많지만 정확히 몇 살이나 더 많은지는 모른다. 나이를 듣기는 했는데 잊어버렸고, 무엇보다 그건 중요하지 않으니까. 어느 순간부터 친구가 되는 데엔 나이는 중요하지 않다는 걸 알게 되었다.

ㄲ과 나는 처음부터 이렇게 투명 인간 친구가 되려고 했던 것은 아니다. 우리의 처음이 어땠더라. 아마도 사이클이 비슷

해서 불다방에 있던 다른 분들과는 또 다르게 가까워졌던 것으로 기억한다. 시술 주기가 비슷했고, 그러다 보니 자연스레 서로의 컨디션을 살폈다. 비슷한 시기에 임신을 하고, 마찬가지로 비슷한 시기에 유산을 하기도, 아예 수치도 보지 못하기도 했으니까. 그 시절 우리는 언젠가 아이를 낳으면 각자 유아차를 끌고 만나자고 얘기를 했더랬지. 농담처럼 나눈 이야기였지만 유아차를 끄는 일이 우리에게는 당연한 미래였다. 그러나 결국 둘 다 유아차를 끄는 일은 없어졌고(아, 나는 이따금 루피와 보아를 태운 개모차를 끌기는 한다) 막연하게 했던 약속을 끝내 지킬 수 없게 되어버렸다. 아쉬우면서도 아쉽지 않은 마음이다. 그때와는 우리가 서 있는 상황이 많이 달라지기는 했지만, 그것만 아니라면 크게 달라진 건 또 없기 때문이겠지. 달라진 게 있다면 불다방이 아닌 핸드폰 메시지로 이야기를 나눈다는 것과 적당히 편해진 어투 정도. 이제는 서로 얼굴을 알지 못한 채로 지낸 시간이 오래되다 보니 남들이 생각했을 때 이상하게 느껴질 수 있는 '만나는 것도 전화도 하지 않는' 투명 인간 친구가 하나도 이상하지가 않다.

예전엔 ㄲ이 사는 동네 근처를 지날 때면 나와, 커피 마시자, 밥 먹자, 하는 식으로 밑도 끝도 없이 툭툭 던지기도 했다(물론 문자 메시지로). 그럴 때면 ㄲ은 지금 다른 데 와 있다는 둥, 커

175

피를 끊었다는 둥, 그냥 허허실실 웃어버리고 마는 둥 거절을 하다 언제 한번은 '유아차를 끌고 만나기로 했던 건데 유아차가 없으니 안 된다'고 말하기도 했다. 어쩌면 우리는 지금 각자의 선택에 맞게 잘 지내고 있지만 막상 얼굴을 마주하게 된다면 다시 그 시간이 그림자처럼 따라붙을지도 모르겠다. 높은 확률로 쑥스러운 인사로 시작했다가 눈물 바람으로 헤어질지도 모른다. 아우. 상상만 해도 싫다.

지난여름, 약속이 있어 광화문에 나갔다가 오랜만에 교보문고에 들렀다. 문을 열고 들어가는 순간 익숙하면서도 낯선 기운에 한참을 제자리에 서서 주위만 둘러보게 되었다. 단골 술집 못지않게 자주 다니던 곳이었는데 어쩜 이렇게 오랜만에 오게 된 걸까. 책을 보러 왔지만 책보다는 지난날의 나를 찾아다니는 기분이었다. 물론 그때와는 무척이나 달라지긴 했어도 특유의 그 분위기는 어디 안 가지.

요즘엔 주로 온라인 서점을 이용하지만 오랜만에 서점에 왔으니 빈손으로 갈 수는 없었다. 좋아하는 작가들의 책을 찾아보기도 하고, 신간 코너를 비롯한 각종 코너도 살펴보던 중 책 한 권이 눈에 들어왔다. 언젠가 ㄲ이 추천해 주었던 책이었다. 추천받았던 그때는 어쩐지 끌리지 않던 책이라 제쳐두었는데 오늘은 유독 내 눈을 사로잡았다. 망설임 없이 책을 집었다. 그대로 계산을 한 후 집에 오는 동안 내내 책에서 눈을 떼지 못하다 ㄲ에게 메시지를 보냈다.

— 이 책 너무 좋다. 지금 읽기를 너무 잘한 듯!
— 좋지?! 그 책 읽을 땐 나도 나중에 어린이 하나 생길 줄 알았지. 난 오히려 그때 읽어서 다행인 듯

얼굴이나 표정, 목소리는 알 수 없는 메시지였을 뿐이지만 알 수 있었다. 핸드폰을 들고 있는 ㄲ은 아마 쌉싸름하게 미소를 지었겠구나. 내가 그런 것처럼.

오늘도 나의 투명 인간 친구 ㄲ은 '하늘은 너무 이쁜데 날씨는 너무 밉다'며 메시지를 보내왔다. 메시지를 받고는 '날씨가 너무 미우니까, 그래서, 우리는 언제 커피 마셔?'라고 답을 보낸다.

예나 지금이나 이렇게 툭 던질 수 있는 건 정말 만나서 커피를 마시자는 게 아니라, 말을 하는 내게도 답을 하는 ㄲ에게도 그냥 안부 인사 같은 것이기 때문이다. 그러면서도 한편 〈후아유〉 속 인주와 형태가 가상공간을 벗어나 현실로 나왔듯이, 언

젠가 시간이 더 흐르고 나서 핸드폰 화면이 아닌 얼굴을 마주하고 이야기를 나누는 날을 상상해 보기도 한다. 설마 그때는 ㅠ이 아니라 내가 커피 끊었다고 말하는 건 아니겠지.

쉼을 기대하며

하얗게 또 눈이 내렸다. 왜 이렇게 머리가 빨리 자라는 걸까. 염색하고 얼마 지나지 않은 것 같은데 두피를 시작으로 흰머리가 존재감을 또 드러내고 있다.

사촌 오빠의 머리가 빨리 셌던 걸 보면 아버지 쪽의 유전적인 요인이 있는 것 같기도 하고, 병원 다니면서 몇 년간 호르몬제를 때려 넣어가며 몸고생 마음고생을 했으니 몸이 상해서일 수도 있겠다. 남편에게 "몇 년간 병원에 다니면서 남은 건 가벼워진 은행 잔고와 축나버린 몸뚱이뿐"이라는 차마 웃지 못할 농담을 하기도 한다. 정확한 원인을 알 수는 없지만, 부계로부터 물려받은 유전적인 요인에 시술을 통한 외부적 요인이 결합해 엄청난 시너지가 발휘되어 지금에 이르게 된 것은 아닐까. 그 결과로 이렇게 정수리에 또 눈이 내린 거겠지.

앞머리를 길러서 없앨 때나 짧은 머리를 기를 때 애매한 길이, 흔히 '거지존'을 견디는 게 쉽지 않다고들 한다. 흰머리도 마찬가지다. 이런저런 컬러로 바꾸는 멋 내기 염색을 한 거라면 내 본연의 검은 머리가 올라와 자라는 걸 보며 어떻게든 버틸 테지만, 나는 그 시기를 견뎌내면 검은 머리가 아닌 흰머리가 되는 거다. 아직은 흰머리로 살고 싶진 않다. 해서, 그 시기를 넘기지 못하고 결국은 염색을 하게 된다.

한 번의 염색으로 끝낼 수 있는 일이라면 얼마나 좋을까. 손톱이 자라듯 머리카락도 자라고, 흐르는 시간을 붙잡아 둘 수 없듯 자라나는 흰머리에 정지 버튼을 누를 수도 없는 노릇이다. 파마보다 염색이 두피에 더 무리가 간다고 하니 내 두피엔 상당히 미안하지만 버티고 버티다 거의 두 달에 한 번씩 반복되고 있는 악순환. 그렇다. 말 그대로 악순환이다. 그나마 집에서 셀프 염색을 하는 것보다는 조금이나마 두피에 자극이 덜 되기를 바라는 마음으로 전문가의 손길을 빌린다는 게 약간의 위로랄까. 솔직한 마음을 더 꺼내자면, 거울을 앞에 두고 이렇게 저렇게 몸을 비틀어가며 염색약을 바르고 나면, 소위 말하는 현타가 온다. 그것도 아주 씨게. 그 순간이 너무 싫다.

한번은 그냥 이대로 살아도 좋겠다는 마음으로 버텨보기도 했다. '흰머리가 뭐 어때서?'라고 생각했을까. 서너 달 정도 염색하지 않고 자라나는 흰머리를 그냥 두었다. 그마저도 거울을 볼 때마다 바로 보지 못하고 시선을 애써 이마 아래로 두었던 것도 같다. 그러다 어느 날 정수리에 소복하게 쌓인 눈을 보고 만 것이다. 어제 보았던 나와 다를 게 없는데 거울 속 내 모습에 그만 한숨이 나와 버렸다. 거기엔 무표정의 흰머리 거지존을 가진 한 여자가 죽상을 하고 나를 보고 있었다. 정말 꼴 보기 싫었다. 평소의 나는 화장도 잘 하지 않으니 맨얼굴에 하얗게 센 머리의 내가 어쩐지 추레해 보였다. 회사에 다닐 땐 집 앞 슈퍼에 나갈 때도 맨얼굴로 나가진 않았었는데. 10년도 훨씬 넘은 그때를 생각해봤자 무슨 소용이 있겠나 싶지만, 기분 탓인지 유난히 푸석하고 생기 없어 보이는 얼굴이 더 보기 싫었다. 속상했다.

누군가는 과거 한 여성 장관이나, 유명 드라마 작가를 얘기하며 그녀들의 흰머리가 얼마나 멋있는지에 대해 얘기를 한다. 그러니 염색하지 말고 그냥 두라고. 정작 본인들은 한두 가닥 보이는 새치에 놀라고 있으면서. 흥. 나이에 맞게 하얗게 센 거라면 모를까, 아직은 젊은(…아직은 젊다) 사람이 흰머리를 그대로 두려면 얼굴에 생기가 가득 돌아야 한다. 그래야 흰머리를 한 젊은 사람을 바라보는 눈에 놀라움이나 안쓰러움을 걷어낼 수 있다. 그리고 무엇보다 염색하지 않은 흰머리의 대표주자처럼 언급되었던 분들은 표정에서부터 자신감이 넘쳐났다.

얼굴의 생기는 이렇게 저렇게 덧바르는 화장이 아닌 내면의 자신감으로부터 나오는 거다. 난…. 내 표정은 어떻지…. 나 스스로가 내 흰머리 앞에 당당하지 못하다. 다른 사람들이 날 보고 어떻게 생각을 하건 상관없이 내가 아무렇지 않아야 하는데…. 그렇지가 못했다. 그때의 나는 마음이 한없이 구겨져 있었고, 구겨진 마음이 얼굴에 그대로 드러났으며, 범위를 넓혀가는 흰머리를 감당할 자신도 없었다. 사실은 '흰머리가 뭐 어때서?'라는 마음으로 서너 달을 그냥 두었던 게 아니라 방치하고 내팽개쳐 두었던 게 아니었을까. 흰머리가 아니라 나 자신을 말이다.

마흔을 넘기면서 쉰이 되면 염색 없이 그냥 지내고 싶다고 다짐하듯 말을 해왔다. 백세시대에 쉰은 아직 젊은 나이지만 마흔을 넘긴 직후에 생각하는 쉰은 조금 멀리 있다고 생각했다. 그사이 내 흰머리에 조금은 관대해지고 나란 사람도 조금은 당당해질 수 있지 않을까 하는 바람 비슷한 마음이 있었다. 마치 정말 어른일 것 같은 스물을 기대하는 풋풋한 십 대처럼. 인생을 다 알게 될 것 같은 서른을 기대하는, 매일이 숙제 같았던 이십 대처럼. 어떤 유혹에도 흔들리지 않는다는 불혹의 마흔을 기대하는, 한없이 흔들리던 삼십 대처럼. 하늘의 뜻을 깨닫는다는 쉰, 고작 흰머리 따위 가볍게 웃어넘길 것 같은 지천명을 기대하고 있는 사십 대의 지금.

물론 알고 있다. 스물은 기대했던 어른이 아니었고, 서른에도 인생은 도저히 답이 보이지 않는 숙제 같았으며, 마흔에도 정신 못 차리고 한없이 흔들린다는 것을.

쉰은 마흔보다 훨씬 더 가까이 있지만 아직도 난 소복하게 눈 쌓인 내 정수리를 보면 한숨이 나온다. 쉰이 된다 해도 하늘의 뜻을 알기는커녕 당장 자라나는 흰머리 앞에 매 순간 괴로울 거라는 걸 안다. 그리고 높은 확률로 지금처럼 염색을 하고 있을 거라는 것도. 그래도, 그러거나 말거나 일단은 기대해 보련다. 지금보다 단단해질 내면의 땅을. 그 위에 지금보다는 단단하게 서 있을 나를. 거지존을 버티지 못하고 이내 미용실을 찾더라도 한숨 쉬지 않고 웃을 수 있을 것만 같은 쉰을.

기준만이 정답은 아닌 걸요

아파트 게시판에 성인 독서 모임을 계획하고 있다는 공고가 붙었다. 그러지 않아도 독서 모임에 참여해 보고 싶다는 생각을 하던 차였다. 한 번도 해본 적이 없었고, 읽는 책의 장르가 한쪽으로 치우치는 경향이 있다. 아무래도 모임이라는 강제성이 주어진다면 책을 고르는 선택의 폭이 조금은 더 넓어질 수 있겠다는 생각에서다. 지역구에서 지원을 받아 전문 강사가 강의도 나온다고 하니 꽤 좋은 기회가 아닌가. 게다가 아무래도 독서 모임이니 대부분 육아를 하는 입장이어도 육아하는 '엄마'가 아니라 그 이전의 온전한 '나'의 자아로 만날 수 있지 않을까 하는 기대도 있었다. 참여 의사를 갖고 도서관에 방문해서 관장님과 대화를 나누기 전까지는.

"우리 이은 님은 아이가 몇 살이에요?"

예전부터 잊을만하면 한 번씩 들어온 질문이지만, 그 자리에서 받을 질문이라고는 미처 생각하지 못했다. 아무래도 사십 대 기혼여성은 곧 엄마일 거라는 생각에서 기인한 별 뜻 없는 질문이었을 거다. 예상 밖의 질문이었지만 미소는 잃지 않고 최대한 가볍게 대답했다.

"없어요(씽긋)."

나의 대답을 들은 상대의 입에서는 '아…' 하는 탄식이 새어나왔다. 그 순간 그분의 동공이 흔들렸던가, 서너 번 빠르게 눈을 깜빡였던가, 안경을 고쳐 썼나. 어쩌면 그 모든 게 동시다발적으로 일어났는지도 모르겠다. 그리고는 참여하는 분들모두 엄마들이라 불편하겠지만 그렇게 생각하지 말고 편하게 나오라는 말이 이어졌다. 그 순간 알 수 있었다. 당황을 한 건 질문 받은 내가 아니라 질문을 던진 쪽이었다는 것, 그리고 모임에서 불편한 쪽 역시 내가 아닌 그분들일 수 있겠다는 것을.

이미 한 번의 모임이 있었고 도서 목록을 보니 육아서가 몇권 포함되어 있었다. 독서 모임이지만 친목의 성격이 짙고 내가 기대했던 것과는 다른 듯하여 결국 참여하지 않기로 했다. 독서 모임에서 육아서를 읽으며 친목을 쌓으려 한 건 아니었기 때문에.

일반적으로 사회에서 기준을 두는 각 나이대의 포지션이 있다. 그중 하나가 앞서 언급한 '결혼한 사십 대의 여성'은 곧 '엄마'라는 거다. 그리고 그 일반적인 포지션에서 벗어났을 때 파생되는 질문들은 의외로 다양하고 가끔 선을 넘기도 한다. 그러한 경험이 있어 그동안 사적인 관계에서 새로운 사람을 만나는 것을 다소 멀리해왔다.

아이가 없는 지인 중 하나는 "아이는 몇 살이냐"는 질문을 받을 때면 다 커서 외국에 나가 있다고 말을 한다고 했다. 아이로부터 이어지는 질문을 피하는 데는 그게 가장 좋은 방법이라고. 다년간 받아 온 질문들이 쌓이면서 찾아낸 나름의 노하우겠지. 그 얘기를 듣고 나 역시 몇 번은 없는 아이를 만들어가며 그런 비슷한 대답을 하기도 했다. 그러다 보니 거짓말을 하게 되고, 그 거짓말을 위해 또 다른 거짓말을 할 수밖에 없었다. 왜 이렇게까지 해야 할까에 대한 고민 끝에 그냥 솔직하고 담백하게 대답하기에 이르렀다. 재미있는 건 아들만 있는 부부는 딸을 낳아야 하지 않겠냐는 말을, 반대로 딸만 있는 부부는 아들이 있어야 하지 않겠냐는 말을 듣기도 한다는 사실이다. 혹 아들 하나 딸 하나 있는 집엔 동성의 형제가 있어야 한다는 말을 듣고 있을지도 모를 일이다. 허허. 참.

뉴스를 보면 대부분의 통계는 '4인 가족'이 기준이 된다. 그만큼 일반적인 가족 구성의 단위라는 뜻일 테다. 그렇다고 2인 가족인 우리 부부가 4인 가족의 딱 절반만큼만 소비하고 사는 것은 아닐 것인데. 우리가 살아가는 데는 다양한 답이 있고 그 안에는 다수와 소수가 있을 뿐 그 어느 쪽이 정답이라고만 말할 수는 없다. 물론 기준은 필요하다. 그런데 요즘 같은 시대에 4인으로 구성된 가족이 평균적인 게 맞기는 한 건가?

다른 것과 틀린 것은 분명 다르다. 일반적인 기준에서 벗어났다고 틀린 모습으로 살고 있는 것은 아니라는 얘기다. 누구에게나 내가 살아온 방식이 삶을 대하는 기준이 된다. 나 또한 지금처럼 무자녀 부부가 아닌 4인 가족, 혹은 또 다른 유자녀 가족의 모습으로 살고 있다면 내가 받았던 질문을 다른 누군가에게 아무렇지도 않게 하고 있을지도 모를 일이다. 다른 사람의 처지에서 생각해 보라는 역지사지의 마음은 내 처지가 다른 사람보다 이로울 때, 혹은 불편하지 않을 때라면 굳이 일부러 꺼내지 않는 이상 잘 드러나지 않는 법이니까. 드라마 〈멜로가 체질〉에서 범수(안재홍 배우)가 그랬지. 입장 바꿔 생각해 보라는 진주(천우희 배우)에게 "내 입장이 더 좋은데 왜 입장을 바꿔 생각해요?"라고. 아우 얄미워. 얄밉지만 너무 이해가 되는 대사라는 걸 부정할 수는 없다.

아이가 없다는 나의 대답에 순간 당황하는 모습을 보였지만 이내 편하게 나오라고 말씀하셨던 그분은 분명 나를 배려해 주셨다는 걸 안다. 그러나 오히려 그 배려가 무자녀의 2인 가구를 바라보는 인식이 어디까지 왔는지 생각하게 만들어 주었다. 중요한 건 난 자녀가 없을 뿐 그게 배려의 대상이 될 이유는 아니라는 거다.

얼마 전 생활용품을 구매하기 위해 찾은 창고형 매장에서 2인용, 그리고 1인용 식탁 테이블이 예전보다 다양하게 전시되어 있는 것을 볼 수 있었다. 어디 그뿐인가. 1인 식당이나 1인 메뉴도 늘어나고 있다. 그것은 비록 사회적인 통계의 기준은 4인 가구가 될지라도 그만큼 1인 또는 2인 가구 등 가족을 구성하는 단위가 다양해졌고, 그것을 받아들이는 사회적인 시선 또한 더딘 속도로나마 열리고 있다는 반증이라고도 볼 수 있다는 얘기가 아닐는지.

같은 길을 가더라도 가는 방법은 다양하다. 대중교통을 이용하거나 승용차를 이용하는 것처럼 이동 수단의 선택이 다를 수 있고, 대중교통 안에서도 버스나 전철 등의 선택이 또 달라질 수 있다. 그냥 걷거나 뛰어갈 수도 있고, 걷다가 쉴 수도 있는 것처럼. 하물며 삶이란.

살아가는 방식에 정답이 있을까. 비슷한 카테고리로 묶을 수야 있겠지만, 사실은 사람의 얼굴 생김새만큼 다양한 답이 펼쳐져 있는 건 아닐까. 그렇게 각자의 삶을 각자의 방식으로 나아갈 뿐이라고 조금 가볍게 받아들여 주면 어떨까.

그리운 부석사

오랜만에 정호승 시인의 시를 꺼냈다. 책장 아래에서 오랫동안 꺼내지 않던 시집을 꺼내 〈그리운 부석사〉를 다시 읽었다.

이 시를 다시 꺼내 읽은 이유는 누군가 내게 부석사에 얽힌 추억이 있는지를 물었기 때문이다. 참여하고 있는 심리 독서 모임에서 아침마다 함께 읽는 책의 본문과 연관된 질문을 하나씩 받고 있다. 그날은 올해가 가기 전에 하고 싶었던 일이나 이루고 싶은 목표가 있느냐는 비교적 가벼운 질문을 받았던 날이었다. 며칠간 무거운 질문이 이어져 내면을 들여다보고 상처를 마주하다 보니 몸까지 힘들었다는 분들이 계셔서, 조금 쉬어가자는 의미로.

새해가 되면서 남편과 했던 이야기가 많은 거 바라지 말고 그저 '건강하자'였다. 몸도 마음도 건강하면 뭐든 할 수 있을 테니까. 사실 작년에 비해 운동을 많이 하지는 못했다. 작년엔 못해도 주 4회는 달리기와 홈트를 병행하면서 체지방도 많이 줄었고, 몸이 가벼워지니 마음도 가벼워지는 기분이 있었던 반면 올해엔 그러지 못했다. 매달 빈 달력을 냉장고 앞에 붙여두고 운동한 날을 기록하고 있는데 올해는 채워지지 않은 여백이 너무나 많다. 그래도 변명을 해보자면 달력의 여백을 채울 만큼의 운동다운 운동은 못하더라도 아예 놓지는 않으려 애쓰고 있었다. 루피와 보아 산책 덕이기도 하겠지만 하루 일만 보는 꼭 걷고 있다. 스트레스를 받으면 정말 아무 생각 없이 이것저것 집어 먹는 사람이라 그 몹쓸 습관을 버리려 16:8 간헐적 단식을 하게 된 지는 한 달이 넘어가고 있다. 여름이 지나면서 물 마시는 양이 줄어든 것 같아 하루에 물 2리터 마시기도 하고 있다. 이런 대답을 하던 중, 뜬금없이 부석사가 떠올랐다. 마치 '짠, 여기 나도 있지롱' 하고 나타나듯이 정말 생뚱맞게 떠오른 부석사가 조금은 황당하게 다가오기도 했지만…. 뭐, 어때. 원래 생각이란 건 그런 거니까.

부석사 앞 은행나무 길이 무척 좋았던 기억이 있다. 이왕 이렇게 그곳이 떠올랐으니 겨울이 되기 전, 아직 노란 은행나무 길을 즐길 수 있을 때 혼자라도 부석사에 다녀와야겠다는 말을 덧붙였다.

　가벼운 질문에 가볍게 한 대답을 보고 모임에 함께하는 누군가 부석사에 어떤 추억이 있는지를 물었다. 부석사의 추억이라…. 그 시작이 바로 정호승 시인의 시였다. 믿기 어렵겠지만 시를 참 좋아하던 사람이었다, 내가. 사랑하다가 죽어버리라며 시작되는 〈그리운 부석사〉를 좋아했고, 시를 가슴에 꽁꽁 품고만 있다가 용기를 내 가보게 되었던 거지. 결혼 전 혼자서 기차를 타고 버스도 타고 근처 식당에서 밥도 먹고 사과도 먹었는데, 내게 사과를 주셨던 아주머니께서 혼자 왔다는 말에 다음엔 혼자 오지 말고 남자친구랑 같이 오라고 하셨던 기억도 떠올랐다. 이후 남편이 남자친구였을 때도, 그 남자친구가 남편이 되어서도 부석사는 몇 번을 더 다녀왔던 곳이다.

　부석사에 앉아서 지는 해를 바라보고 있자면 정말이지 아무 생각이 없어진다. 말 그대로 장관이라 그 앞에선 아무 말도 할 수가 없다. 한번은 그 일몰을 찍어보겠다고 삼각대에 꽤 애정하던 카메라를 세워두었다가 고정이 잘못되어 기울어져 버리는 바람에 카메라가 망가졌다. 예상치 못했던 일에 속상했지만, 그 마음도 잠시. 덕분에 사진에 신경 쓸 필요 없이 오히려 눈으로 더 깊게 담을 수 있다며 아쉬운 마음을 달래기도 했었다. 비록 집으로 돌아와 한동안 망가진 카메라를 앞에 두고 뒤늦은 후회를 하기도 했지만.

그렇게 좋아하던 부석사에 마지막으로 갔던 건 심정지로 소파수술을 하고 나서였다. 임신 확인 후부터 출혈이 있었다. 절대 안정이 필요했지만 집에선 누워있어도 집안일이 보여 나도 모르게 자꾸 일어나 움직이게 되었다. 별수 없이 절대 안정을 위해(집안일은 신경 쓰지 않고 누워만 있기 위해) 내내 입원해 있었다. 심장 소리를 확인하고 감사하게도 출혈이 멈춰 퇴원을 했지만, 퇴원 후 1주일을 채 넘기지 못하고 멈춰버린 심장을 확인해야만 했다.

소파수술을 하고 한 달쯤 지났을 무렵, 화장대 서랍 한자리를 차지하고 있는 초음파 사진을 보았다. 시험관 시술 후 임신을 하면 일반 산부인과에서처럼 4주에 한 번씩이 아니라 매주 진료를 본다. 때문에 임신을 위해 이식할 때 받았던 배아 사진부터 까맣고 동그란 아기집만 있는 사진, 반지 같은 난황이 보이는 사진, 깜빡깜빡 심장이 움직이는 사진, 그리고 뛰지 않는 심장을 확인한 사진까지…. 그간의 흔적이 여러 장의 사진으로 서랍 속에 남겨져 있었다. 언제까지 그대로 둘 수도 없는 노릇이고 그냥 찢어버릴 수도, 구겨버릴 수도 없는 노릇이다. 어떡하면 좋을까 고민하던 중 불현듯 부석사가 떠올랐다. '그래, 부석사에 가서 태우자!'라는 생각이 다짐이 되어 다가올 휴일에 남편과 함께 부석사엘 가기로 했다.

부석사에 가서 양해를 구하고 거기서 태우는 것까지 머릿속으로 시뮬레이션을 돌려보았다. 태울 때 담을 틴케이스와 불을 붙일 때 사용할 캔들 라이터까지 챙기면서도 남편에게는 차마 나의 그 다짐을 말하지 못했다. 이상하게 입이 떨어지지 않았다. 막상 부석사에 도착하니 머릿속이 복잡해졌다. 물론 허락받지 못할 확률이 더 높겠지만, 만약 그곳에서 태우게 된다면 혹여라도 그곳을 다시 찾을 때마다 생각이 나 마음 아플까 겁이 났기 때문이다. 뒤늦게 남편에게 나의 마음을 털어놓았고, 결국 집으로 돌아오는 길 휴게소에 들러 틴케이스에 그간의 사진을 담아 남김없이 재가 되도록 태웠던 기억이 있다.

"부석사에 어떤 추억이 있나요?" 누군가 던진 그 질문에 잊고 있던 그날의 기억이 떠올라 버렸다. 그리고 이후로 몇 년이 지나도록 이따금 떠올리기만 할 뿐, 한 번도 제대로 기억하거나 다시 가지 못했다는 것도 깨달았다. 까맣게 타버린 재가 되어 저기 멀리로 훨훨 날아갔을 줄로만 알았는데, 힘없이 날아가다 결국 내 마음에 내려와 앉아 있었나 보다. 그렇게 내게 부석사는 그날의 재와 함께 눈물에 젖은 채 남아있다. 어쩌면 그동안 잊고 있던 부석사가 하필 지금 떠오른 것에는 말로는 미처 설명하지 못할 이유가 있지 않았을까. 약간의 과장을 보태보자면, 마치 알 수 없는 누군가가 내게 '여기 부석사가 있어, 너의 눈물의 절이 있어' 하고 알려준 것만 같은 기분까지 들기도 한다. 그 기운 덕분에 부석사의 기억을 꺼내고, 그 시작이었던 시를 꺼냈다.

사랑하다가 죽어버리라는 시작이 너무나 강렬하게 남아있던 시였는데, 다시 읽으니 강렬했던 첫 문장 못지않게 다른 문장들이 또 새롭게 다가온다. 오늘 나는 그리운 부석사에 다시 찾아갈 예정이다. 은행나무 길이 아직 노랗게 물든 채 그대로 있을지는 알 수 없지만, 이미 다 떨어져 버렸다고 해도 상관없다. 그곳으로 가, 산 너머로 지는 해를 바라보며 눈물 속에 지었던 절을 부수고 내 마음속에 새로운 절을 짓고 오련다.

2부.

치유 : 행복의 필요충분조건

이제 당신의 이야기를 들려줄래요?

비싼 요금제를 사용해서인지 남편은 통신사에서 매달 무료 영화 티켓을 받는다. 그 티켓을 사용한다는 핑계로 우리는 매달 극장으로 가 영화를 보곤 한다.

그날엔 감수성을 한껏 끌어올릴 수 있는 애니메이션을 보고 나왔다. 우리는 집 앞 짝태 집에서 가볍게 맥주 한잔하고 들어가기로 했다.

오래전 처음 갔던 짝태 집이 선술집이어서였는지 모르지만, '유로피언 탭하우스'라는 별칭을 달고 있는 집 앞 짝태 집이 처음엔 다소 어색하게 다가왔다. 짝태가 메인 메뉴일 뿐 분위기는 유럽의 어느 생맥줏집 같은 느낌이기 때문이다(물론, 유럽을 가본 적은 없다). 게다가 남편은 그 집의 짝태보다 고르곤졸라 피자를 더 좋아한다(역시 유로피언 탭하우스!). 워낙 자리가 좋아서인지 그곳은 항상 사람이 많다. 그날도 사람이 꽉 차 있었고, 시끄러운 걸 그다지 좋아하지 않는 평소의 우리라면 문을 열기도 전에 밖에서 보고 그냥 발길을 돌렸을 텐데…. 그날은 남아있는 한 자리를 보고는 별다른 고민 없이 들어가 앉았다. "여전히 여긴 사람이 많네, 사장님은 진짜 좋겠다"라고 농담을 했을 뿐 시끄러운 소음이 방해가 되지는 않았다.

보고 온 애니메이션 때문이었을까. 아니면 홀 안을 가득 채운 소음에 취해서였을까. 어쩌면 시원하다며 벌컥벌컥 목을 열고 마신 300cc 맥주에 취했는지도 모르겠다. 감성이든 소음이든 알코올이든 어떤 것에든 취해, 그 힘에 기대어 그동안 외면했던 감정을 들여다보고 싶어졌다.

평소의 그는 내 이야기를 듣는 쪽이다. 매번 그래왔다. 나의 사소한 일상의 이야기를 듣고, 짜증을 내면 그 짜증을 들어주고, 재미있는 이야기면 함께 웃어주고, 속상한 이야기는 덤덤히 들어주었다. 난임의 터널을 지나오는 동안 내가 아파하는 모습을 지켜봐 주고, 힘들어하는 내게 곁에 있음으로써 힘이 되어주었다.

그렇다고 그 시절 그는 힘들지 않았을까. 그럴 리가. 모든 일은 내 몸에서 일어나고 있지만, 그건 분명 우리의 일이었다. 우리는 난임 '부부'였으니까. 이제라도 그의 이야기를 들고 싶었다.

"근데 있잖아. 처음 우리가 난임이라는 얘기를 들었을 때 자긴 마음이 어땠어?"

그날의 대화는 이렇게 시작되었다.

놀랍기는 했어도 생각보다 마음이 불편하진 않았다고 했다. 그래도 병원의 도움을 받을 수 있다고 하니 어쩌면 다행이라는 생각이 들기도 했다고. 그동안 난 그와 낄낄거리며 웃고 농담 따먹기를 하다가도 눈물 바람일 때가 있었지만, 정작 그는 내 앞에서 눈물을 보인 적이 딱히 없었다.

처음 유산을 하고 난 후 몇 개월 지나, 남편의 가까운 벗인 Y와 저녁을 먹는 자리였다. 밥을 먹고 가볍게 술 한잔을 하며 이런저런 이야기를 나누다, 자연스러웠지만 무척이나 조심스럽게 아이들을 보낸 이야기가 나왔다. 먼저 말을 꺼낸 건 Y였다. "제수씨, 이제 몸은 좀 괜찮아진 거야? 장훈이가 제수씨 걱정을 정말 많이 해."

그러면서 Y는 남편과 단둘이 가졌던 술자리에서 지금껏 그렇게 우는 모습을 처음 봤다며 남편이 얼마나 많이 울고 슬퍼했는지를, 그리고 그 와중에 내가 마음의 병까지 얻게 되지 않을까 걱정하고 있더라는 얘기를 했다. 그러지 않아도 남편은 내가 멍하니 앉아 있거나 깊은숨을 내쉬면 옆구리를 콕콕 찌르며 "우리 마누라 혹시라도 우울증 걸리면 안 돼"라며 농담 섞인 걱정의 말을 해왔다. 그런데 그 말엔 내가 생각했던 것보다 훨씬 더 깊은 진심이 담겨있었구나. 그리고 무엇보다 그가 많이 울었다는 말에 너무나 놀랐다.

지난 시간을 보내며 남편이 내 앞에서 우는 모습을 보였던 건, 느닷없이 아이들을 보낸 그날 아침, 회복실에서가 처음이자 마지막이었다. 그마저도 그저 눈물을 훔치는 정도였지 운다고 할 수도 없었던 것으로 기억한다. 난 마취에서 깨어난 직후였고, 정신이 돌아왔을 땐 이미 울고 있었으니 내 옆의 남편이 어땠는지 제대로 살펴볼 겨를이 없었다.

문득 Y의 그 말이 떠올라 내가 보이지 않는 곳에서 울기도 했는지를 최대한 가볍게 물었더니 남자는 우는 거 아니라며 장난스러운 표정을 지어 보였다. 하지만 이내 안경을 벗고 마른세수를 하며 "힘들었지…. 그냥 웃는 거지…" 하며 숨을 삼키듯 말을 삼켰다. 알코올과 농담의 힘에 기댄 그 순간마저도 그는 내 눈을 똑바로 보지 못했다. 그리고 눈앞에 술잔을 들었다. 시끄러운 짝태 집에 우리 둘만 덩그러니 앉아 있는 듯한 착각이 들었다. 그냥 웃으며 지금껏 버텨왔구나. 한 번쯤은 와르르 무너뜨리는 것도 필요할 텐데, 어쩌면 그의 마음속에 자리한 벙커는 내가 짐작하는 것보다 더 깊고 어둡고 견고할 수 있겠다는 생각을 처음으로 하게 된 순간이었다.

"다음에 임신하게 되면 그때는 무조건 입원하자."

Y를 만나고 온 어느 날 맥주를 마시며 남편이 말했다. 아무이유 없이 입원시켜 주는 병원은 없다는 나의 말에 다시 또 그런 일이 있으면 정말 미쳐버릴지도 모른다며, 그런 일은 한 번이면 족하다고 말하는 모습을 보고는 '이 사람, 내가 생각했던 것보다 힘들었나 보다' 하고 생각만 했을 뿐이었다. 물론 그마저도 금세 잊고 말았지만.

지나온 시간들 속에서 잊고 지내온 남편의 울음이 떠올랐다. 그는 코골이가 심해 집이 아닌 다른 곳에서 자는 것을 본인 스스로가 불편해하기도 했거니와 다음 날 출근을 해야 했기 때문에 병원에서 잠을 잘 수는 없었다. 그나마 다행히 병원과 집이 멀지 않아 최대한 늦게까지 병실에서 함께 머물러 있다가 사람들이 하나둘 자려고 불을 끄기 시작하면 그제야 집으로 돌아갔다. 품었던 아이들을 보낸 첫 번째 밤, 도착해서 전화하겠다던 사람은 연락이 없었다. 한참을 기다리다 전화를 걸어 보았으나 연결이 되지 않았고 괜스레 불안한 마음이 커지고 있을 때 전화가 걸려 왔다. 씻느라 전화를 받지 못했다고 말하는 그의 목소리는 잠겨있었고 코는 꽉 막혀있었다. "목소리가 왜 그래? 울었어?" 하는 나의 물음에, 그는 샤워하고 나오니 추워서 그런지 감기가 오려는 것 같다며 자고 일어나면 괜찮을 거라고 했다. 나는 그 말을 곧이곧대로 믿었다. 그때 남편은 울고 난 후 잠겨버린 목소리를 감기 기운을 핑계로 감췄던 것인지도 모른다. 아무리 그래도 그렇지. 나는 왜 그걸 알아채지 못했을까. 아마 그때의 나는 아니라는 걸 알면서도 믿고 싶었나 보다. 그 짧은 통화가 이렇게나 생생하게 기억나는 걸 보면. 어쩌면 자고 일어나면 괜찮을 거라는 말은 나를 안심시키려 하는 말임과 동시에 그의 바람이었을까. 자고 일어나면 울지 않을 거야. 자고 일어나면 힘든 마음도 조금은 괜찮아질 거야. 괜찮아질 거야. 다 괜찮아질 거야….

그리고 또 한번은, 친정엄마가 꺼낸 그날의 이야기에서였다. 이른 아침 사위에게서 걸려 온 전화. 내가 분만실에 들어가 있을 때 소식을 전하며 사위는 울고 있었다고 했다. 얼마나 울었는지 코가 꽉 막혀있더라고. 내 앞에선 단 한 번도 눈물을 보이지 않던 사람이 뒤에서는 나 모르게 이렇게 눈물을 흘리고 있었다.

그동안 남편을 보면 정신 놓고 있는 내가 이상하게 느껴질 정도였다. 어쩜 저럴 수 있을까 싶게 덤덤했고 빠르게 일상으로 돌아갔다. 그런 줄로만 알았다. 하지만 그건 그저 울지 않는 것처럼 보일 뿐이었고, 담담해 보일 뿐이었으며, 쉽게 일상으로 돌아간 듯 보일 뿐이었던 거다. 미안하게도 그의 슬픔을 보기엔 내 안의 슬픔이 너무나 컸다. 내 슬픔의 무게에 짓눌려 곁에 있는 사람의 슬픔을 미처 돌아보질 못했다.

함께 있는 시간엔 우리의 슬픔을 최대한 누르는 것이 최선이라 생각했다. 그러지 않는다면 일상이 무너져버릴 것만 같았으니까. 우리의 마음은 이미 무너졌지만 그래도 살아가야 했으니 일상은 지켜야만 했다. 혼자 있는 시간엔 짐승같이 목 놓아 울어도 그와 함께할 때면 최대한 삼키려 애썼다. 그의 앞에서 보이는 내 슬픔은 누르고 누르다 차마 눌러지지 못한 감정들이 밖으로 삐져나오며 공기와 닿아 눈물로 바뀌어버리는 거였다. 그럴 때 남편은 말없이 지켜볼 뿐이었다. 서로가 가진 마음의 무게가 너무 커 누가 누구를 위로할 여력이 없었다. 그러니 최대한 겉으로 드러내지 않는 것. 그게 그때의 우리가 서로에게 할 수 있는 최선이었다. 그렇게 생각했다.

슬픔은 숨기는 것이 아니라 똑바로 보고 인정하는 것이 먼저라는 것을 우리는 미처 알지 못했다. 그 슬픔을 가장 잘 아는 사람이 바로 우리 둘이다. 그러니 서로의 슬픔을 가장 잘 바라볼 수 있는 사람도 우리 둘이었는데, 온전한 애도의 시간을 갖지 못한 채 최선이라는 허울 뒤에 숨어 진짜 감정을 숨겨버렸다.

부부이지만 그와 내가 가진 슬픔의 무게는 다를 수밖에 없다. 부부는 일심동체라고 하지만 아무리 살을 맞대고 한집에 사는 사이라도 하나의 몸 같은 마음이 될 수는 없는 법이다. 우린 각기 다른 사람들이기 때문이다. 그러나 나는 내 마음이 안정을 찾아가면서 자연스레 그의 마음도 나와 같을 거라고 생각했는가 보다. 이기적인 나의 바람.

난임을 겪는 순간도, 온전한 나로 살겠다고 생각한 순간도, 나는 나의 감정에만 집중했다. 그저 막연하게 '당신도 힘들겠지' 하고 미루어 짐작만 할 뿐이었고 그 사람은 나보다 무던하다는 말로 덮어버렸다.

마지막, 다섯 번째 유산을 알았을 때 죽고 싶다는 생각이 입 밖으로 나와 버린 순간 아차 싶었다. 마주 앉은 남편을 배려하지 못했다는 생각에 미안했다. "여보, 힘들지?" 미안한 마음을 감추고자 너무나 당연한 얘기를 했을 때 그가 한 말은, "내가 아무리 힘들어도 너보다는 덜 힘들 거야"였다. 그는 내내 그런 생각으로 살아왔겠지. 그러니 힘들어도 힘들다 말을 하지 못하고, 내내 나의 이야기를 듣고 나의 눈물을, 나의 한숨을, 온갖 나의 무겁고 괴로운 감정을 받아내고 있었겠지. 그의 해소되지 않은 슬픔 위에 내가 버린 마음까지 켜켜이 쌓여가고 있던 건 아닐까. 그를 벙커 밖으로 나오지 못하게 문을 막고 서 있었던 건 다른 누구도 아닌 내가 아니었을까.

고마운 마음과 미안한 마음이 한데 뒤섞여 버려서 어떤 감정이 우위에 있는지 모르겠다. 다만, 그때의 나보다 지금의 내가 감정적으로 가벼워진 만큼 그 역시 이제라도 부디 그러하기를 바라는 마음이다. 이런 마음조차도 이기적인 것 일지라도.

마음을 꺼내는 데도 연습이 필요하다. 일 때문에 힘든 얘기는 꺼내지만, 정작 우리가 함께 힘들었던 그때의 마음을 그는 늘 덮어두고 있다.

남편이 나의 글을 읽게 될까. 그렇다면 이 지면을 빌려서 다시 한번 말하고 싶다. 나의 일이기도 하지만 당신의 일이기도 하다고. 나보다 덜 힘들었을지는 몰라도 슬픔의 무게를 떠나 당신도 힘들었던 건 마찬가지라고. 그러니 그냥 덮어두고만 있지는 말라고 말이다.

당신만 괜찮다면 내가 도구가 되어줄게. 손 내밀면 닿을 거리에 내가 있을게. 언제라도 좋으니 당신의 이야기를 해 봐. 그렇게 조금씩 천천히 덜어내 봐.

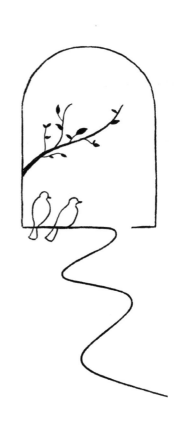

나의 원피스 남매

세 번째 유산을 했을 때였다. 힘들어하는 내게 강아지를 데려오는 게 어떻겠냐고 남편이 제안했다. 집에서 방 하나를 어항으로 가득 채워 새우를 키우며 자신만의 힐링 스폿을 갖고 있던 본인처럼, 내게도 그런 존재가 필요한 게 아닐까 싶은 마음이었을 터. 그의 말을 듣고 홀린 듯 사이트를 뒤져가며 유기견을 찾아보다 만난 아이가 바로 루피다.

한 살 추정 / 푸들 / 수컷 / 중성화 무

공고 내용은 사진 한 장과 이 한 줄이 전부였던 것으로 기억한다. 보호하고 있는 곳은 서울 금천구의 한 병원이었다. 나는 집에서 남편은 회사에서 각각 출발했고, 먼저 도착한 내가 녀석을 먼저 만나보기로 했다. 직접 만난 녀석은 한 살 추정이라는 공고 내용과는 달리 두 살 정도로 보였고, 사진에서보다 다리가 길고 컸다. 갈비뼈가 다 드러날 정도로 비쩍 마른 몸에 잔뜩 겁에 질린 눈을 가진 아이. 낑 소리 한 번 내지 못하고 내가 안으니 잠시 주저하는 듯했지만 이내 몸을 맡겼다. 전화로 문의했을 때 그저 한번 보러 오라고 한 말에 정말 그냥 보러만 간 거였다. 그러나 그렇게 온몸을 맡기고 안겨있는 녀석을 도저히 다시 그곳에 두고 올 수가 없었고 이후 도착한 남편과 상의 후 바로 입양 서류에 사인하고 필요한 절차를 밟았다. 후에 남편이 말하기를, 병원에 도착했을 때 루피를 안고 있는 내 모습을 보고 이미 결정은 끝났다는 걸 직감했다고 했지.

집으로 오는 차 안에서 녀석이 얼마나 침을 흘리고 떨었는지를 기억한다. 그렇게 루피는 공포감과 두려움을 온몸으로 표현하고 있었다. 루피의 눈에 나는 믿을만한 사람이었을까.

다른 건 몰라도 적어도 낯선 이 집에서 그나마 의지할 수 있는 사람이 나라는 걸 본능적으로 알았던 것 같다. 아마 처음 만나 남편이 오기 전까지 서로의 몸을 밀착한 채 나름의 교감을 했기 때문이겠지. 그래서인지 이후 루피는 지나치다 싶을 정도로 나만 바라보는 아이가 되어버렸다.

정말 아무것도 모르는 무지렁이 상태에서 루피를 데려왔

다. 아무런 준비 없이 만나러 갔기도 했지만 한 생명을 데려오면서 설레는 마음만 가졌을 뿐 정작 루피에게 필요한 게 무언지, 나는 어떤 각오를 해야 하는지 전혀 생각하지 못했다. 그러니 다른 그 무엇보다 '책임감'이라는 것이 기본으로 탑재되어야 한다는 걸 느꼈을 때의 그 복잡했던 마음은 그저 혼란스럽다는 말로는 결코 설명할 수 없었다.

유산으로 소파수술을 하고 채 1주일도 지나지 않았을 때였다. 길에서 아이나 임산부를 보기만 해도, 밥을 먹다가도, 그냥 멍하니 앉아 있다가도 눈물이 날 만큼 정신적으로 힘이 든 시기였다. 나 하나도 어찌할 바를 몰라 괴로운데 끊임없이 눈치를 보며 나만 바라보고 있는 비쩍 마른 모습이 안쓰러웠다. 동시에, 목욕을 해도 지워지지 않는 눈물 자국이 새겨진 얼굴로 한순간도 내게서 시선을 떼지 않는 그 눈이 미치도록 부담스러웠다. 시골 외가에 데려다 놓을까…. 강아지를 좋아하는 친정에 맡길까…. 하루에도 여러 번 후회했고, 후회하는 몇 배로 녀석에게 미안했다. 기껏 책임지겠다고 데려온 아이에게 순수하게 애정만 주지 못하는 내가 쓰레기 같았으며 혹여 누군가에게 이런 내 마음을 들킬까 두려웠다.

그러던 어느 날, 녀석을 붙잡고 있는 나를 보았다. 남편에게 조차 꺼내지 못하는 속내를 이 녀석, 루피에게 하는 나를 보게 되었다. '너는 왜 말을 하지 못하니' 말도 안 되는 생각을 하기도 했지만 알고 있었다. 오히려 그래서 내 얘기를 조금의 가감도 없이 있는 그대로 할 수 있었다는 걸.

영화 〈어떤 여인의 고백〉을 보면 식물인간 남편에게 자신의 비밀을 고백하는 여자가 나온다. 그 여자에게 남편은 바로 인내의 돌. 인내의 돌이란 '돌에게 비밀을 털어놓으면 이야기한 사람을 고통으로부터 해방시켜 준다'는 마법의 돌로, 어느 날 돌은 부서지고 돌에게 비밀을 털어놓던 사람은 결국 고통으로부터 해방된다고 한다.

그렇게 루피는 나에게 인내의 돌 같은 존재가 되었다.

실외 배변만 하는 아이라는 걸 알고는 몸이 힘들어도 하루에 몇 번씩 밖으로 나갈 수밖에 없었다. 혼자였다면 백날천날 굴만 파고 있었을 나를 멱살 잡듯 밖으로 끌고 나와 준 게 루피다. 몸은 앓는 소리가 절로 나올 정도로 힘들어도 배변이라는 건 가장 기본으로 해결되어야 할 문제이니 밖으로 나가야만 했다. 그렇게 시작된 산책이 결국 나를 살려낸 것과 다름 없었다. 리드줄은 내가 잡고 있었지만 리드를 한 건 내가 아닌 루피였다. 나를 붙잡아 주었고, 세상 밖으로 이끌어주었다. 그 얇지만 강력한 리드줄 덕분에 나를 놓지 않을 수 있었다.

　이후 다섯 번째 유산을 하고는 죽고 싶다는 생각이 입 밖으로 나온 순간, 죽고 싶은 마음이 듦과 동시에 살고 싶었다. 이미 루피가 자식처럼 곁에 있었지만 어째선지 한 마리 더 데리고 와야겠다는 생각이 들었다.

　'애 대신 개를 키우고 살겠어.'

　주말 늦잠과 계획에 없이 훌쩍 떠나는 여행을 좋아하는 우리였다. 그러나 루피가 오고 셋이 된 후 그렇게 좋아하던 일이 조금 불편해졌다. 어쩌면 불편함을 넘어 힘들어질 수 있으니 만만하게만 볼 일은 아니었다. 더구나 남편에게는 강아지와 함께 지내는 첫 번째 이유가 바로 '나'다. 애초에 그에게 선택을 하라고 했더라면 루피는 우리 집이 아닌 다른 집에서 다른 이름으로 살고 있을 거다. 그러니 두 번째 강아지를 생각하면 남편에게 미안한 마음이 들었지만, 내 고민의 1순위는 아니었다.

　루피. 둘째가라면 서러운 예민 보스 루피가 가장 큰 고민이었다. 루피를 데리고 올 때 마음 한구석엔 언젠가 내 아이와 함께 뛰놀고 뒹구는 모습을 상상했었다. 그러나 사람 아이와 새끼강아지는 달랐다. 과연 새로운 생명체를 받아들일 수 있을까. 혹시라도 TV에서 보던 문제 많은 다견 가정이 바로 우리 집이 되는 건 아닐까. 조금은 지루하지만 평화로운 우리 셋의 일상이 그대로 전쟁터가 되어버리는 건 아닐까…. 그러나 이미 마음이 기울고 있는 상태에서의 고민이라 그 끝은 늘 한 방향을 향해 있었다. 그저 루피를 믿고 싶었다. 루피를 믿어보자. 천천히 시간을 갖고 기다리다 보면 분명 곁을 내줄 거라고. 그렇게 나는 루피를 믿기로 했다.

이런 내 고민을 알고 있던 김포의 N언니가 지인을 통해 비숑 프리제 새끼강아지를 소개해 주었다. 태어난 지 아직 두 달이 채 되지 않아 바로 데려올 수는 없어 2주는 더 기다려야 했다. 꼬물이가 담긴 짧은 영상을 보고 또 보았다.

처음 루피를 데려올 때의 그 대책 없던 사람은 이제 여기 없다. 기다리는 2주간 꼬물이가 와서 사용할 방석을 준비하고, 당분간 루피와의 분리가 필요할 테니 울타리도 여유 있게 준비했다. 실외 배변만 하는 루피에겐 필요 없던 배변 패드를 주문했고, 어린 강아지를 데려오면 주의해야 할 점에 대해 찾아보고 공부하기를 반복했다.

꼬물이를 만나기 전부터 우리는 이름을 짓기 시작했다. 남편이 만화 〈원피스〉를 좋아해서 그 주인공의 이름을 따 루피는 루피가 되었으니 새로 가족이 될 꼬물이도 〈원피스〉의 캐릭터 이름을 붙여주기로 했다. 나미, 니코, 로빈… 하나하나 불러 보아도 입에 착 감기는 이름이 없었다. 또 다른 캐릭터가 뭐가 있나 생각하다 문득 떠오른 이름이 보아. 보아… 보아? 그래, 보아로 짓자! 만화 속 보아는 눈에 띄게 흰 피부를 가졌고 주인공 루피를 참 좋아한다고 했던가. 꼬물이도 흰 아이니 어쩐지 잘 어울릴 것 같았다. 이름을 짓고 나니 영상 속 아이는 이미 '우리' 보아가 되어있었다.

드디어 아이를 데려온 날, 집으로 오면서 찍은 모든 사진 속의 남편은 입꼬리와 광대가 올라가 있었고, 루피의 시선은 거부감 없이 호기심만 가득한 눈빛으로 보아를 향해 있었다. 그리고 프레임 밖의 나 또한 남편이나 루피와 다름없었겠지.

집으로 데려와 울타리 속에 두고 싶지는 않았지만 보아는 아직 접종이 더 필요한 고작 2개월의 꼬물이었던 반면, 루피는 하루 세 번은 기본으로 산책을 해야만 하는지라 선택의 여지가 없었다. 결국 거실의 반을 보아에게 내어주고 그렇게 '따로 또 같이'의 시간을 보내게 되었다. 울타리를 사이에 둔 3주간의 시간은 불가피한 선택이었지만, 어쩌면 우리 모두에게 매우 적절하게 필요했던 시간이 아니었을까. 루피가 새로운 생명체를 받아들일 수 있을 것인가에 대한 걱정과, 곁을 내어 줄 만큼 필요했던 적절한 시간. 이 두 가지 모두가 해결된 듯했으니.

사회성이 많이 부족해 사람은 물론 다른 강아지에 대한 경계도 굉장히 컸던 루피와는 달리 보아는 세상 모든 것이 궁금하고 무서울 게 없어 길에서 만나는 누구와도 거부감 없이 인사하기 바쁘다. 루피가 아웃사이더라면 보아는 슈퍼 핵인싸랄까.

보아는 루피에게 참 많은 변화를 가져다주었다. 장난감은 그저 쳐다보기만 하던 루피에게 눈앞에 있는 모든 것이 장난감이 될 수 있다는 걸 알려주었고, 낯선 음식은 아무리 맛있는 것이라도 입에 넣는 것조차 조심스러워하던 루피에게 세상에 먹지 못할 음식은 없다는 듯 식성의 끝을 보여주었으며, 산책 중 만나는 다른 강아지들과는 그저 멀찍이 떨어져 가벼운 인사면 충분하다는 루피에게 길에서 만난 누구와도 친구가 될 수 있다는 걸 보여주었다. 그토록 바랐지만 나와 남편은 하지 못했던 일들을 보아가 그렇게 자연스럽게 해냈다.

재미있는 건 루피가 예전에는 산책 중 인사 나누던 친구를 경계하게 되었다는 거다. 같은 아파트에 사는 웰시코기인데 아무래도 체구가 커서인지 꼬맹이 보아와 인사를 나눌 때 보인 행동이 루피가 보기에는 위험하게 다가왔나 보다. 이후 그 친구가 멀리서 보이기만 해도 경계를 해 다시는 예전처럼 인사를 하지 못하게 되었고, 다른 친구들과 인사할 때도 루피는 뒤에 서 있다가도 비슷한 상황이 닥치면 보아의 의사와는 상관없이 앞으로 나서서 경계를 하곤 한다. 마치 때려도 내가 때린다, 혹은 내 동생은 내가 지킨다는 오빠처럼 구는 모습에 기가 차면서도 한편 기특한 마음도 든다. 서로가 의도한 바는 아니지만 어느샌가 보아는 루피의 힐러가 되었고, 루피는 보아의 가드가 되었다.

남편은 아직 깊은 잠에 빠져 코를 골고 있고, 보아는 내 머리맡에 누워 뒤통수를 내 왼쪽 귀 가까이에, 루피는 남편 옆구리에 붙어 누워 반도 못 뜬 눈으로 나를 쳐다보는 것이, 오늘 내가 잠에서 깨 마주한 첫 장면이다. 그날그날 루피와 보아의 위치나 모습에만 조금씩 차이가 있을 뿐 거의 매일의 아침 풍경이다. 나의 일상. 하루를 여는 모습이라고나 할까.

이런 일상에서 평안함과 행복감을 느낀다.

행복이란 강도보다는 빈도다. 눈이 번쩍 뜨이고 입이 떡 벌어지는 이벤트도 물론 좋지만 이렇게 소소하게 느끼는 일상으로부터 채워지는 거니까. 사랑하는 남편, 사랑하는 나의 원피스 남매와 함께 영위하는 일상에서 느껴지는 행복이라는 게 너무나 감사하다.

어느 날은 특별할 것 없는 일상이라 행복이라는 것조차 느끼지 못할 수도 있겠지. 하지만 기억하자. 돈으로는 절대 살 수 없는 감사한 일상이라는 걸. 그런 일상이 곧 행복이라는 걸.

루피는 상처받은 내 마음에 위로가 필요해 남편의 권유로 만나게 된 아이라면 보아는 살고 싶다는 나의 의지의 표현으로 만나게 된 아이다. 우리의 처음이 어떻게 시작되었건 루피와 보아, 원피스 남매와 우리는 행복을 채워주는 존재들, 더 이상 떼려야 뗄 수 없는 한 식구, 가족이 되었다.

덕질의 순기능

요즘 김포 N언니는 '포레스텔라'에 열광한다. 스누피와 펭수를 좋아하던 시누이는 최근엔 푸바오를 좋아하고, 사촌 시누이는 혹시 숨겨진 멤버가 아닐까 의심이 될 정도로 잔나비의 모든 공연을 함께하고 있다. 스물두 살의 조카는 자우림에, 짧은 소설을 쓰는 P언니는 BTS를 사랑하는 '아미'다.

카카오 프렌즈의 캐릭터 중 라이언을 너무나 아끼는, 내가 아는 오십 대 중 가장 귀여운 C언니가 문래동 길을 걷다가 물었다. "은, 넌 요즘 어떤 것에 빠져 있어?" 그 질문에 선뜻 대답하지 못했다. 걸음을 늦추고 한참을 곰곰이 생각해 봤으나 역시 떠오르는 대상이 없었다.

그때의 나는 하루하루 살아내기에 최선을 다하고 있을 때였다. 엄마가 되는 일에 최선을 다했지만 결국 다른 선택을 했다. 내 삶의 목표를 잃어버렸을 때였다. 얼굴은 웃고 있었지만 자존감은 끝이 어딘지도 모르게 바닥을 치고 있었고, 내 일상은 쉼 없이 흔들리고 있었다. 무엇에 빠진다는 건 에너지를 그만큼 쓰는 일이기도 한데, 하루하루 정신 붙들어 매고 살아가기도 버거웠던 나는 다른 무언가에 몰입할 여분의 에너지가 전혀 없었다.

얼마 전, 이른 저녁을 먹고 남편과 산책 겸 동네 한 바퀴를 천천히 걸으며 상가를 지나던 길에 건물 3층 노래방의 불빛이 알록달록 새어 나오는 걸 보았다. 누군가 열창을 하고 있는가 보다. 문득 저 방에선 지금 무슨 노래를 부르고 있을까 궁금해지다가 노래방에 가고 싶다는 생각이 들었다. 지금이야 마지막으로 갔던 게 언제인지 기억도 나지 않을 정도로 오래되었지만 그래도 한때 노래방을 꽤나 좋아했고 지금도 카노(자동차+노래방)를 즐겨 차에 무선 마이크를 가져다 놓은 나다. 노래방에 가고 싶다는 생각에 링크라도 달린 듯 떠오르는 노래가 있었으니, 바로 와일드 로즈의 〈그대처럼〉이다. 그 노래엔 꼬리가 달렸는지 수만 가지 생각을 달고 나와 이내 물감이 번지듯 빠르게 퍼져나갔다.

부산 출신의 여성 록밴드 와일드 로즈를 아는지. 와일드 로즈는 당시에는(어쩌면 지금도) 정말 흔하지 않던, 오직 여성으로만 구성된 밴드였다. 부산여자대학교(당시 부산 여자 전문대학) 출신의 여성 록밴드인데 실력은 참 좋았지만 시대를 잘못 탄 건지, 회사를 잘못 만난 건지 2집까지 발매를 한 이후 어느샌가 조용히 사라져 버리고 말았다.

노래는 물론 연주도 정말 좋았다. 거의 모든 밴드가 그렇듯이 라이브가 몇 배는 더 좋았고, 프론트 맨인 보컬뿐 아니라 무대 양쪽 베이스와 기타의 움직임은 비상하는 날개처럼 화려했다. 지금보다도 더 쌩긋쌩긋 웃는 여자 연예인을 원하던 시대였다. 그러나 그들은 그러지 못했고 그러다 보니 점점 기회가 줄었겠지. 오히려 지금 나왔더라면 더 많은 인기를 얻거나 더 오래 음악을 할 수 있었을까. 이제는 음원 사이트에서도 이들의 곡을 찾아 들을 수가 없어서 와일드 로즈의 노래가 듣고 싶을 땐 CD를 꺼내거나 유튜브 영상을 찾아보곤 한다. 당시의 영상은 지금 다시 보아도 여전히 멋지다. 그래, 이 밴드. 이 언니들을 진짜 좋아했었지. 특히 멤버 중 베이스 치던 이인희 언니를 아주 좋아했더랬다. 비빔냉면을 먹을 때 함께 나오는 삶은 달걀을 먼저 먹으라고 말을 해준 사람이 바로 인희 언니였는데….

생각해 보면 이십 대 초반의 청춘들이었지만 당시 고등학생의 눈으로 봤을 때도 무대 뒤의 이들은 무척이나 고단해 보였다. 좋아하는 음악을 하지만 생각만큼 성과가 따르지 않아서인지 힘들어 보였다. 멤버들은 모두 함께 살고는 있었지만 같은 공간 안에서조차 모두 각자의 외로움을 벗으로 삼고 있는 듯했다.

당시 나는 문제아는 아니었으나 공부에 흥미는 없었다. 부모님은 늘 바쁘셨고, 갓 대학생이 된 오빠와 고등학생인 여동생의 사이가 다정하기란 쉽지 않은 일이다. 조금은 외로웠던 내게 유일한 즐거움이 바로 이들이었다. 나의 외로움이 이들에게 투영되었을지도 모르겠다는 생각을 이제야 해본다. 그덕에 내가 견뎠던 것처럼 나의 팬심도 이들에게 조금이나마 힘이 되었을까.

다시 돌아와서, 덕질(팬심이라고 부드럽게 말하면 그 느낌이 살지 않는다)엔 에너지가 필요하다. 앞서 언급한 김포 N언니만 보아도 포레스텔라의 공연을 보기 위해 수술 때문에 입원한 병실에서까지 티켓팅을 하고, 부산으로 강원도로 공연을 보러 간다. 그 열정에 매번 놀라지만 그렇게 쏟아부은 에너지는 부메랑처럼 돌아와 누구보다 건강한 갱년기를 보낼 수 있게 해주고 있다는 것을 본인도 알고 곁에서 지켜보는 나도 느낀다. 덕질의 순기능이라고도 할 수 있겠지.

문래동 길가에서 C언니로부터 그 질문을 받고 무려 4년이 지났다. 요즘의 나는 무엇에 빠져 있을까. 그때와 마찬가지로 '글쎄'라는 말이 먼저 나오지만…. 희미하게 '나'라고 얘기할 수 있을 것도 같다. 처음 질문을 받았던 그때는 그저 버텨내기 위해 어떻게든 나를 붙잡고 있었다면 지금은 나다운 나로, 온전한 나로 살기 위해 나에게 집중하고 있다.

그다지 대단한 것들은 아니다. 매일 오전 다섯 시 삼십 분에 기상을 하고, 종종 108배를 하고, 명상을 하고, 새벽 글쓰기로 하루를 시작한다. 매일은 아니지만 건강하게 나이 들기 위해 운동을 하고, 나와 남편의 공간인 집과 사랑하는 똥강아지들을 돌본다. 이 모든 것은 그 누구도 아닌 바로 나를 위해 하는 일들이다. 이렇게 사소한 것에도 적지 않은 에너지가 필요하지만, 그렇게 쏟은 에너지는 결국 내게로 다시 돌아와 새롭게 충전시켜 준다는 것을 안다. 그리고 나를 티끌만큼이나마 앞으로 나아가게 하고 있다는 것도.

이제는 모두 오십 대가 되었을 와일드 로즈. 오래된 사진첩을 뒤져 그 시절의 사진을 찾았다. 사방이 온통 하얗게 눈이 쌓인 겨울은 아니지만 영화 〈러브 레터〉의 주인공처럼 두 손을 입으로 가져가 모으고 외치고 싶다.

"오겡끼데스까!"

"와따시와겡끼데스!"

저는 잘 지내고 있어요. 그러니 어디에서 무얼 하시건 부디 건강하고 행복하시기를 바라요.

눈물 젖은 붕어빵

　겨울 간식의 대표 메뉴 붕어빵을 요즘은 쉽게 찾아볼 수가 없다지. 그래서 붕어빵 가게를 찾을 수 있는 앱도 만들어졌다고 들었다. 오죽하면 역세권이나 숲세권처럼 붕어빵 가게가 인근에 있는 지역을 뜻하는 '붕세권'이라는 말이 있을까. 비슷한 예로 '호(호떡)세권'도 있다고 한다.

　내가 사는 작은 동네엔 붕어빵 파는 곳이 무려 일곱 군데가 있고 그중 세 곳이 호떡을 함께 판매하고 있다. 게다가 이따금 붕어빵은 없이 호떡만 파는 차가 오기도 한다. 붕세권과 호세권, 게다가 찜통의 연기로 사람을 홀리는 기가 막힌 찐빵까지. 다시 말해 겨울 간식 천국에 살고 있는 셈이다. 아쉬운 건 대부분의 가게가 세 개에 이천 원이라는 조금은 비싸게 느껴지는 가격. 심지어 서울 송파 어디 지인의 동네에선 무려 한 개에 천 원이라고 하니 붕어빵이 아니라 황금 잉어빵인가 싶어 놀랍기만 하다. 예전에 비해 원재룟값이 그만큼이나 많이 올랐다는 얘기겠지. 월급만 빼고 다 오른다는 말이 붕어빵이라고 비껴갈 수는 없겠지.

가볍게 커피를 마시고 일어날 때 들어가는 길에 붕어빵을 사자고 얘기를 꺼낸 건 G였다. 아직 올해 첫 붕어빵을 개시하지 못한 나로서는 거부할 이유가 전혀 없었다. 더구나 아늑한 분위기와는 달리 등에서 한기가 느껴질 정도로 서늘한 카페에 앉아 있어서였는지, 따끈한 붕어빵을 생각하는 것만으로도 어쩐지 적당히 열이 오른 핫팩을 누군가 다정히 손에 쥐여 준 것 같았다. 비록 미세먼지 수치가 높아 대기질이 썩 좋진 않았으나 비교적 따스한 햇살 아래 운동 겸 산책 겸 걸어서 동네 끝에서 끝 격인 D마트 앞 할머니가 하신다는 곳으로 붕어빵을 사러 갔다.

동네가 크지는 않지만 주로 다니는 동선에 있지 않아서였는지, 할머니 붕어빵은 그동안 얘기를 들어 알고는 있었지만 이렇게 찾아가는 건 처음이었다. 붕어빵과 호떡, 그리고 빠질 수 없는 어묵까지 할머니는 겨울마다 그 자리에서 꽤 오랫동안 겨울 간식을 맡고 계신다고 했다. 팥 붕어빵과 슈크림 붕어빵이 있었고 두 개에 천 원이라는 말에 G는 그 둘을 섞어서, 나는 팥으로만 각각 네 개씩 포장을 했지(붕어빵도 호빵도 난 언제나 고민 없이 팥이다. 그건 내게 고민할 필요도 없는 공식과도 같다). G가 오천 원짜리 지폐 한 장을 꺼냈고 어묵 꼬치 하나에 오백 원이라는 말에 나머지 천 원을 채우려 어묵을 하나씩 먹었다. 포장마차 앞에 플라스틱 의자 몇 개가 무심한 듯 놓여 있었고 우리는 종이컵에 따끈한 어묵 국물을 담아 익숙한 듯 자연스럽게 그 의자에 앉았다.

이미 아주머니 한 분이 할머니를 마주 보고 앉아 호떡을 드시고 있었다. 우리가 의자에 앉는 것이 큐사인이 된 듯 나와 G, 호떡 드시던 아주머니 그리고 호스트인 할머니까지, 포장마차라는 무대 위에서 소규모 토크쇼가 시작되었다.

이야기의 시작은 김장을 앞두고 할머니의 딸로부터 걸려온 전화였다. 핸드폰 너머의 말을 들을 수는 없지만, 할머니의 대답으로 대화는 충분히 짐작할 수 있다. 엄마 힘드니까 이제 김장은 하지 말라는 애정과 걱정이 가득 담긴 잔소리. 얼핏 봐도 이미 파파할머니가 되어버린 친정엄마가 해주는 김치가 감사하지만 못지않게 걱정되는 마음이 왜 없을까. 그런 딸의 걱정을 알기에 매년 '이번이 마지막'이라는 말로 딸을 안심시켜 왔고 올해도 어김없이 그 마지막이라는 믿지 못할 거짓말 뒤로는 자식 셋을 위한 김장을 하고, 조카의 몫도 챙겨 둘 예정이시라고. "조카분까지요?" 관객의 추임새에 호스트는 말을 잇는다.

그 조카는 어릴 적 동생 부부가 이혼하는 바람에 네 살 때부터 데리고 와 자식처럼 키우셨다고 한다. 사춘기 시절 싸움을 해 당시 보호자였던 고모, 그러니까 우리의 호스트인 할머니가 학교에 불려 간 적이 있었는데, 선생님과 상담 후 누가 시킨 건 아니었지만 교무실 앞에서 무릎 꿇고 앉아 있는 조카 곁으로 가 나란히 앉아 무릎을 꿇고 손까지 들고 벌섰던 적이 있다고 하셨다. 고모가 함께 벌을 서는 모습을 본 조카는 그날 이후 더는 속 썩이는 일이 없었다고. 그리고 조카의 아버지인 동생을 앞세워 보내고 너무나 괴로웠던 시간으로 이야기는 흘러갔다. 어느덧 호떡을 드시던 아주머니도, 어묵은 진즉에 다 먹은 채 붕어빵 봉지만 품에 안고 있던 나와 G도 할머니의 이야기에 몰입해 있었고, 어느 이야기에선 나도 모르게 주책맞게 눈물이 나와 티슈를 찾을 새도 없이 소매 끝을 당겨 꾹

꾹 눈을 눌러야만 했다.

할머니는 동생 둘을 앞세우고 너무나 괴로운 마음에 집 앞에 아무도 없는 논이고 밭이고 나가서 동생들의 이름을 목이 쉬도록 소리쳐 부르고 한참을 앉아 있다가 들어왔다고 했다. 그렇게 하면 조금은 마음속 응어리가 풀리는 것 같았다고. 기운을 빼고 집으로 들어오면 배가 고파 밥을 먹고 있더란다. 그런데 그렇게 밥을 먹으면 마음은 찢어져도 그 와중에도 배가 고프고 밥이 들어간다는 사실에 또 괴로웠다는 이야기.

17주 품었던 아이들을 낳아서 보낸 후였다. 남편이 출근하고 혼자 남겨진 집에서 참 많이도 울었다. 할머니는 논이고 밭이고 밖으로 나갔다면, 난 집 안에서 나의 동굴 안으로 파고들었다. 차마 남편 앞에서조차 드러내지 못한 채 혼자 남겨진 시간에 내가 파놓은 동굴로 들어가 그 안에서야 괴로운 마음을 꺼냈다. 그렇게 매일을 목 놓아 울었다. 나의 슬픔은 깊은 동굴 속에 갇혀 밖으로 나가지 못했고 그 안에서만 맴돌며 더 크고 무거운 파동이 되어 나를 짓눌렀다. 그 무게에 눌려 지쳐 잠이 들었고 어느새 잠에서 깨면 배가 고파 한 솥 가득 끓여진 미역국을 데워 먹다가 그 와중에 밥을 먹는 내가, 국까지 데워서 먹는 내가 징그러웠다. 그런 하루하루가 반복되다가 어느샌가 눈물도 미역국도 밥 먹는 내게 느끼는 환멸도 조금씩 사라졌고 이제는 그런 시간이 있었는지조차 잊고 살았는데, 그렇게 희미해진 그때의 기억이 할머니의 얘기가 마중물이 되어 저 깊은 우물 속에서 끌어 올려져 소매 끝을 당기게 만들었던 거다. 할머니의 상황이 그려졌고 그 위로 내 모습이 겹쳤다. 이제는 괜찮아진 줄로만 알았는데 전혀 그러지 못한 채 그저 시간이란 이불로 덮어만 두었던 그 시절의 내가 아직 그 자리에서 울고 있었다. 붕어빵 봉지를 들고 터져버린 눈물은 그래서였다.

집으로 돌아와 붕어빵을 꺼냈다. 뜨겁고 바삭했던 붕어빵은 어느새 조금은 눅눅하고 차갑게 식어 있었지만 그대로 한입 베어 물었다. 빵은 얇고 팥은 모자라지 않게 꽉 차 있었다. 오물오물 씹기도 전에 할머니의 이야기와 살아난 나의 기억이 마구 뒤섞인 채 목에 엉기어 막히는 것 같았지만 그 와중에도 혀끝으로 느껴지는 맛은 좋기만 하더라. 그래, 이렇게 맛있는 붕어빵이니 먹고 체하면 안 되지. 되살아난 지난 기억도 붕어빵과 함께 천천히 씹어 목으로 넘기며 할머니와 나의 내일은 그날과 조금 멀어지기를 바랐다. 어쩌면 다시 봄이 오기 전까지 할머니의 이야기를 들으러, 아니 붕어빵을 사러 몇 번이고 다시 가게 되지 않을까 하는 생각을 해본다. 그때는 아픈 기억은 넣어두고 듣고 흘려버려도 좋을 가벼운 이야기만 나눌 수 있기를. 그렇게 울지 않고 웃기만 할 수 있기를. 눈물 젖은 붕어빵은 이번 한 번으로 충분하니까.

마음이 배달 되었습니다

　루피가 바빠졌다. 낑낑 소리를 내더니 현관을 보고 앞발을 구르며 낮은 소리로 헛짖음을 한다. 까맣던 월패드에 밝게 불이 들어온 걸 보니 남편의 차가 들어왔나 보다. 입차 알림 소리를 꺼놨는데도 사람은 알 수 없는 어떤 전파가 있는 건지, 루피는 차가 들어오는 걸 정말 기가 막히게 알아챈다. 보아는 안 그러던데. 아무리 생각해도 참 신기하다. 덕분에 소리가 들리지 않아도 나 역시 남편이 들어오는 걸 알게 되니 루피의 헛짖음이 이 순간엔 오히려 반갑다.

　퇴근해 들어온 남편은 현관에 둔 간식을 꺼내 똥강아지들의 격한 환영에 화답한다. 그리고는 아직 흥분이 가라앉지 않는 녀석들 틈에서 팔을 쭉 뻗어 내게 포장 비닐을 건넨다.

　"마누라 내일 점심으로 먹으라고."

　갈비탕이었다. 낮에 일 때문에 가다 들른 평택의 한 식당에서 갈비탕을 먹는다고 했다. 고기가 실했고 국물 맛도 꽤 괜찮았다고 했지. 오랜만에 먹은 갈비탕이어서였을 수도 있겠지만 정말 맛있게 먹었다더니 내 몫의 1인분을 포장해 온 거다.

밖에서 맛있는 걸 먹을 때면 언제나 내 생각을 해주는 사람. 오늘처럼 이렇게 포장을 해오기도 하고, 포장하기가 어려우면 다음에 같이 가자고 말해주기도 한다. 물론 그 '다음'이라는 막연한 약속이 '언제 밥 한번 먹자'는 말처럼 우리의 기억 속에서 오래 머무르지 못하는 경우가 훨씬 더 많지만 그게 중요한 건 아니니까.

한번은 잔뜩 술에 취해 들어와 재킷 안쪽 주머니에서 무언가를 꺼냈는데 손에는 냅킨에 잘 싸 온 생밤이 가득했다. 술집에서 안주로 나온 생밤을 보고 밤 좋아하는 마누라가 생각이 났다나. 그래서 바로 냅킨에 싸서 품 안에 넣었다는 거다. 술에 취해 들어온 건 반갑지 않지만, 더구나 술자리 안주를 챙겨 온 것도 썩 좋지 않지만, 그 마음만큼은 참 고마웠다. 냅킨을 펼쳐 생밤을 들이밀며 배시시 웃던 남편의 얼굴이 참 이뻤다. 그 얼굴이 꽤 오래 지났는데도 바로 어젯밤에 본 것처럼 생생하다.

반복되는 유산으로 집에 있는 시간이 길어졌을 때 회사에 출근한 남편은 그렇게 내 밥을 챙겼다. "나는 지금 점심 먹으러 나왔으니 마누라도 챙겨 먹어"라든가, "차려 먹기 귀찮으면 밖에 나가서 맛있는 거 사 먹어"라든가, 아니면 그냥 간단하게 "점심 먹었어?" 하면서. 내가 밥을 먹었는지 확인하는 게 그의 큰 숙제 같은 느낌이었다.

그러고 보니 이 사람은 처음 유산이 되었을 때부터 그래왔구나. 아니, 애초에 병원에 다니기 시작했을 때부터였나. 이미 오래전부터라 그 시작이 언제부터였는지 잘 기억나지 않는다.

그때의 나는 하루하루 힘들었고 나의 그 고통스러움이 자연스레 남편에게도 전해졌겠지. 그리고 그에겐 내 밥을 챙기는 것이 아마도 나를 위해 할 수 있는 최선이었을 거다.

출근해서 처리해야 하는 일만으로도 골치가 아플 거라는 건 나도 직장생활을 해봐서 잘 알고 있다. 직장에 다닐 땐 출근하는 전철 안에서도, 아니 아침에 눈을 뜨면서부터 의지와는 상관없이 그날 처리해야 할 일이 떠오르기 일쑤였다. 심지어 꿈에서조차 일을 할 때도 있었으니까.

남편이라고 다를까. 문득, 괴로움은 나 혼자만의 것이 아닌데 왜 돌봄과 위로는 나만 받고 있는가 하는 생각이 들었고 이

내 미안해졌다. 아마도 그때부터였던 것 같다. '나 이렇게 밥 먹었어' 하고 사진을 찍기 시작했던 건.

내가 먹은 걸 남편에게 보여주려다 보니 대충 먹을 수가 없었다. 본인은 김 하나만 있어도 상관없이 맛있게 잘 먹는다고 말하지만, 정작 내가 그렇게 먹는 건 무척이나 싫어했다. 그 마음을 아니까 그저 냉장고에 있는 반찬을 꺼내 먹더라도 접시에 옮겨 담아 보기 좋게 차리게 되었고, 나 이렇게 먹었으니 걱정하지 말라는 의미로 사진을 찍어 보냈다.

사실 혼자 먹다 보면 바쁜 일에 쫓기는 것도 아니면서 때를 놓치는 날이 종종 있다. 반찬을 그릇째 꺼내고는 식탁으로 옮기지도 못하고 주방에 선 채 먹기도 하고, 그러다 보면 꼭꼭 씹어서 넘기지 않고 마치 물을 마시듯 씹는 둥 마는 둥 급하게 먹게 되고, 내가 당장 어제 뭘 먹었는지 생각도 나지 않는 날이 늘어간다. 그런데 사진을 찍으려다 보니 어쩐지 한 번 더 신경을 쓸 수밖에 없었고, 접시에 옮겨 담아 식탁에 앉아서 천천히 먹게 되었다.

그렇게 차려놓고 사진을 찍던 어느 날 비록 내가 차려놓은 밥상이지만 어쩐지 대접받는 기분이 들었다. 대접이라는 건 별거 아니었다. 마음을 담은 한 끼를 차려 내가 나를 대접하고 대접받았고, 나를 아껴주고 아낌 받았다.

그저 사소한 밥 한 끼일 뿐이지만 그건 거기에서 그치는 게 아니었다. 살다 보니 다른 사람에게 친절을 베푸는 것만큼만 내게 친절하다면 나를 사랑하지 않을 수가 없겠더라. 다시 말해 그 말은, 적어도 나는 나에게 그동안 그만큼 다정하지도 친절하지도 대접하지도 못했다는 말이기도 했다.

대단한 걸 할 필요는 없다. 거창한 선물을 내게 줄 필요도 없다. 밥 한 끼라도 다른 사람에게 차려주듯이 나에게도 차려주는 것으로 그 시작은 충분했다. 물론 식탁에 가지도 못하고 주방에 서서 급하게 한 끼를 때우는 날도 여전히 있다. 그러나 출근해서 일하는 사람에게 조금이나마 안심을 주기 위해 시작한 일이 이제는 어느덧 나를 위한 습관으로 자리 잡았다고 감히 말할 수 있겠다. 그렇게 나를 위한 상차림은 퇴근해서 돌아오는 남편과 함께하는 저녁 밥상까지 예전보다 조금은 더 신경 쓰게 만들었다. 회사에 출근해서도 혼자 먹을 내 밥을 걱정하는 것이 그가 나를 생각하는 마음이라면, 마찬가지로 치열한 하루를 보내고 집으로 돌아온 그에게 정성을 더한 저녁상을 차려주는 것이 그를 생각하는 나의 마음이다. 그렇게 우리는 서로를 대접한다.

어제저녁 남편이 사다 준 갈비탕을 뚝배기에 옮겨 가스레

인지에 불을 올린다. 그 사이 냉동실에 얼려 두었던 밥을 꺼내 전자레인지에 넣고 김이 모락모락 나게 데운다. 딱 알맞게 익은 깍두기를 꺼내 접시에 옮겨 담는다. 파르륵 끓어오른 갈비탕과 모락모락 김이 나는 밥, 보기에도 아삭한 깍두기를 식탁 위로 옮겨온다. 그리고 찰칵 사진을 찍어 남편에게 보낸다.

"잘 먹겠습니다."

갈비탕 냄새를 맡은 루피와 보아가 바빠졌다. 촉촉해진 코를 벌름거리며 유난히 그렁그렁한 눈을 하고는 내 곁을 떠나지 못한다.

"안 돼, 이건 내 거야. 대신 간식 줄게. 잠깐 저리로 가 있어."

똥강아지들을 애써 외면하고 천천히 나를 대접한다. 맛있는 걸 먹으며 마누라를 생각해 주는 마음. 혼자서 대충 때우지는 않을까 걱정하는 마음. 어느 쪽이 먼저인지 알 수는 없지만, 어느 쪽이 먼저여도 상관없이 고마운 마음을 고맙게 받아 고맙게 먹는다.

맛있게, 감사하게, 잘 먹었습니다.

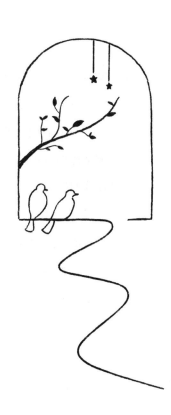

나의 영란 씨

만날 때마다 가벼운 인사와 스몰 토크를 나누던 같은 아파
트의 이웃이 있다. 7년의 시간을 보내고 최근에야 우연한 기
회에 함께 밥을 먹으며 조금은 더 깊은 이야기를 나누게 되었
다. 요즘 같은 시대에 내 옆집에 누가 사는지조차 모르는 경
우가 많지만 때로는 이런 정다운 대화를 나눌 수 있는 이웃이
있다는 것이 내가 사는 곳을 조금은 더 괜찮은 동네로 여길 수
있게 만들어 주기도 한다.

연락처를 나누며 나를 몇 호가 아닌 이름으로 알려주었고
마찬가지로 그 이웃에게도 누구 엄마인지가 아닌 이름이 무엇
인지 물었다. 그녀는 이름을 알려주며 웃었다. 그 웃음의 의미
는 쑥스러움이었는지, 반가움이었는지, 아니면 아무 의미 없
는 습관이었는지는 알 수 없지만 내게 중요한 건 그 웃음의 의
미가 아니라 그녀의 이름이었다.

엄마가 된 여성들, 특히 엄마가 되어 그동안 해오던 직장 생활을 그만두고 육아와 살림에 전념하는 여성들은 이름을 잃어버리기가 쉽다. 아무래도 아이를 통해 이루어지는 관계들이 나름의 새로운 사회를 형성하다 보니 누구의 엄마로 불리는 경우가 많기 때문이겠지. 그러니 한번 누구의 엄마로 불린 이들은 다시 자신의 이름을 앞으로 내세우기 쉽지 않다는 것을 안다. 그렇게 서서히 자신을 잃고 엄마로만 살아가는 이들을 보아왔다. 이름이 곧 그 사람은 아니지만, 이름이 그 사람을 인식하는 처음이기는 하다. 태어난 순간부터 불리는 이름은 비록 내가 지은 것이 아닐지라도 어쩌면 정체성의 시작이라고 봐도 무방하지 않을까.

마누스의 대표인 J님과 처음 미팅을 하는 날이었다. 무슨 이야기를 나누던 중이었는지는 정확히 기억나지는 않지만 테이블 위에 올려놓은 핸드폰에 전화가 걸려 왔다. 영란 씨였다. 양해를 구하고 짧은 통화를 마치자 대표님은 "친구분이세요?"라고 물으셨다. "아니요, 엄마예요"라는 나의 대답에 통화 상대가 정말 친구인지 궁금해서 물은 것은 아니었던 표정이 진심으로 놀란 얼굴이 되어버렸다. 약간의 과장을 보태 눈, 코, 입이 모두 대문자 O가 된 것 같았다고 할까. 아니나 다를

까 "영란 씨~" 하고 전화를 받아 엄마라는 생각은 전혀 하지
못했다고 하셨다.

영란 씨, 내 사랑 김 여사는 내가 엄마를 부르는 이름이다.
한번은 엄마에게 엄마, 김 여사, 영란 씨 중 어떻게 부르는 게
가장 좋은지를 여쭸다. 엄마는 일 초의 고민도 없이 영란 씨를
선택했다. 영란 씨는 열일곱 살에 결혼을 하고 열여덟 살에 엄
마가 되었다. 결혼을 하면서 아내로, 며느리로, 엄마로 살게 되
었다. 다시 말해, 열여덟 살에 이름을 잃었다. 심지어 결혼도
하기 전부터 아버지의 둘째 누나, 그러니까 둘째 시누이로부
터 이름이 좋지 않으니 바꾸라는 요구를 들어야만 했다. 아, 정
말 그놈의 시집살이. 그렇게 누구의 엄마로 불리기 전부터 당
신의 이름을 부정당해야만 해서였는지 엄마는 이름으로 불러
주는 것을 무척이나 좋아한다. 그게 어느 정도냐면 내가 "영란
씨~" 하고 부르면 "네~" 하고 말꼬리를 쭉 끌어당겨 솔이 아니
라 높은 도까지 올린다. 그건 그저 이름만 불렸을 뿐인데도 기
분이 그만큼이나 좋아진다는 증거 아닐까. 심지어 사위에게도
영란 씨라고 불리기를 바라셨지만, 이내 "그건 좀 주책인가?"
하고 웃어 보이기도 하셨을 정도다. 장모의 바람을 전해 들은
사위는 손사래를 치며 동공이 심하게 흔들렸더랬다. 신선하고

재미있을 것 같은데, 의외로 유교 보이인 면이 있는 사람이다 (나는 가끔 시어머니를 성자 씨라고 부르곤 한다).

엄마를 이름으로 부른 건 오래되지 않았다. 지금도 엄마라고 하는 게 가장 편하고, 다음으로는 김 여사라고 부르는 게 익숙하다. 그럼에도 불구하고 영란 씨라고 이름 부르려 노력하고 있는 건 엄마가 좋아해서이기도 하지만, 엄마를 '엄마' 너머의 한 사람으로 보기 시작하게 되면서이다.

아마도 약 4년 전 선근증 수술을 하고 나서였던 것 같다. 수술 이후 회복기, 3개월간 자궁과 난소를 쉬게 해주기 위해서 인위적으로 생리를 멈추게 하는 주사를 맞았다. 모든 약에 부작용이 있다고는 하지만, 그 주사는 내 자궁과 난소에 쉼을 줌과 동시에 갱년기 증상이라는 부작용도 함께 가져다주었다. 그런데 그 갱년기 증상이라는 게 정말 만만치가 않더라. 몸속 저 어딘가에서부터 열이 확 올라 머리끝부터 발끝까지 뜨거워졌다가 다시 한기가 들기도 하고, 온몸의 뼈 마디마디가 어찌나 아픈지 불면에 시달려 겨우 잠이 들었다가 관절 통증에 깨기도 했다. 잠을 제대로 못 자서인지 아니면 증상의 하나인지 세상이 핑 돌 정도로 어지러웠고, 그렇게 몸 컨디션이 좋지 않으니 감정은 덩달아 들쑥날쑥 평정심을 찾기가 쉽지 않았다.

모든 걸 다 가질 수는 없는 법이니 이 정도는 참아내자고 생각하다가도 언젠가 정말 갱년기가 찾아왔을 때 지금 겪는 걸 다시 또 겪어야 한다는 생각이 들자 어쩐지 억울하고 화가 났다. 화가 난 마음으로 아픈 손가락을 주무르고 있던 어느 날, 문득 엄마 생각이 났다.

엄마. 우리 엄마. 엄마의 갱년기는 어땠더라? 엄청난 바람과 미친 듯한 파도의 한가운데 있는 사춘기 자녀와 갱년기 엄마가 싸우면 갱년기 엄마가 가뿐하게 이긴다는 말이 있다. 그만큼 갱년기는 정말 만만치 않다는 거지만 엄마의 갱년기가 어땠는지 아무리 기억하려고 해봐도 떠오르지 않았다.

전화를 걸어 엄마의 갱년기는 어땠는지를 여쭀다. 내심 아무렇지 않았다거나 혹은 가볍게 지나갔다는 말을 기다렸던 내 기대와는 달리 엄마는 너무 힘들었다는 말로 그 시절을 꺼내왔다. 무엇보다 너무 어지러워서, 앉았다가 일어날 때는 매번 뭘 잡고 일어나야 했고 번열이 그렇게 나 힘들었다고. 그제야 엄마가 "번열이 난다"고 했던 게 기억났다. 엄마는 워낙 젊은, 아니 어린 엄마였으니 엄마가 갱년기를 겪을 때 난 이미 사춘기를 넘어서 성인이 되어 집 밖으로 나돌 때였다. 그러니 엄마의 갱년기를 마주할 틈이 없었던 거다. 나뿐만이 아니라 오빠도, 아버지도 마찬가지. 엄마가 갱년기와 싸우고 있을 때 엄마의 곁에는 아무도 없었다. 얼마나 외로웠을까. 미처 알지 못했던 엄마의 그 시간을 마주하자 엄마를 바라보는 다른 시선의 문이 열렸다.

사실 자식으로서 엄마를 바라보았을 때 마음에는 여러 감정이 든다. 그건 순도 100퍼센트의 애정만 있는 건 아니다. 그 안에는 원망의 마음도, 서운한 마음도, 서글픈 마음도, 그리고 설명할 수 없는 더 다양한 마음들로 채워져 있다.

우선 당신부터가 넉넉하지 못한 유년 시절을 보냈고, 어린 나이에 엄마가 되었으니 사랑을 받는 것도 주는 것도 익숙하지는 않았을 거다. 하루하루 살아내기에 급급했던 시절이었으니 어린 자녀를 정서적으로나마 넉넉하게 품을 수가 있었을까. 나 또한 그 시절엔 부족한지도 모른 채 부족하게 살았다. 그게 당연했으니까. 그렇게 어른이 되고 시야가 넓어진 후에는 이따금 지난 시간이 내게 생채기를 내기도 했다.

그러나 새로운 시선으로 엄마를(그리고 아버지를) 바라보다 보니 마음속의 그 많은 감정들 사이로 안타까움이 올라왔다.

엄마를 다르게 보면서 자꾸만 엄마 이야기를 듣는다. 엄마, 영란 씨의 시간은 수시로 과거를 오간다. 어느 날엔 혜경 언니네 살던 시간으로, 어느 날엔 조카 건이가 이제 막 말을 시작하던 시간으로, 또 어느 날엔 마실 물이 없어 물을 뜨러 다녀야 했던 시간으로, 그리고 또 어느 날엔 더 멀리 엄마가 어릴 적 돌아가신 할아버지가 살아계시던 시간으로. 그 시간들은 무척이나 들쑥날쑥해서 시간대별로 연결하기가 쉽지는 않다. 그러거나 말거나 엄마가 불러오는 과거의 시간은 언제나 변함없이 생생하다.

한번은 엄마의 그런 시간들을 기록으로 남겨두어도 좋겠다는 생각을 했다.

"엄마, 혹시라도 나중에 내가 엄마 얘기를 글로 써도 될까?"

나의 물음에 단 일 초의 망설임도 없이 "응"이라고 대답하는 엄마. "그래? 엄마, 그럼 우리 영란 씨 이름 그대로 써도 괜찮아? 혹시 불편하거나 싫을 수 있잖아"라고 한 번 더 물으니 "싫긴 왜 싫어? 조오치! 제목에 크으게 써도 좋아!"라고 말하며 기분 좋게 웃는 엄마. 나의 영란 씨. 그때는 그냥 웃고 넘겼는데 생각할수록 마음 끝이 아리다. 우리 영란 씨는 영란이로 얼마나 살았을까 싶어서. 주목받는 걸 좋아하는 그 시절 영란이의 이야기를 얼마나 펼치고 싶었을까 하는 생각에.

얼마 전 독서 모임에서 생각만 해도 눈물이 날 것 같은 단어가 있느냐는 질문을 받았다. 내게는 그 단어가 바로 '엄마'이다. 내게 엄마는 영란 씨를 말하는 단어이기도 하고, 내가 갖고 싶었지만 끝내 갖지 못했던 이름이기도 하다. 지금은 이렇게 갖지 못한 이름에 대해 글로 적고 있다면 이다음 언젠가는 영란 씨에게 농담처럼 꺼냈듯이 엄마의 이야기를 글로 적어 볼 수 있기를 바란다. 기약 없는 그날을 위해 오늘도 잠깐이나마 엄마의 시간으로 들어가 봐야지.

똑똑! 영란 씨, 거기 계세요?

모르는 아이가 엄마라고 불렀다

　투명 인간 친구로부터 소개받고 보던 일상툰이 책으로 나온다는 소식을 들었다. 심지어 1, 2권이 동시에 출간된다는 소식에 고민할 것 없이 예약구매를 해서 반갑게 받아놓고는 1권의 몇 장만 읽고서 그대로 책장에 꽂아둔 채 시간이 흘렀다. 초판 발행일이 무려 2022년 9월 20일이었던 걸 보니 책장에서 다시 책을 꺼내 첫 페이지를 열기까지 제법 긴 시간이 필요했던 셈이었다. 기다리던 책이라 무척이나 반갑게 받았는데…. 참 이상하지. 왜 그랬을까.

　다시 열어본 책은 역시 좋았다. 핸드폰 화면으로 볼 때보다 연필의 질감이 그대로 느껴지는 듯했다. 그림에서는 마치 스으윽 사아악 하며 종이 위를 미끄러져 가는 연필 소리가 들리는 것 같았고, 그림 같은 글에서도 사각사각 소리가 들리는 것 같았다. 그렇게 다시 펼쳐 본 작가의 이야기는 더할 나위 없이 따뜻했다.

　사랑스럽다는 말 앞에 온갖 표현을 다 갖다 붙여도 채워지지 않을 아이와의 에피소드를 보다가, 한 페이지 가득 커다랗게 그려진 아이의 웃는 얼굴에 나도 같이 웃고 있었다. 그 얼굴을 뒤로 하고 페이지를 넘길 수가 없었다. 그렇게 아이의 얼굴에 시선이 머물러 있다 보니 어느 순간 저 깊은 곳에서 울렁울렁 몰랑몰랑 무언가 움직이는 게 느껴졌다.

　여기였구나. 그때 책을 덮게 만들었던 페이지가.

　책 안에 있는 아이가 몹시도 갖고 싶었고, 그런 아이를 바라보는 작가가 무척이나 부러웠다. 작가의 딸아이 '짠이'가 아니라, 당장 내 앞에서 나를 보며 해사하게 웃어주는 '내 아이'가 보고 싶었다. 말도 안 되는 생떼를 부리더라도 그저 갖고만 싶었다.

　불현듯 그날이 떠올랐다.

　주말의 복합 쇼핑몰은 남녀노소의 구분 없이 인산인해를 이루고 있었다.

　영화를 보고 나와 화장실에 간 남편을 기다리고 있었다. 갑자기 다가온 한 아이가 몸을 밀착해 내게 손을 대고 한 바퀴 뱅그르르 돌더니, 그대로 내 몸에 매달린 채 얼굴을 들고는 말했다.

"엄마."

눈이 마주치고 그 상태로 아이와 나 둘 사이에 짧은 정적이 흘렀다. 삼 분 같은 삼 초였을까. 정적을 먼저 깬 건 나였다.

"응? 엄마 아닌데?"

아이는 눈을 깜빡깜빡하면서 멈춰진 시간을 깨고 나와 놀란 얼굴로 아빠에게 달려갔다. 잠시 후 기다리던 남편이 나왔고 그곳을 떠나며 아이와 한 번 더 눈이 마주쳤다. 우리 둘 다 마스크를 쓰고 있어 아이의 표정을 온전히 볼 수는 없었지만 마스크 너머의 눈은 내가 그랬던 것처럼 아이도 분명 웃고 있었다는 걸 알 수 있었다.

남편과 집으로 돌아오는 차 안에서 꼬마와 있었던 작은 해프닝을 얘기하다 다시 한번 웃음이 나왔다. 남편에게는 말하지 못했지만 아이와 눈이 마주친 그 순간 나는 무척 설레었다. 네 살, 많게 봐야 여섯 살쯤 된 남자아이가 내게 몸을 딱 붙이고는, 나를 빤히 보며 "엄마"라 부르던 그 순간이 계속 생각났다.

당연하다고 여기던 일들이 결코 당연하지 않다는 걸 알게 된 후, 그 전엔 생각해 본 적도 없던 일상을 막연하게 꿈꾸었던 적이 있었다. 직접 만든 소박하지만 건강한 음식을 아이와 나누는 것이나 나른한 주말에 따뜻한 햇살을 받으며 온 가족이 낮잠 자는 모습, 혹은 내 똥강아지 루피와 나의 아이가 함께 노는 모습을 바라보는 그런 일상 말이다.

지난여름, 미국에 살고 있는 남편의 사촌 가족이 한국에 잠시 들어와 만난 적이 있었다. 그 가족엔 네 살쯤 된 아이도 있었는데 처음 만났을 땐 낯을 가리는 듯하더니 어느 순간 삼촌이라 부르며 내내 남편을 따라다녔다. 귀찮은 건 싫어하지만 아이들은 좋아하는 남편이 더위 속에 쪼그리고 앉아 땀을 뻘뻘 흘리며 아이와 놀아주는 모습을 보다가 핸드폰을 꺼내 사진을 찍었다. 내가 꿈꾸던 모습이 바로 이런 거였는데…. 사진 속 그의 얼굴은 무척이나 개구지게 웃고 있지만, 그 모습을 지켜보는 나는 마음 한쪽 구석이 욱신거렸다.

간절히 원했으나 갖지 못한 것. 잡힐 듯 잡히지 않아 그렇게 애간장을 태우다 결국은 놓아버릴 수밖에 없었던 것. 그래서 말도 못 하게 더 간절해지는 것. 내게 그것은 '엄마'라는 이름이었다.

결국 무자녀의 삶을 선택했지만, 그 선택을 하기까지의 과정이 온전히 자발적이라고 할 수는 없다. 언젠가는 내 것이 될 수 있을 거라고 생각해 온 것들이 결국은 절대 가질 수 없는 것이 되었다는 걸 알게 되었을 때, 그리고 이후 그 모습을 떠올리게 되었을 때면 말로는 다 표현하기 어려운 아쉬움이 남게 된다. 아니, 그저 아쉬움이라는 말로는 그 마음을 다 설명할 수 없다. 수년간 죽도록 해온 노력의 결과물이 없으니 그 끝에 밀려오는 공허함, 수차례 임신했다 놓쳐버린 것에 대한 상실감, 결국은 내가 할 수 있는 것은 아무것도 없다는 무력감, 누구도 나를 비난하지 않는데도 밀려오는 자괴감…. 이런 말로도 다 설명해 낼 수가 없다. 그런 감정들을 잘 접어 내 낡은 서랍 안에 깊숙이 넣어 두었는데, 낯선 아이의 '엄마'라는 말이 열쇠가 되어 꽉 닫아놓은 서랍 문이 열려버렸다. 그렇게 열린 서랍 틈으로 다시 그 감정들이 비집고 나와 버리고 말았다.

거실에 누워 TV를 보는 남편 뒤로 가 누웠다. 눈물이 차올랐다. 모로 누운 그의 등에 얼굴을 묻고 그만 그대로 울어 버렸다.

그 시간은 오래가지 않았다. 마음을 토로하다 순식간에 꽉 막혀버린 코로 맹맹 거리는 내 목소리가 우스워 농담을 하고, 그 농담은 또 다른 얘기로 이어져 크게 웃기도 했다.

우리는 지금을 살고 있으니 지난 감정에 잠식당하지 않도록 조심해야 한다. 그렇다고 일부러 외면하는 것은 아니다. 다만, 하염없이 흔들리다가도 이내 다시 중심을 잡는 방법을 조금은 터득했다고나 할까.

잠자리에 누워 머리맡에 전등을 켜고 책을 읽고 있었다. 남편 역시 핸드폰으로 습관처럼 골프 동영상을 보다가 출근을 해야 하니 이제 자야겠다며 그의 머리맡 전등불을 껐다. 그는 엎드려 책을 읽고 있는 내 쪽을 향해 누운 채 가만히 나를 보다가 말했다.

"울지 마."

그러고는 스르륵 눈을 감았다.

다음 날 아침, 잠에서 깼지만 눈을 뜨기가 힘들었다. 거울을 보지 않아도 눈이 부어있다는 것쯤은 알 수 있었다. 그래, 그즈음이었다. 그렇게 비집고 나온 감정을 채 정리하지 못했고, 기다리던 책을 받아 들고도 한 페이지 가득한 아이의 얼굴 앞에서 더는 다음 장으로 넘기지 못한 채 책장에 꽂아만 두었던 게.

마음이 더 이상 그곳을 향하지는 않지만 그렇다고 없었던 일이 되는 것은 아니다. 그냥 '그래, 너 거기 있구나. 아직 아프구나. 그럴 수 있지. 당연하지.' 그렇게 알아주고 보듬어 주고 다시 잘 달래서 저 아래 서랍에 잘 넣어둘 뿐. 앞으로 또 언제 어떤 열쇠가 다시 이 문을 열게 될지 알 수는 없지만 어쩌겠나. 그때도 지금처럼 알아주고 달래주는 수밖에.

시간이 지난 지금, 그 아이의 얼굴은 희미해졌지만 '엄마'라고 부르던 목소리는 아직도 귓가를 맴도는 것만 같다. 곱게 어루만져 저 깊이 묻어둔 기억의 서랍에 넣어 두어야겠다.

성난 파도 아래 깊이 이를 수 있다면

어딘가에서 선물로 들어온 빔프로젝터를 처분하지 못해 결국 거실에 설치해 버린 지 벌써 3년. 그 사이 거실의 TV는 사라졌고 주말이면 습관처럼 틀어둬 마치 화이트 노이즈처럼 들리던 TV 소음도 사라지고 없다. 빔프로젝터는 밝으면 화면이 잘 보이지 않아서 암막 커튼으로 거실에 들어오는 빛을 차단하지 않으면 낮에는 쓸모가 없다. 저녁에 무언가를 보려는 목적이 있지 않은 이상 켜질 않기 때문이다. 처음에는 조금 불편하고 어딘가 허전한 듯했지만, 익숙해지기까지 오래 걸리지 않았고 오히려 TV를 사용하던 때보다 더 좋다는 결론에 이르게 되었다.

TV 소음이 사라진 자리는 음악으로 채워졌는데, 음악을 고르고 스피커를 켜는 사람은 주로 나다. 내가 미처 틀어 놓지 못했을 때 남편이 그 역할을 대신해 준다면 얼마나 좋을까만….

꼭 직접 하지 않고 "음악 좀 틀어 주세요"라고 말한다. 그리고 듣고 싶은 곡이 있는지를 물으면 열에 아홉 정도는 "아무거나"라고 답하고.

남편이 남자친구였을 때부터 지금까지, 그의 플레이리스트는 주로 주 단위, 혹은 월 단위의 톱 100이다. 톱 100을 듣는 이유는 아주 간단하다. 좋아서라기보다는 그저 곡을 고르기 귀찮아서인데, 아마도 지금 그의 플레이리스트에 담긴 톱 100은 최소 한 달 전의 실시간이었을 확률이 매우 높다(그렇다. 이 사람은 나는 도저히 명함도 내밀지 못할 정도의 귀차니스트이다). 그래서 톱 100에 랭크되지 못한 곡은 싫어서가 아니라 찾아서 듣지를 않으니 알 리가 없다. 그랬던 사람이 이제는 톱 100에서는 찾아보기 힘든 '브로콜리 너마저'도 알고, '스웨덴 세탁소'도 알고, '검정치마'도, 'Amy Winehouse'도 안다. 물론 가수의 이름은 잘 모른다. 그저 나와 함께 들으며 익숙해진 가수들의 곡을 알 뿐이지만 우연히라도 들을 기회가 되면 조용히 흥얼거리는 모습이 언젠가부터 꽤 자연스러워졌다. 그리고 그런 자연스러우면서도 낯선 모습을 보는 게 재미있어 웃음이 나기도, 심지어 가끔은 귀엽기까지도 하다. 그런 그에게도 물론 취향이라는 게 있다.

지난 주말에도 "마누라, 음악 좀 틀어주세요" 하면서 신해철의 곡이 듣고 싶다고 덧붙였다. 정확하게는 지금은 낚시 방송에서 자주 볼 수 있는 이덕화 아저씨 말투로 "오늘은 신해철로 부~타아~캐요~"라고 했다. 우리 부부의 나이가 결코 적지는 않지만 그렇다고 이덕화 아저씨 세대는 아니라는 것을 꼭 강조해 말하고 싶다. 이덕화 아저씨의 "부~타아~캐요~"는 나보다 최소 열 살은 어리더라도 알 수 있을걸(제발 아니라고 하지 말아 주세요).

"신해철, 어떤 거?"

물어보기는 하지만 답은 이미 정해져 있다. 아무거나라고 하겠지.

"응, 아무거나."

역시 예상은 틀리지 않았다. 내 손바닥 위에 있… 는 건 아니지만, 뭐, 여하튼. 순간 지코의 〈아무노래〉를 틀어 줄까 하다 그의 신청대로 신해철의 곡을 찾는다. 풋풋한 소년미가 넘치던 솔로 시절부터 마왕의 아우라가 넘쳐흐르던 시절의 곡들까지.

생각해 보면 나도 참 이상하지. 남편이 이따금 신청하는 곡은 크게 다르지 않다. 우리 부부의 인생 드라마 〈나의 아저씨〉를 보고 그의 최애 곡이 되어버린 Sondia의 〈어른〉이나 BTS 정국의 〈SEVEN〉처럼 어느 한 곡에 빠져 한동안 그 곡을 찾는 것이 아니라면 대부분 90년대 록, 또는 QUEEN, 아니면 지금처럼 신해철인데 왜 따로 플레이리스트를 만들어 놓지 않아 이렇게 매번 찾고 있는 걸까. 알다가도 모를 일이라고 생각하며 신해철의 곡들이 가득한 목록 위에서 손가락이 이리저리 한참을 헤매다 〈민물장어의 꿈〉 위에서 멈춰버렸다.

첫 번째 시험관 이식을 하고 거실 소파와 한 몸이 되었을 때, 아직까지도 믿기 힘든 뉴스를 듣게 되었다. 다름 아닌 가수 신해철의 사망 소식이다. 신해철의 일거수일투족을 좇는 열성적인 팬은 아니었지만 늘 그의 소식에 관심을 갖던 나다. 넥스트 시절에 공연도 여러 번 갔었고, 그가 라디오 방송 〈음악도시〉의 시장이었을 때 난 그 도시의 시민이었다. 시사토론 방송에 나와 딱딱하게 양복 입고 각 잡고 앉아 있는 사람들 틈에서 가죽 슈트를 입고 징 박힌 장갑을 끼고 거침없이 얘기하는 모습은 아직도 생생하다. 바로 얼마 전까지 작업실에서 찍은 영상을 업로드했던 것으로 기억하는데, 난데없이 사망이라니. 믿을 수가 없었다.

TV에서는 그의 사망 소식으로 가득했고, 안 그래도 하루하루 엄청난 진폭으로 널을 뛰던 마음은 영점을 찾기가 더욱 힘들었다. 울먹이며 조문하는 사람들의 모습에도 실감 나지 않왔고(조문객의 영상과 사진을 찍어서 방송으로 내보내던 시절이다), 이렇게 한순간에 사라져 버릴 수 있다는 게 허무했고, 오래된 친구를 잃은 것처럼 슬펐으며 의료사고라는 것에 화가 났다. 그 어느 때보다 심적 안정이 필요한 시기라는 생각에 보지도 말고 듣지도 말아야지 마음먹으면서도 눈과 손은 자꾸만 그의 소식을 찾고 있었다. 한낮에도 어두운 10월 말의 정서향 집 거실이 끝도 없이 어둡게 느껴졌다. 그래서일까. 그 시절을 떠올리면 불 꺼지고 어두운 거실에 홀로 슬픈 빛을 내는 TV와 소파에 누워 훌쩍이던 내가 가장 먼저 떠오르게 되는 건.

〈민물장어의 꿈〉은 신해철이 자신의 묘비명이 될 거라고 했던 곡이다(묘비에는 다른 곡인 〈Here, I Stand For You〉가 새겨져 있다). 생각이란 건 기차놀이처럼 꼬리에 꼬리를 물고 얼굴을 들이미는지라 〈민물장어의 꿈〉을 들을 때마다 마음엔 자꾸만 파도가 일어 애써 피해 왔다. 꼬리 잡기를 하듯 이어지는 생각은 제법 무게를 가져서 마음이 덩달아 일렁이는 파도 아래로 내려가기만 했고, 그렇게 아래로 아래로 내려가다 보면 어느덧 거실 소파에 누워 TV를 보며 훌쩍이던 나를 마주하게 되기 때문이다.

부러 신해철이 아닌 하현우가 부른 〈민물장어의 꿈〉을 리스트에 담았다. 이상하다. 분명 〈복면가왕〉에서 하현우가 부른 거라고 했는데 왜 신해철 같지. 마음속 파도가 시동을 걸어온다. 후렴구가 되어가니 하현우의 목소리가 맞기는 하다. 다 듣고 나서 한 번 더 들었지만 역시나 초반은 마치 신해철이 부른 듯한 착각을 할 만큼 닮았다. 애써 피했는데 '힝, 속았지?' 하고 뒤통수 한 대 맞는 기분이 이런 걸까. 일부러 의도한 거였다면 성공. 그게 아니라도 성공이다. 하현우가 얼마나 신해철을 그리워하며 불렀는지를 알 것 같았다. 나도 그가 그립다. 요즘 같은 때 신해철이라면 뭐라고 말을 할지 궁금하다. 무슨 말이라도 속 하나는 아주 시원하게 해줄 텐데.

그날부터 지금까지 그 곡을 몇 번이나 더 들었는지 모르겠다. 마치 그동안 애써 모르는 체하고 뒤로 제쳐두었던 걸 뒤늦게 채우기라도 하려는 듯 듣고 또 들었다. 어느 날은 코끝이 쥐가 난 것처럼 찡해오기도 했고, 어느 날은 가사를 곱씹어 보기도 했고, 그저 화이트 노이즈처럼 낮게 들리기도 했다.

이제는 생각이 꼬리에 꼬리를 물고 늘어져도 성난 파도 아래서 고요한 안식까지는 아닐지라도 그 비슷한 감정을 느낀다. 힘든 시간이었음은 분명하지만 없던 시간은 아니니까. 결국은 마주할 수밖에 없다면 똑바로 보고 측은한 마음이라도 보내는 게 나을 테니. 그때의 내가 지금의 나를 만든 거니까. 측은한 마음보다는 잘 견뎌줘서 고맙다는 마음을 가져도 좋겠다.

아직까지 신해철이 부른 곡을 듣진 못하고 있었다. 막상 듣고 나면 아무렇지 않을 수도 있을지 모를 일이지만, 조금 조심스럽다. 괜찮은 듯한 마음에 다가갔다가 잔잔하던 바다에 갑자기 성난 파도가 일어 덮쳐버릴 것 같아서.

이참에 남편을 위한 플레이리스트를 만들어야겠다. 90년대 록도, QUEEN도, 신해철도 담아서. 그리고 거기엔 소년이자 마왕이었던 신해철이 직접 부른 〈민물장어의 꿈〉도 담아둬야지. 그전에 일단 최신 버전의 톱 100부터 담아 볼까. 여보, 핸드폰 좀 가져와 볼래?!

어느 날의 메모

햇살이 참 좋은 날이다.

어젯밤 남편의 새벽 귀가로 잠을 설쳐 몹시 고단하지만, 눈부신 햇살의 유혹이 너무 강렬해 결국 집 밖으로 나왔다. 그렇다고 출근을 한다거나 모임이 있어 어디 딱히 갈 데가 있는 것도 아니라서, 집 근처 카페에 나와 해가 가장 잘 들어오는 자리에 앉아 한껏 여유 부리는 게 전부다. 아침부터 피곤한 몸을 이끌고 출근한 남편에게는 미안하지만. 미안한 마음보다는 고마운 마음을 가져보려 한다.

카페로 나오는 길에 유독 발길을 잡는 장면이 있었다. 귀여운 어린이집 원복을 입은 꼬마 아이가 아파트 한복판에 서서 멀리 뛰어가는 엄마를 원망스러운 눈빛으로 바라보고 있었다. 저 앞에는 노란색 버스가 있었고, 엄마는 아이의 동생을 데리고 버스를 향해 뛰고 있었다. 조금씩 멀어지는 엄마를 보는 아이의 얼굴은 점점 일그러지기 시작했다. 드디어 동생을 노란색 버스에 태운 엄마가 뒤를 돌아서는 멀찍이 서 있는 아이에게 어서 오라며 목소리에 힘을 주고 큰 소리로 아이를 부른다. 그러면서 다시 꼬마 아이를 향해 뛰어오는데 그런 엄마를 보는 일그러진 얼굴의 아이가 울기 시작한다. "가기 싫어!"라고 소리 지르면서. 동생을 데리고 뛰어갔던 길을 다시 뛰어온 엄마는 우는 아이를 들쳐 안고 왔던 길을 다시 또 뛰었고, 아이는 엄마에게 안긴 채로 아파트 단지가 떠나가도록 울었다.

엄마에게는 유난히 지치는 아침이었을 테고, 아이에게는 전쟁 같은 등원 길이었겠지. 아이 둘을 힘겹게 등원시키고 출근길에 나선 엄마도 울었을까. 그들의 그런 힘겨운 아침이 내겐 마치 영화 속 한 장면처럼 다가왔다. 굉장히 현실적이면서 또 그렇지 않은. 얼굴을 구기며 우는 그 아이의 얼굴마저도 예뻐 보이고, 아침부터 뜀박질하는 엄마가 부럽기도 했다.

돌아서며 눈을 감은 건 아마 쓸데없이 눈이 부신 햇살 때문이었겠지.

두 사람

시가에 갈 때 가져갈 것들과 집에서 필요한 물건들을 사러 코스트코에 다녀오는 길이었다. 아무래도 비나 눈이 내리는 날은 운전이 위험하긴 하지만 오늘은 와이퍼가 알레그로로 턱 턱턱턱이 아니라 아다지오로 턱 턱 턱 턱 하고 움직일 정도이 니 운전 중 특별히 주의를 기울이지 않아도 상관없을 정도다.

짧은 운전을 할 때면 주로 라디오를 듣는다. 집에 있을 때 화 이트 노이즈처럼 틀어 놓기도 하고. 라디오에는 나와는 다르 지만 바로 옆에 있을법한 사람들의 이야기가 있다. 게다가 좋 아했지만 잊고 있던 곡이나 내 취향과는 다른 곡들도 들을 수 있어 라디오가 좋다. 아침 일곱 시 SBS 라디오〈김영철의 파워 FM〉을 시작으로 저녁 여섯 시 MBC 라디오〈배철수의 음악 캠프〉까지 시간대별로 주파수를 바꿔가며 듣는 방송이 있을 정도다. 어느 개편 때 꽤 오래 재미있게 듣던 방송의 DJ가 바뀐 이후로는 안타깝게도 비어버리는 시간대가 생겨버렸지만.

마찬가지로 그 시간대의 그런 날이었다. 빗줄기가 굵다면 시원한 빗소리를 BGM 삼겠지만, 오늘 내리는 비는 그 정도는 아니라서 라디오 대신 담아놓은 플레이리스트를 랜덤으로 설정하고 재생했다. 좋아하는 곡들이 차 안에 흐르고 있었다.

그렇게 많은 곡 중 하나, 내 플레이리스트에 붙박이처럼 언제나 한 자리를 차지하고 있는 곡인 〈두 사람〉이 흘렀다. 원래는 성시경의 노래지만 난 옥상달빛 버전을 좋아한다. 최소한의 반주 위에서 담백하게 노래하는 둘의 화음이 너무나 아름다워 언제 들어도 곡의 처음부터 끝까지 몰입할 수밖에 없는 곡. 원곡은 사랑하는 이에게 나긋하게 속삭이는 느낌이라면, 리메이크한 옥상달빛의 버전은 서로를 마주하고 조용히 다짐하듯 읊조리는 느낌이랄까. 노래를 듣다 보면 나도 나지막이 따라 부르곤 하는데, 이따금 저기 마음 깊은 곳에서부터 작은 파동이 일 때가 있다. 그런데 오늘은 그 작은 파동이 거대한 파도가 되어 나를 덮쳤고 이내 속수무책으로 휩싸이고 말았다.

갑자기 이게 무슨 일이지. 적잖이 당황스러웠다. 마음 같아선 갓길에 차를 세워 요동치는 감정을 다스리고 싶었지만 하필 마땅히 세울만한 곳도 보이지 않았다. 결국 그대로 겨우 집까지 와 주차장에 차를 세우고 시동만 끈 채 한참을 앉아 있었다. 이 느닷없는 거대한 파도는 어디서부터 온 걸까. 오늘은 그저 몸이 조금 피곤했을 뿐 마음은 암시롱 않았고, 평소에도 자주 듣던 곡인데…. 도대체 어디서부터 이 파도가 시작된 걸까. 요동치던 마음이 조금씩 가라앉을 무렵, 떠올랐다. 드라마다. 며칠 전 남편과 함께 본 드라마 때문이다.

며칠 전 따로 또 같이 중 '같이'하는 시간으로, 드라마 〈정신 병동에도 아침이 와요〉를 보았다. 드라마가 공개되고 바로 보았다던 친구는 참 잘 만든 드라마라고 얘기하면서도 정작 내게는 조금 나중에 보기를 권했다. 이유를 묻는 내게 한참을 빙빙 돌리다 "네가 많이 울 것 같아. 걱정돼"라고 말을 했지. 그 말에 주저하다 결국 며칠 전 남편과 나란히 앉아 한 편 한 편 야금야금 보았던 거다.

7화였나. 자살생존자들의 이야기가 다뤄졌다. 그들은 가족이나 친구, 동료 등의 가까운 사람을 자살로 떠나보낸 이들이 견디기 힘든 극한의 상황에서 살아남았다는 의미에서 유가족이자 생존자이다. 그 가운데 영아 돌연사로 아이를 잃고, 그 슬픔으로 자살한 아내를 잃은 남편의 이야기가 있었다.

친구의 걱정 대로였다. 슬펐다. 아니 슬펐다는 말조차 가벼웠다. 그저 눈물을 흘렸다는 표현도 깃털처럼 가볍다. 말 그대로 울었고, 터졌고, 그렇게 한번 터져버린 울음은 내 의지로는 도저히 멈출 수가 없었다.

그동안 꺽꺽 소리를 내며 울었던 건 늘 혼자 있을 때였다. 심지어 남편 앞에서조차 그렇게 울어 본 적이 없었다. 출근하는 남편을 배웅하면 마치 한껏 당겨진 고무줄이 다시 제자리를 찾아가려는 듯 침대로 가 누웠다. 멍하니 누워있다 갑자기 터져버리는 울음에 혹여 집 밖으로 소리가 새어 나갈까 입을 틀어막고 이불을 뒤집어썼다. 설거지를 하고 청소를 하다가도 순간순간 터져버리거나 무너져버렸다. 나는 마치 무소음 타이머를 장착한 폭탄 같았다. 째깍째깍 초침이 움직이는 소리도 없이 갑자기 펑 터져버리는 폭탄. 하지만 그 순간은 모두 남편이 출근을 하고 집에 혼자 남겨졌을 때였다. 그가 퇴근해서 돌아왔을 때 비록 내 눈은 붓고 목은 잠겨있을지언정 그 앞에서는 단 한 번도 그렇게 소리 내 울어 본 적이 없었다. 그리고 남편 역시 내 앞에서 자신의 감정을 꺼내 보인 적이 없었다.

처음 아이들을 낳아서 보냈을 때, 차마 화장터에 가진 못했다. 드라마 속 아이는 아직 이름을 지어주기 전이라 'ㅇㅇㅇ님 아기'라는 이름으로 화장했다는 것을 보고 혹시 우리 아이들도 그렇게 보내진 건지 남편에게 물었다. 가만히 듣고 있던 남편은 한숨이 가득 섞이고 갈라진 목소리로 말했다.

"…우린 '아기'도 아니라고 하더라. 그래서 그런 것도 없었어."

있지만 없는 존재. 장례를 치러야 하지만 'ㅇㅇㅇ님 아기'라고도 불리지 못했던 아이들 생각에 가슴이 미어졌다. 그 순간 잊고 지내던 무소음 폭탄이 터져버렸다.

나도 드라마 속 아기 엄마처럼 혼자였다. 눈치 없이 차오르던 젖 때문에 속옷 안에 수유패드를 덧댔다. 그 아기 엄마가 바로 나였다. 그 시간의 내가 내 안에서 소리치고 있었다. 나도 저렇게…. 나도…. 나도…. 오열에, 절규에 가까웠다. 그동안 남편 앞에서 꽁꽁 감춰두었던 슬픔이 폭발하고 있었다. 자다 놀란 루피와 보아가 내게 다가와 눈치 보며 조심히 손을 건드리고 있었지만 내 몸 어떤 것도 내 마음대로 움직일 수 없었다. 손도, 눈물도, 소리도. 그 어떤 것도. 그런 나를 바라보는 남편의 표정은 어땠을까. 그저 말없이 내 등을 쓸어주는 손길과 새어 나오는 한숨에서 그의 참담한 마음을 느낄 뿐이었다. 여기 우리가 드라마 속에 그대로 있었다. 극 중 아이 엄마를 보며 나를 보았듯, 그 남편처럼 내 남편도 그랬겠구나. 그저 내 눈치를 보며 기다려주던 거였겠구나.

조금씩 진정되는 나를 본 남편은 "산책 나갈까?" 하고 조용히 물었다. 산책이라는 말에 마냥 신이 난 루피와 보아와 함께 넷이서 어두운 아파트 단지 안을 걸었다. 두 녀석을 앞세워 그의 팔짱을 끼고 걸으며 그때의 우리가 제대로 된 애도의 시간을 보내지 못했던 것을 이야기했다. 당시엔 차마 슬픔을 마주할 용기가 없었던 것과, 시간이 참 좋은 약일지는 몰라도 정답은 아니라는 것. 그리고 예전과는 비교할 수 없을 정도로 좋아진 회복 탄력성에 대해서도.

그 밤. 하늘엔 별이 가득했고, 12월의 밤은 깊었지만 춥지 않았다.

〈두 사람〉을 듣고 마음속 깊은 곳에서부터 시작된 파도가 그 밤의 엄청난 감정을 끌어와 버렸지만, 괴롭고 답답한 마음은 아니었다. 오히려 위로받는 기분이었다. 정리되지 않은 감정이 정리되는 것 같았고 마치 오랫동안 간직했던 비밀을 털어놓은 듯 후련하기까지 했다. 이전의 나는 마치 다 터져버려 너덜거리는 에어캡 같은 기분이었다면, 지금은 무거운 짐을 덜어놓은 주머니처럼 가벼워진 기분이랄까. 물론 감정이라는 게 이렇게 뱉어낸다고 말끔하게 정리가 되는 건 아니다. 앞으로 또 다른 형태의 트리거를 만나 폭발할 수도 있겠지. 그러나 이제 더는 두렵지 않다. 그 시절의 내가, 그 시절의 남편이, 그 시절의 우리가 몸서리쳐지도록 가엽지만 이젠 놓아줄 수 있을 것 같다.

지금 우리는 이 계절, 애도의 시간을 보내고 있다. 노래 가사처럼 언젠가 모든 일이 추억이 되겠지. 견디기 힘들 만큼 모진 바람이 불어온대도 나의 곁에는 남편이 있을 거고, 그의 곁엔 내가 있을 거다. 그렇게 우리 두 사람은 지금껏 그래왔던 것처럼, 어쩌면 그보다 더 가까이에서 서로의 쉴 곳이 되어줄 거다.

얼마나 지나면 괜찮아질 수 있어요?

이십 대 초반에 알게 되어 지금까지 인연을 이어오고 있는 O의 결혼식 날이었다.

신부대기실에 앉아 있는 O를 보고 나도 모르게 그만 눈물이 왈칵 차올랐다. 주책이야, 정말. O는 내게 이상하게 상 꼬맹이의 느낌이 있다. 사실 그래봤자 세 살 밖에 차이 나지 않고, 상 꼬맹이 O도 이미 진작에 사십 대가 되었는데. 워낙 체구가 작고 마르기도 했거니와 녀석은 나에게 늘 동생이었고, 난 언제나 녀석에겐 언니여서였을까.

서둘러 눈물을 닦고 대기실에 들어가니 O의 친구 Y가 다가와 반갑게 인사를 해준다. Y를 보니 신부인 O를 볼 때와는 또다른 이유로, 비워졌던 눈물샘이 또다시 차올라 만수 경고를 보내기 시작했다.

지나온 세월 동안 우리는 기껏해야 두어 번 봤을 뿐이고 그마저도 약속하고 만난 게 아니라 우연히 지나다가 본 게 전부다. 그런데도 난 언젠가부터 Y의 안부를 궁금해했다. 그렇다고 직접 안부를 묻진 않았지만, 가끔 O를 통해 그녀의 안부를 들었고, 아마도 그녀 역시 마찬가지였을 거다. 신부대기실 구석 테이블에 자리를 잡고 앉아 Y와 나는 서로의 손을 마주 잡고 근황을 이야기했다. 그녀의 눈물샘도 이미 경고를 보내고 있었는지 누가 먼저랄 것도 없이 또르르 넘쳐버리고 말았다. 그 순간 우리를 눈물짓게 한 건 이날의 주인공인 O가 아니었다.

그녀는 꽤 오래 아이를 기다리고 있었다. 짧지 않은 기간 동안 적지 않은 횟수를 시도했으나 결국 뜻하던 바를 이루지 못했고, 나와 같이 처음과는 다른 선택을 하게 되었다. 우리는 각자 최선을 다하던 시기에 직접 만나 이야기를 나눈 적은 없었지만 비슷한 시기를 겪었고, 직접 경험해보지 않고서는 결코 짐작조차 할 수 없는 경험을 했다는 이유 하나만으로도 전우애 비슷한 감정을 느끼고 있었다. 그렇다. 우리는 전우였다. 치열했던 난임전을 함께 겪은 전우.

"언니, 얼마나 지나면 괜찮아질 수 있어요?"

Y는 올 초까지 병원에 다녔다고 했다. 1년이면 괜찮아질까. 아니, 2년이면 어떨까. 어깨를 툭 치며 금방 지나간다고 말을 해줄 수 있었다면 얼마나 좋을까. 하지만 다섯 손가락을 다 접었다 펼치도록 아직도 내 마음은 모래성처럼 순식간에 허물어질 때가 있다. 다행인 건 쌓아 올리고 허물어지고를 반복하면서 조금씩 지반이 단단해지고, 새로 또 쌓아 올리기까지의 시간은 짧아지고 있다는 거다.

당장 얼마 전에도 롯데리아에서 일행이 주문한 새우버거 세트에 함께 나온 감자튀김을 보고는 이야기에 집중하기가 어려워졌다. 온 신경은 쟁반 위에 아무렇게나 흩어져있는 감자튀김에만 집중되어 있었다. 오래전, 임신했을 때 귀갓길에 남편이 전화를 걸어와 "뭐 사갈까?" 하고 물으면 난 TV에서 보았던 임산부들처럼 뭐라도 말하고 싶어서 근처에 있는 롯데리아의 감자튀김을 말했던 적이 있었다. 유산 후 다음 임신을 했을 때도, 그다음에도, 또 그다음에도 그는 감자튀김을 사 들고 왔었지. 정신없는 롯데리아에 앉아 그 시절의 기억이 떠올라 부랴부랴 냅킨을 눈에 갖다 댈 수밖에 없었다.

"넌 좀 어때?"

이번엔 내가 물었다. 나의 물음에 Y는 누구에게라도 이해

받기 힘든 순간들이 있지만, 그래도 직장에 다니면서 병행해서인지 온 신경을 괴로운 마음에 다 쓰지 않게 되니 다행인 것 같다고 말을 했다. 그래, 그렇지.

내가 본격적으로 병원에 다닐 때는 이미 직장을 그만둔 후였다. 덕분에 진료를 보러 가도 스케줄의 부담 없이 그저 진료에만 집중할 수 있었다. 예약이 무색할 정도로 기나긴 대기시간도, 뜬금없이 잡혀버리는 다음 진료 예약도 전혀 걱정이 없었다. 그것은 분명 굉장한 장점이다. 진료 대기실에서 일 분에 한 번씩 시간을 확인하다 끝내 진료를 포기하고 일어나 가야만 했던 사람들을 여러 번 보았으니까. 게다가 과배란 중, 혹은 채취나 이식 후 컨디션이 좋지 않을 때 몸을 돌보기에 부담이 덜하기도 하다.

그런데, 그 너머를 살펴보면 그때는 얘기가 조금 달라진다. 막상 이렇게 발을 빼고 그 시절을 돌이켜 보니 진료 시간을 맞추는 부담감은 있지만, 보다 나은 정신건강과 경제적인 사정을 고려했을 때 직장 생활을 하면서(혹은 프리랜서라도) 병원에 다니는 것이 나을지도 모르겠다는 생각을 하게 되었다.

개인차야 물론 있겠지. 하지만 나노 단위의 몸 변화에 온 신경이 곤두서게 되는 것은 기본이고, 그러다 보면 생각이 많아져 감정의 늪에 빠지기가 쉽다. 사람의 감정이라는 게 늪과 같아서, 한번 빠지면 빠지는 줄도 모르고 점점 더 깊게 빠져버리고 만다. 그러다 정신을 차려보면 가슴까지 잠겨있는 거지. 그럴 땐 헤어 나오려 발버둥을 칠수록 더 깊게 들어가게 되는데, 누구도 나를 꺼내줄 수가 없다. 곁에 있는 배우자가 아무리 다정하게 위로를 하고 슬픔을 공유한다 하더라도 저 아래 가라앉은 내 감정은 나만이 일으켜 세울 수가 있는 거다. 그런데 해야 하는 일이 있다면 나노 단위의 변화에 신경을 쓸 겨를이 없고, 억지로라도 움직이게 될 거고, 움직이다 보면 마음이 가라앉을 그 틈이 적어지겠지.

그리고 경제적으로…. 하…. 정말 돈은 많이 필요하다. 속물같아 보일지 몰라도 병원에 다니는 내내 '돈이란 다다익선'이라는 생각을 떨칠 수가 없었다. 내 경우(물론 그것도 10년 전 일이긴 하지만) 정부에서 지원을 받아도 한 번 시험관 시술을 할 때마다 이백만 원에서 삼백만 원은 기본으로 들어갔다. 자, 놀라기엔 아직 이르다. 이건 어디까지나 병원에 들어가는 순수 '병원비'만 계산했을 때의 비용이니까. 난소에도 자궁에도 좋다는 영양제를 찾아 먹고, 좋은 컨디션을 유지하기 위해 화장품이나 식재료 하나에도 굉장히 공을 들이게 된다. 그 결과 난 시어머니도 칭찬해 마지않는 전복 손질의 달인이 되었고, 질리도록 소고기(차마 비싼 한우는 못 사 먹었지만)를 구우며 고기 굽기의 달인이 되었으며, 몸속에 축적될 수 있는 화학물질을 줄이려 화장품도 생필품도 바꿨다. 그 과정에서 들어가는 비용은 병원비 플러스 알파알파알파다.

만약 집에 들어간 대출이 없고 통장에 쌓여있는 돈이 꽤 있다면, 굳이 일은 하지 않아도 시술과는 분리된 다른 활동을 하라고 말해주고 싶다. 하지만 그런 경우는 많지 않겠지. 그러니 누군가 내게 시험관을 하려는데 직장을 그만두어야 하는지를 묻는다면 어지간하면 그러지 말라고 말하고 싶다. 모든 것에는 장단점이 있지만, 시술을 위해 직장을 그만두었을 때의 단점은 웃으며 가볍게 넘겨버리기엔 너무도 크기 때문이다.

그러니 Y가 말했던 것처럼 직장을 다니며 병행해서 다행인 것 같다는 의견에 전적으로 동의한다. 비록 지금은 생각만으로도 눈물샘이 고장 나버리는 그녀라지만, 비교적 회복이 빠를 거라고 믿어 본다. 그래서 훗날 누군가 그녀에게 "얼마나 지나면 괜찮아질 수 있어요?"라고 물어온다면 나보다는 손가락을 덜 접을 수 있기를 진심으로 바란다.

신부대기실 테이블에 앉아 이야기하던 우리를 보고 나의 상

꼬맹이 O는 신부대기실이 아니라 어디 카페에서 만나 얘기하는 사람들 같았다고 말했다. 생각해 보니 조금 민폐이기는 했다. 미안. 근데, 웨딩드레스를 입고 있는 신부대기실이 아니었다면, 누구보다 가슴으로 함께 울어주었을 사람이 바로 O였을 거라는 걸 안다.

다음에, 우리 정말 다음엔 볕이 좋은 카페에 앉아 눈물 없이 그저 하하 호호 깔깔 낄낄 웃으며 이야기를 나눌 수 있기를. 그땐 우리 약속하고 만나자.

나의 친구, 나의 상담사에게

김영하 작가의 《작별인사》를 읽은 후 마음이 바닥에서 1센티미터가량 떠 있는 기분이었다. 보통 책을 다 읽고 나면 적어도 하루 정도는 여운을 느끼며 공백을 갖곤 하는데 이번엔 도통 다른 책이 손에 잡히지 않았다. 며칠을 그렇게 보내다 왠지 예전에 읽었던 책을 다시 읽고 싶어졌다.

책장을 살펴보다 하루키, 그 가운데 《상실의 시대》에서 시선이 멈췄다. 머릿속 환기를 위해 되도록 짧고 가볍게 읽으려던 생각이었던지라 이 책은 그 계획에 맞지 않았다. 머물렀던 시선을 거두려 했지만 어쩐지 계속 옷소매 한쪽 끝을 잡는 듯한 기분이 들어 기어코 꺼내 들었다.

첫 장을 펼쳤다. 그런데…. 이게 뭐지. 까맣게 잊었던 선물이 거기 있었다.

새로운 출발을 축하한다.

네 안의 뜨거운 '그것'을 모두 글로 담을 수 있는 글쟁이가 되
길 바라구.

정말 가슴 저리며 머리가 멍해져 올 수 있는 뜨거운 '사랑'을 할
수 있기를 기원한다.

그런 의미에서 이 작은 내 맘을 받아주길 바라구.

다시 한번 축하한다.

2000. 10. 19

이 책은 C로부터 받은 선물이었다. C로부터 받았다는 것도,
그 안에 이렇게 짧은 편지가 적혀 있었다는 것도 잊고 있었다.

우리는 대학에서 만난 사이다. 난 하고 싶었던 일이 있던 것
도 아니면서 그저 더 이상 학교에 미련 없다는 말을 하다 뒤늦
게 대학에 간 경우이고, 친구는 집안의 지원은커녕 하지 말라
는 공부를 하는 유별난 애 취급을 받아 가며 다니던 직장을 그
만두고 뒤늦게 학교에 들어온 경우였다. 그렇게 만나 이십 대
를 함께 보냈고, 삼십 대가 되어서는 결혼 후 각자 생활에 치
여 서서히 뜸해지다가 자연스레 연락이 끊겼다. 그때가 아마
도 친구는 둘째 아이를 낳고, 나는 막 난임의 레이스에 접어
들 즈음이었나보다.

그러다 2년 전 내 생일날, 저녁 열 시가 다 되어갈 무렵 카카오톡 메시지가 왔다.

은아, 잘 지내지? 오늘 생일이네. 생일 축하해. 벌써 사십 대 중반이다. 나의 이십 대는 너와 함께한 것들이 전부인 것 같아. 그런데 연락을 안 하고 멀어진 게 못내 아쉽고 그립다. 나의 미숙함은 아니었을까? 하는 생각이 종종 든다. 너와 함께 사십 대를 함께 나눴으면 얼마나 풍요로웠을까를 생각하곤 해. 생일 다시 한번 축하하고, 마음이 닿아서 언젠가 얼굴 한번 볼 날을 기다려본다.

우리는 둘 다 번호가 그대로였지만 누구도 먼저 연락하지 않고 지내왔다. 잊고 살다 이따금 카카오톡에서 프로필 사진을 변경했다는 알림이 보이면 잠시 그 존재를 확인할 뿐이었다. 앞으로 살면서 C와 내가 함께 하는 대화창이 열릴 거라는 생각은 전혀 하지 못했기 때문에 그렇게 예상하지 못했던 연락에 무척 놀랐다. 게다가 오전 열 시가 아니라 밤 열 시에 보내진 메시지에서 메시지를 보내기까지 고민의 흔적이 보이는 듯했다. 굉장한 용기가 필요했을 일인데 기꺼이 용기 내준 C에게 놀란 마음의 몇 배로 고마웠다.

맙소사. 이게 누구야?! 가끔 카톡 프사로 아이들 커가는 건 봤어. 잘 지내는 거지? 오히려 나의 미숙함은 아니었을까? 모르겠네. 어디서부터인지. 그런데 그게 뭐 중요하겠니. 무슨 의미가 있을 거고. 연락 줘서 고마워. 오늘 받은 연락과 축하 중 최고다.

시간이 늦어 잘 자라는 인사를 나누면서 그날의 톡은 끝이 났고, 바로 다음 날 친구에게서 전화가 걸려 왔다. 그동안 어떻게 지냈냐는 서로의 안부를 물었던 그날의 통화를 시작으로 우리는 다시 연락을 하게 되었고, 다시 만났고, 다시 많은 이야기를 나누고 있다.

서로 연락이 없던 그사이 나는 난임의 터널을 관통한 후 이제는 온전한 나로 살아가려 애쓰고 있고, 친구는 상담심리사가 되어있었다.

서로 알지 못했던 지난 시간을 이야기하다 보면 친구는 자꾸만 운다. 내 앞에서 쏟아내는 게 아니라도 돌아서서 가슴 아파하고 운다는 걸 알고 있다. 한창 병원에 다니며 힘들었을 시기에 곁에 있어 주지 못해서 미안하다며 말이다. 하지만 그건 사실 나도 마찬가지다. 친구가 전공과는 전혀 다른 상담심리사가 된 건 결혼생활이, 아이를 키우기가 힘들어서였다. 본인이 살기 위해 상담을 받다가 상담 공부를 하게 되었고, 결국 상담사가 된 거다. 이렇게 한 줄로 가볍게 적었지만 그 과정이 얼마나 힘들었을지 내가 할 수 있는 상상으로 가능하기나 할까.

나와는 그 고통의 카테고리가 다르지만 내가 힘들었던 것처럼 친구 역시 힘든 시기를 보냈다. 그리고 그 시절 나 또한 그 곁에 없었다. 우리 둘 다 힘든 걸 힘들다고 입 밖으로 꺼내는 타입이 아니다 보니 그렇게 자연스레 각자의 괴로운 현실과 치열하게 싸우며 주위를 살피지 못한 채 10년의 세월을 보냈다.

돌이켜 보면 지금 내가 글 쓰는 사람이 될 수 있게 등을 받치고 살살 밀어준 건 C다. 그동안 일상을 기록한 블로그를 본 친구가 본인이 참여하고 있는 매일 글쓰기 모임을 알려주어 함께 하게 되었고, 글쓰기 플랫폼인 브런치도 시작해 보라고 조언해 주어 시작하게 되었다. 덕분에 우연한 기회에 사랑하는 나의 똥강아지들 루피와 보아의 이야기를 담을 수 있는 책에 공저로 참여하는 기회도 생겼다. 그 경험을 통해 내 마음이 커져 다정한 출판사와 인연이 되어 혼자만 보는 글이 아닌 이렇게 누구에게라도 읽혀 마음이 닿기를 바라는 글을 쓰게 된 거니까. 그런 친구로부터 20여 년 전에 선물 받은 책에 '글쟁이'가 되길 바란다는 편지라니. 놀랍지 않은가.

책장을 살피며 가볍게 읽으려던 마음은 어느새 사라지고 손에 든 책을 천천히 완독 후 첫 장을 펼쳐 친구의 편지를 다시 읽었다.

생각지도 않았던 《상실의 시대》가 책장에서 유난히 내 시선을 잡아끌었던 건 이렇게 늘 응원받고 있었다는 걸 알려주기 위해서가 아니었을까. 어쩐지 저 아래 다시는 열릴 것 같지 않던 기억의 창고에서 먼지가 가득 쌓인 선물 상자를 발견한 기분이다.

각자의 자리에서 치열하게 살아내느라 침묵할 수밖에 없었던 지난 10년. 그 시기에 곁에서 나의 고통을 함께 나누지 못해 안타깝다 말을 하지만 결국 뭐라도 쓰면서 이겨낼 수 있게 꽤 오래전부터 응원을 받았고, 덕분에 그저 기억을 위한 기록이었을지라도 뭐라도 쓰면서 버텨낼 수 있었다.

지금도 이렇게 지난 기억을 끄집어내 글로 옮기는 과정이 버거울 때면, 마치 날 지켜보고 있었던 것처럼 내게 연락을 해와 고통스러운 마음을 덜어낼 수 있게 도와준다. 과거에도,

그리고 지금도 여전히 응원과 지지를 받고 있다는 생각에 벅차오른다.

나의 친구, 나의 상담사. 고맙다.

그런데, 그때 나의 새로운 시작이 뭐였지? 아무리 생각해도 기억나지 않아. 아이, 참. 이래서 기록이 중요하다. 그리고 뜨거운 사랑을…. 했나? 여보, 혹시 지금 내 책 들고 있어? 당신이 내 첫사랑이야. 쉿. 의심 같은 그런 거 하는 거 아니야.

낮은 책임감과 낮은 유능감 팔아요

얼마 전 상담사인 친구를 통해 기질 및 성격검사(TCI 검사)를 받게 되었다. 기질이란 태생적으로 타고난 것으로, 보다 정확하게는 외부 자극에 대해 의도하지 않게 저절로 일어나는 반응을 말하고, 성격이란 환경에 의해 만들어진 것이라고 보면 된다(고 한다). 그러니까, 성격은 달라질 수 있어도 기질은 그렇지 않다.

검사 결과 나는 자극 추구가 높은 만큼 위험을 회피하고 싶은 마음 또한 높아서, 새로운 무언가를 하고 싶은 마음 대비 불안 요소를 떨치지 못해 실행에 옮기지 못하는 경우가 높다는 것을 알게 되었다. 길게 적었지만 간단하게 말하자면, 시도해 보고 싶은 건 많은데 겁나서 못한다는 얘기다. 더불어 나 자신에 대한 기준이 높아 스스로 만족하기가 쉽지 않다는 것도. 스스로를 인정하지 못하니 내가 가진 능력치 자체를 낮게 본다는 거다. 친구가 내게 물었다. "네가 생각하는 책임감이란 뭐야?" 나는 "내가 해야 하는 일들을 완벽하게 해내는 것"이라고 대답했다. 검사를 함께 받은 남편은 같은 질문에 주어진 일을 '했다/안 했다'로 구분 지었고, 친구는 최선을 이야기했다.

생각지도 못하게 남편과 내가 이해되는 순간이었다. 부부 상담을 할 때 기질 검사만으로도 불화가 해소되기도 한다더니 이럴 수도 있구나. 물론 우리 부부는 불화가 있어서 받은 건 아니었지만.

경제적인 활동을 내려놓고 전업주부, 그러니까 집으로 출근하는 생활을 하면서 남편이 나의 집안일을 '도와줄' 때가 있다. 이를테면 간단하게 청소기를 돌린다거나 설거지를 하는 등으로 말이다. 그런데 분명 남편이 청소를 했는데도 눈에 잘 띄는 곳에 먼지가 보이기도 했고, 설거지를 한 후 돌아서면 컵 하나가 아니라 미처 싱크 볼에 들어가지 못한 냄비와 그릇과 컵이 한두 개씩은 더 있을 때도 있었다. 도와주는 것은 물론 고맙다…. 고맙지…. 고맙지만…. 솔직히 고마운 마음만 가득한 건 아니었다. 나는 나도 모르게 '완벽'의 기준을 두고 결과를 보았기 때문에 성에 차지 않을 수밖에 없었고, 고맙다는 말에 담기지 않은 진심을 남편은 모를 리가 없었겠지. 남편의 기준

(했다/안 했다)으로 놓고 보았을 때 충분히 서운했을 마음을 이해할 수 있었다.

자주는 아니지만 빨래 개는 나를 보며 남편이 도와주겠다고 할 때마다 "(씽긋 웃으며)응, 아니야. 피곤한데 쉬어"라고 말하고는 늘 혼자 했다. 피곤해서 허리가 접혀 들이가는 순간마저도. 왜, 집집마다 양말이나 수건, 속옷을 개는 방법이 조금씩은 다르지 않나. 나도 마찬가지로 내가 개는 방법이 있다. 남편에게 양말은 이렇게, 수건은, 속옷은 또 이렇게 하라고 설명해 주지만 그는 늘 본인도 본인만의 방법이 있다며 나와는 다른 방법을 고집했고 그가 개는 건 마음에 들지 않아 결국 돌아서서 내가 다시 해야만 했으니 힘이 들어도 혼자 하는 게 오히려 일을 줄이는 방법이었다.

기질 검사를 받은 이후 한번은 "와서 같이 좀 해줄래?"라고 물었고 그는 "난 수건만 할 거야. 다른 건 (네 방식대로) 못 해"라고 하며 수건만 열심히 갰다. 그의 옆에서 "우리 남편이 최고다, 잘한다, 고마워, 덕분에 빨리 끝났어"라고 말을 했지만 사실 100퍼센트 마음에 드는 건 아니었다. 예전 같았다면 내 방식대로 수건의 박음질 시접 방향까지 맞춰가며 새로 했을 텐데 그러지 않았다. 마치 남편이 한 일을, 그의 최선을 무시

하는 것만 같았기 때문이다. 그는 나름의 책임을 다한 거였다. 나의 기준을 존중받고 싶은 만큼 남편의 기준을 존중해줘야 한다는 것을 이제 나는 안다(그 순간 나 스스로가 뿌듯하게 여겨지기도 했다는 고백을…. 누구나 나에게 치이는 사소한 순간들이 있을 수 있잖아요).

아니 그런데, 사실 난 완벽주의자는 아니다. 오히려 허당기가 다분하고 허술하기 짝이 없는 사람이며 대애애충도 적당히 부리고 살고 있는데, 나 왜 이럴까.

결혼하고 1년쯤 지나서였나. 나는 완벽한 아내이고 싶었고, 완벽한 딸과 며느리이자 직장에서도 완벽하게 일을 해내는 사람이 되고 싶었다. 하지만 아무리 나를 갈아 넣어도 내게 주어진 역할을 완벽하게 수행해낸다는 게 쉽지 않았다. 아니, 어려웠다. 몸은 너무 피곤했고, 열심히 한다고는 하지만 자꾸만 어디에선가 빈틈이 보였다. 그럴 때마다 답답했다. 사실 누구도 내게 강요한 것은 아니었다. 그 누구도 내게 '너 지금 부족해, 조금 더 열심히 해야 해, 빈틈을 보여선 안 돼'라고 강요도, 질타도 하지 않았다. 그럼에도 불구하고 나는 모든 걸 완벽하게 하고 싶었으나 내 기준에 미치지 못하니 그 어느 역할에서도 만족이라는 걸 할 수가 없었다. 결혼이라는 걸 하면서 새로운 포지션에 놓이게 되었고, 아무래도 그래서 욕심을 부렸던 건 아니었을까. 애초에 완벽이란 게 있기는 한 걸까. 완벽한 게 대체 뭐지.

고민 끝에 기준을 좀 낮추기로 했다. 빈틈을 허용하는 게 아니라 기준을 낮추는 것. 그리고 '그 안에서 내가 할 수 있는 걸 하자. 괜히 터무니없이 높게 잡아놓은 기준에 매달려 아등바등 허우적거리지 말고' 이렇게 생각하고 나니 마음이 한결 편안해졌더랬다.

남편이 출근하면 천천히 워밍업의 시간을 가진 후 앞치마를 출근복 삼아 집으로 출근을 했다. 집안일이라는 건, 해본 사람은 알 거다. 해도 해도 끝이 없다. 한다고 티가 나는 것도 아닌 게 하루라도 하지 않으면 그렇게 바로 티가 날 수가 없다. 뭔가 억울했다. 남편이 회사에 출근하듯 나는 집으로 출근하는 사람이다. 그런데 이상하게 야근은 밥 먹듯이 하고, 휴일 근무는 당연지사이며 정해진 퇴근 시간도 없다. 이러다가는 더 나이 들어 에구구구 소리를 달고 살게 될 것 같았다. 그럴 수는 없지. 나를 아는 누군가는 내게 일을 만들어서 하는 타입이라고 말을 할 정도였지만, 더는 그럴 수 없었다. 적당한 타협이 필요했다. 다른 누구도 아닌 나 스스로와의 타협이. 어느덧 14

년 차가 된 나는 신혼 때보다 집안일이 능숙해져서 일 수도 있겠지만, 타협 덕분인지 한결 편안해졌다.

그저 기억을 위한 기록만 하고 살다가 본격적으로 무언갈 쓰게 되면서 다시 그 완벽이 꿈틀대기 시작했다. 적당히 타협하고 살고 있었는데, 글이라는 걸 쓰기 시작하면서 조금씩 내 생활에 균열이 일어나기 시작한 거다.

남편이 출근하면 똥강아지들의 아침 산책으로 나의 하루가 시작되었다. 그 이후 청소를 하고 빨래를 하는 등의 집안일을 했다면, 이제는 책상 앞에 앉는다. 아니지. 정확하게는 남편이 일어나기 전부터 내 방에 들어와 책상 앞에 앉는다. 한 시간 새벽 쓰기를 하고 출근하는 남편을 배웅하고는 다시 방으로 들어오게 되는 거다. 우리 집 강아지들 루피와 보아는 아침잠이 많다는 것을 핑계 삼아 그렇게 앉아서 뭐라도 쓴다.

써지지 않아도 앉아 있다. 일단 앉아 있다 보면 뭐라도 쓸 수 있을까 싶어서다. 그러다 루피가 내 방을 쓱 보고 가면 '아, 산책해야지' 하고 일어나 조금 늦은 아침 산책을 나간다. 짧게는 삼십 분, 길게는 한 시간 정도의 산책을 하고 들어와 아침 겸 점심을 먹고 다시 책상 앞에 앉는다. 그러다 '아, 빨래해야지' 하고 일어나 세탁기를 돌리고 다시 책상 앞에 앉아 있다 보면 '어, 빨래가 다 됐네' 하고 일어나 세탁물을 정리한다. 그런 식으로 중간중간 글이라는 걸 쓰려 하고, 중간중간 집안일도 하려니 글쓰기에도 집안일에도 온전히 집중할 수가 없었고, 온전히 집중할 수가 없으니 스스로 만족스러운 결과물을 만들어내지 못하고 있(다고 생각했)다.

글을 쓰는 사람들은 내가 이거보다는 잘 쓰겠다는 문인상경文人相輕의 마음이 없지 않다지. 그런데 난 글이라는 걸 쓰면서, 특히 책을 위한 글이라는 걸 쓰면서는 문인상경의 마음보다는 다른 사람들의 잘 쓴 글을 보면 그저 부럽기만 했다. '이 사람은 어쩜 이렇게 글을 잘 쓰지. 심지어 본인이 잘 쓰는 것도 모르네. 내가 하고 싶은 얘기가 딱 이거였는데. 나라면 이렇게 쓸 수 있었을까. 아 부러워.' 뭐 이런 식의 끝도 없는 수렁에 빠져 결국은 내 글 구려 병에 걸리고 마는 거다.

나의 이러한 마음이 곧 낮은 책임감과 낮은 유능감, 그리고 낮은 자기 수용으로 나타난 건 아니었을까.

남편은 늘 내게 말한다.

"집 깨끗해(8인용 식탁이 꽉 찼는데?). 청소하지 않아도 괜찮아(그럼 누가 해?). 설거지는 내가 해도 돼(그럼 지금 해줄래?). 밥은 아무거나 먹어도 돼(내가 아무거나 안 먹고 싶어). 밥하기 싫으면 안 해도 괜찮아(그럼 누가 해줘?). 누구도 뭐라고 하지 않아(그 누가 바로 나야). 누가 보면 내가 널 몰아붙이는 줄 알겠어(…음, 그건 아니지)."

그래. 그는 내게 무엇도 강요하지 않는다. 피곤하다고 하면 좀 더 쉬기를 바라고, 오늘 밥하기 싫다고 하면 나가서 먹자고 말을 한다. 반찬이 없어서 걱정을 하면 우린 이미 너무 잘 먹어서 탈이니 김만 있어도 된다고 말하는 사람이다.

내 글을 본 이들이 내게 말한다. "너의 글은 따뜻해. 난 너의 글이 좋아. 당신의 글만으로 채워진 책이 나오기를 기다려요. 잘 읽혀요"라고(와, 그런 말을 들을 때도 그랬지만 이렇게 쓰면서도 얼굴이 화끈거리고 손가락까지 두근거리는 거 실화니). 그래, 그렇다면 나 스스로도 내가 쓰는 글에 확신을 가져도 좋을 텐데, 나는 왜 그렇게 늘 나 자신이 미덥지 않은 걸까. 나부터가 만족하지 못하는 글을 다른 사람에게 읽어달라고 할 수나 있겠냐 말이다. 생각이 여기에까지 이르게 되니, 맙소사 더 두려워졌다. 안 돼.

이 지점에서 나의 '완벽주의'와 '기질적인 불안'이 나타나게 되는 거겠지. 이 기질적인 불안은 또 다른 과정을 통해 깨달

게 되었는데 그건 또 긴 이야기가 될 수 있으니 기약 없는 다음으로 미뤄야겠다.

어느 유명 작가는 출간된 지 10년이 넘은 책을 아직도 수정하고 있다고 하지 않던가. 아마 눈 감는 순간에 '아 그때 거기 조사를 이렇게 바꿨어야 했는데…' 할지도 모를 일이다. 결국, 완벽한 글은 없다. 적당한 순간에 마침표를 찍는 수밖에. 집안일 역시 마찬가지다. 아니, 집안일 뿐 아니라 정확하게 수치화할 수 있는 일이 아닌 이상에야 다 그렇겠지. 적당한 타협을 해야만 한다. 타협이 안 된다면 내 정신건강을 위해 어디다 갖다 팔아버려도 좋겠다. 그렇게 타협이 잘 끝나고(혹은 잘 버리고) 얼마간의 시간이 지난 후 다시 TCI 검사를 받아보고 싶다. 그때는 책임감과 유능감이 지금보다는 조금이라도 높아져 결국엔 나 자신을 손톱만큼이라도 더 만족스럽게 여길 수 있기를 바란다.

마음의 근육을 키우기에 딱 좋은 시간

심리 독서 모임에 참여하고 있다. 지금껏 상담이라는 걸 받아 본 적이 없었고, 그렇다고 심리와 관련된 책을 접했던 경험도 많지 않다. 단순하게 '독서 모임'에 흥미를 갖고 있던 차에 상담사인 친구가 심리 독서 모임을 하니 함께 해보지 않겠냐 권했다. 그동안 나를 조금 더 잘 알고 싶은 마음, 그리고 나와 보다 더 가까워지고 싶다는 생각은 했으면서도 정작 나를 돌아보는 일에는 소홀했던 것 같다. 소홀한 정도가 아니라 아예 그런 생각 자체를 하지 못했다는 게 더 맞을지도. 그런데 심리 책이라면 단순하게 책만 읽는 것에 그치지 않고 어쩌면 '나를 들여다보는 기회가 될 수도 있지 않을까' 하는 약간의 기대를 갖게 되었다. 아니어도 어쩔 수 없다는 생각은 당연히 기본값으로 두고서.

막상 참여를 해보니 독서 모임이지만 '독서'보다는 '치유'가

주된 모임이었다. 전문 상담심리사가 주축이 되어 함께 책을 읽으며 정해진 분량 안에서 나만의 문장을 꼽고 그 문장을 꼽게 된 이유를 이야기한다. 그리고 그날의 질문을 한두 개씩 받게 되는데, 답을 찾아가는 시간이 생각보다 가볍지가 않다. 답을 하려다 보면 자꾸만 지난 시간을 끄집어내야 하고, 그러다 보니 기억하지 못하고 있던 순간들이 떠오르기도 했다. 다시 만난 그 시간들은 애틋한 그리움을 가져다주기도 했지만 반대로 넘쳐버린 감정을 쉽게 주워 담기 힘들 정도로 몹시 아프기도 했다.

어느 날은 이런 질문이 있었다.

지금까지 상처로 남아있는 말이 있나요? 그 말은 무엇인가요? 상처 입었던 그때의 당신을 다독여 볼게요. 가장 먼저 떠오른 것을 생각해 주시면 됩니다. 힘들지도 모를 질문이지만, 조금 들어가서 탐색을 시도해 보면 좋을 것 같아요. 어린 시절 들었던 이야기도 괜찮고, 최근 들었던 이야기도 괜찮아요. 상처받았지만 내가 위로해 줄 수 있고, 이야기를 써나가다 보면 위로가 되기도 하니까요.

한 달간 출혈이 계속되긴 했지만 그게 유산으로까지 이어질 거란 생각은 미처 하지 못했다. 하지만 왜 몰랐겠나. 그런 수순으로 끝내 아픔을 겪은 사람들을 보았다. 때문에 임신 후 출혈이 위험하다는 것은 이미 알고 있었고 불안한 마음도 물론 있었지만 불안함의 끝은 '그럼에도 불구하고' 안전한 출산이었다. 마찬가지로 그런 힘든 시간을 겪은 후 출산까지 이뤄낸 사람들 역시 보았기 때문이다. 그러니 끝내 이겨낸 그 사람이 내가 될 수 있을 거라는 희망을 품게 되는 거다. 희망은 그런 거다. 아무리 힘든 순간에 주저앉고 싶다가도 희미한 빛이라도 보일라치면 버티는 힘이 되어주는 거. 어느 순간엔 그 희미한 빛이 반드시 선명한 내 것이 될 거라는 생각이 당연해지는 거. 그러다 결국 눈앞에서 사라져 버렸을 때는 절망이라는 그림자가 나를 밟고 눌러 한없이 깊고 어두운 곳으로 내동댕이쳐지게 만든다는 것도 모른 채 몸집을 키우게 되는 거.

애써 붙잡고 있던 희망의 끈이 싹둑 끊어져 버렸다. 그렇게 내 계획에는 없던, 유산을 하게 된 거였다.

품고 있던 쌍둥이를 차례로 낳아서 보내고 이제 막 출산한 산모들이 가득한 병실에 누워 있을 때, 시부모님이 오셨었다.

한참을 아무 말씀 못 하시다가 시어머니가 꺼내신 말씀은 "다 뜻이 있으셔서 그런 걸 거야"였다. 순간 내 귀를 의심했다. '내가 무슨 말을 들은 거지?' 모태신앙이자 교회 권사님이신 시어머니께서는 아마 그 말씀이 당신이 하실 수 있는 가장 큰 위로의 말씀이었을 거라는 걸 지금은 안다. 위로가 필요한 상황일 때 '네 잘못이 아니다' 혹은 '걱정하지 마라'라는 의미로 사용하는 대표적인 기독교식 표현이기도 하다지만, 아침에 품고 있던 아이 둘을 차례로 낳아서 보내고 누워 있는 그때의 나에게 그런 위로가 귀에 들어올 리가 없었다. 아니, 솔직히 위로로 들리지도 않았다. 다 뜻이 있어서 그런 거라니, 도대체 그 뜻이 뭔지 난 모르겠고 오히려 신이란 정말 잔인하다는 생각만 들 뿐이었다. 이렇게 빼앗아 갈 거라면 애초에 주지나 말지. 그럼 이런 고통을 겪지 않았을 거 아니냐며 울고불고 악다구니를 쓰고 싶었지만 그저 눈만 질끈 감고 고개를 돌릴 뿐이었다.

그리고 이후로 한동안 젖몸살을 앓았다. 주 수로는 17주를 앞두고 있었지만, 아무래도 쌍둥이다 보니 몸의 반응은 일반적인 임산부보다 빨랐던 탓이겠지. 젖은 돌지만 젖을 물릴 아이들이 없었다. 젖을 말리기 위해 엿기름을 가득 넣은 식혜를 먹기도 하고, 약을 바르고 또 먹기도 했다. 하루는 친하게 지내던 언니에게 "나 자꾸만 젖이 나와"라고 말을 했더니 다짜고

짜 "넌 나중에라도 젖 안 나올 걱정은 안 해도 되겠다"라고 말을 하는 게 아닌가. 이건 뭐지. 말 같지도 않은 말을 하는 거 보니 말이 아니라 방귀인가. 그 말투와 목소리가 아직도 생생하다. 이후로는 단 한 번도 나의 그런 마음이나 상황을 그 언니에게 공유하지 않았다.

유산이 반복되는 나를 보며 엄마는 임신을 했다고 하면 "세상에 너무 잘 됐다. 너 애 없는 게 내 숙제였는데 이제 됐다"라고 하셨고, 유산을 했다고 하면 "그래, 애는 무슨. 요즘엔 무자식이 상팔자야. 근데 참 이상하다. 딸은 엄마를 닮는다는데 넌 왜 그럴까. 난 (아이가) 너무 생겨서 탈이었는데"라는 말씀을 하신 적이 있다. 지켜보기 안쓰럽고 답답해서 하신 말씀이겠지만, 그래도 엄마. 그 말은 좀 아니지 않수?

그날, 모임에서 함께 질문을 받은 다른 사람들은 어린 시절, 학창 시절, 혹은 결혼 후 또는 직장생활을 하면서 등 다양한 시기에 들었던 이야기를 했다. 반면 내 경우엔 줄줄이 떠오른 말들은 이렇게 모두 다 비슷한 시기에 있었다. 아무래도 삶을 포기하고 싶을 만큼 힘들었던 때에 연약해진 나의 지반에 꽂힌 말들이라 더 깊게 박혔을지도 모를 일이다.

지금은 둘이 살면서 둘이라서 좋은 시간을 경험할 때마다 "그때 어머니가 말씀하신 그 '뜻'이라는 게 이런 건가 봐" 하고 웃으며 농담처럼 꺼낼 수 있을 정도로 괜찮아졌다고 생각해 왔다. 그런데 막상 질문을 듣고 떠오른 대답이 바로 그 말이었다는 사실에 몹시 놀랐다.

그동안 아주 단단히 착각하고 살았던 건지 막상 질문에 답을 하려다 보니 말라버린 줄 알았던 눈물이 왈칵 쏟아져 버렸다. 한번 터져버린 눈물은 쉽게 멈추지 않아 연신 눈과 코를 닦아내야만 했다. 지금도 이렇게 글로 옮겨적다 보니 다시 또 마음속에서 찬 바람이 불어오지만, 그래도 다행인 건 오래전 그 시절처럼 울음이 길지는 않다는 거다. 그리고 그 언니는 혹시 MBTI가 T였나? 라는 생각이 드는 걸 보면 그 순간으로부터도 많이 멀어진 것 같기도 하고….

과거의 나는 상대의 마음을 받아들이지 못하는 나를 탓했다. 내가 예민한 건가. 난 왜 이렇게 마음이 좁을까. 왜 좋은 마음을 좋게 받아들이지 못할까. 난 왜 이렇게 밴댕이 소갈딱지 같을까. 그렇게 모든 화살을 나에게 돌려 내가 감당하고 극복해야 하는 거라고만 생각했다. 하지만 모든 선의가 다 선의로가 닿을 수는 없다는 것을 이제는 안다. 내가 받아들이지 못하는 선의마저 내가 감내해야 할 필요는 없다는 것을.

모임을 통해 함께 읽은 책에서 말하길, 울고 있는 사람에게 화장지를 건네주는 일조차 그 사람의 아픔과 고통이 터져 나오는 중요한 순간을 방해하는 것이 될 수 있다고 했다. 그러니 그냥 함께 있어 주는 일, 그 사람에게 고통이 있음을 알아주는 일만으로도 충분하다고 말이다.

섣부른 위로는 오히려 상처가 될 수 있고 때로는 침묵이 가장 큰 위로가 될 수 있다는 것을 알면서도 우리는 매번 까맣게 잊고 만다. 위로가 필요한 순간에 정말 필요했던 건 어떤 말이나 행동이 아니었다. 그저 곁에 있어 주는 것. 손을 뻗었을 때 닿을 수 있는 거리에 있어 주는 것이었다. 그건 물리적인 거리를 말하는 것이 아니다.

사실 이렇게 질문을 받고 눈물 콧물 쏟으며 답을 찾아가면서 굳이 왜 지난 아픈 기억을 끄집어내야 하는지를 몰랐다. 어차피 지난 일이고 시간이라는 좋은 약을 이미 덧발라 놓았는데 괜히 상처를 헤집어 놓는 것은 아닌가 걱정되는 마음도 없지 않았다. 그러나 벌써 10년 가까이 된 그 기억을 떠올리자마자 눈물이 왈칵 나왔다는 건, 앞으로 10년이 더 지난 후에도 지금과 별반 다르지 않을 수 있다는 게 아닐까. 무엇보다 상처로 남아있는 말이 있느냐는 질문에 바로 그 기억이 튀어나왔다는 자체가…. 내 마음에 아직 상처인 채로 머물러 있다는 것, 그리고 그건 시간으로 덮어두었을 뿐 낫지는 못했다는 얘기이기도 하겠고.

이런 경험을 통해 상처받은 그 시간의 나를 돌아보게 되었다. 그 자리에 상처가 남아있다는 것을 알아차린 것부터가 그곳에서 울고 있는 나를 발견하고 위로해 주는 느낌이다. 몸에 난 상처에도 약을 발라주듯, 마음의 상처에도 약이 필요했던 게 아니었을까. 몸의 근육 못지않게 감정에도, 마음에도 근육이 필요하다. 물론 의식적으로 입꼬리를 한번 올리고 자세를 바로 하는 것만으로도 감정을 일으켜 세울 수야 있겠지만, 그건 일시적인 효과를 보려는 것일 뿐 그것만으로 마음의 근육이 붙는 건 아니다. 반대로 내 마음에 긍정의 기운이 채워지면 표정부터 달라지기도 한다. 몸과 마음. 어느 쪽이 먼저인지는 알 수 없다. 분명한 건 그 둘은 연결되어 있다는 거다. 둘의 밸런스를 맞추는 것이 지금 내게 가장 필요한 것이 아닐는지. 그러니 지금이라도 이렇게 나를 돌아보고 '아팠구나' 알아주고, '힘들었겠다' 위로해 주는 시간이 내 지난 상처를 돌봐주고 마음의 근육을 키우는 데 좋은 약이 될 거라고 믿는다.

모든 것에는 타이밍이라는 게 있다지. 지난 시간을 돌아보며 이렇게 글로 옮기고 있는 지금의 내가 심리 책을 함께 읽으며 마음을 돌보는 시간을 갖게 된 건 어쩌면 정말 기가 막히게 끝내주는 타이밍이 아닐까. 이런 시간이 앞으로 나를 어떻게 변화시켜 줄까.

하루에 오 분씩만 쌓아볼게요

뉴스였는지, 유튜브였는지, 아니면 책이었는지 정확하게 기억나지는 않지만, 하루에 한 가지라도 감사한 일을 찾고 되새기다 보면 삶을 바라보는 마음이 달라질 거라는 얘기를 보았다. 그러니까 감사 일기를 써보라고. 이미 그 전부터 감사 일기에 대해서는 많이 들어 알고 있었다. 특히 오프라 윈프리가 감사 일기를 극찬했다는 얘기는 꽤 유명했다. 오프라 윈프리가 너무 올드한 느낌이 있다면, 한참 나이를 낮춰서 김우빈 배우도 있다. 오프라 윈프리보다는 젊기도 하고 아무래도 같은 언어를 사용하는 김우빈 배우가 조금 더 가깝게 느껴진다. 물론, 그게 중요한 건 아니고.

삶을 기가 막히고 코가 막힐 정도로 다르게 보고 싶어서가 아니라, 뭐랄까. 수행의 방법 중 하나였다고 해야 할까. 왜, 마음이 힘들 때 종교가 있다면 도움이 된다고 하지 않나. 그렇다

301

고 감사 일기가 종교는 아니지만, 그런 역할 같았다고 볼 수도 있겠다. 이것 또한 이제 와 돌이켜 보니 그랬던 것 같다는 얘기다. 그때는 그저 '의식의 흐름대로' 시작했을 뿐이니까. 그래, 의식의 흐름. 마음이 가는 대로. 정말 딱 그랬다.

처음에는 하루에 한 가지 감사한 일을 찾기도 힘이 들었다. '내 마음이 지옥인데 어떻게 감사한 일을 찾을 수 있지. 하루에 쌀알만큼이라도 감사한 일이 있기는 한 걸까. 난 또 괜한 짓을 하는 건가' 하는 마음이 짙게 깔려 있었다. 반신반의. 반쯤은 믿고 반쯤은 의심한다는 말이기는 하지만 사실 내 믿음은 반을 다 채우지 못한 채로 시작되었다. 아우, 반씩이나 된다면 감사하게(여기서도 감사를 찾는 나 자신 칭찬해!). 반이 아니라 그저 10퍼센트, 아니 1퍼센트였다고 하더라도, 그 지푸라기 같은 1퍼센트를 잡고 싶은 마음이었다.

감사 일기라는 이름으로 매일을 기록하지만 솔직히 쥐어 짜내는 마음이 없지 않았다. 그러면서도 한편으로는 한번 해보자는 오기인 듯 아닌 듯한 마음도 있었다. 매일매일을 핸드폰 메모장에 기록하고, 한 주에 한 번씩 블로그에 기록을 남겼다. 어쩐지 그래야만 지속할 수 있을 것 같았다. 나만 보는 핸드폰에 기록하는 것과 누구라도 볼 수 있는 블로그에 기록하는 것은 굉장히 큰 차이가 있다. 내 감사 일기를 굳이 남들에게 보일 필요는 없지만 그건 나와의 약속을 지키기 위한 하나의 수단 같은 거였다. 그저 나만의 기록을 위한 아카이브용으로 매주 블로그에 기록을 하겠다는 나와의 약속을 지키기 위해서라도 어떡해서든 감사한 일을 찾고 기록하게 될 테니.

그렇게 적었던 가장 첫 번째 감사 일기의 내용은 이렇다.

저녁 먹고 치운 지 얼마 되지 않았는데 느닷없이 치킨이 먹고 싶으니 배달시켜 먹자는 남편. 그래, 주말이니 그러자, 하고 주문을 했으나 정작 얼마 안 먹고 손을 놓는 그. 왜 주문했냐 타박하는 말에 "어제 집에 올 때 치킨 사다 달라 그랬는데 너무 늦어 그냥 왔잖아. 그냥. 생각나서"란다. 술 약속이 있다는 사람에게 괜한 심술을 부린 것인데 기억하고 있었음에 감사하다.

'감사하다'라니. 이건 '옜다, 감사'와 뭐가 다르지. 지금 다시 봐도 감사를 쥐어짜고 있다는 게 느껴진다. 하지만, 마지막 한 방울까지 쥐어짜야만 하더라도 필요했다. 하루하루 그렇게 전완근에 힘을 바짝 주고 한약 짜듯 쥐어짜다 보니 조금씩 힘이 빠지는 게 느껴졌고, 어느샌가 굳이 힘들여 쥐어짤 필요 없이 가볍게 순간을 건져 올릴 수 있게 되었다.

그동안 행복이란 강도가 아닌 빈도이며 백화점 상품권보다는 동네 마트의 주말 행사 전단지에 붙어있는 쿠폰이라고 생각해 왔었다(아니, 그렇다고 백화점 상품권보다 마트 쿠폰이 더 좋다는 말이 아니라는 건 굳이 설명하지 않아도 되겠지). 그만큼 일상의 소소한 행복을 놓치지 않는 게 중요하다고 여겨왔는데, 어느 순간 이 감사라는 것도 다르지 않다는 걸 어렴풋이 알게 되었다. 평범한 하루를 보낼 수 있다는 것이 얼마나 감사한 일인지, 계절의 변화를 몸으로 체감할 수 있다는 것이, 따뜻한 밥을 먹을 수 있다는 것이, 비를 피할 수 있는 집이 있다는 것이 얼마나 감사한 일인지를 말이다.

드라마 〈나의 해방일지〉를 보면, 염미정(김지원 배우)이 하루도 온전히 좋은 적이 없다는 구씨(손석구 배우)에게 하루에 오 분, 딱 오 분만 숨통이 트여도 살만하다고 말한다. 칠 초, 십 초씩 야금야금 오 분을 채우는 게 자신이 죽지 않고 사는 법이라고.

오프라 윈프리건 김우빈이건…. 삶을 바라보는 마음이 달라지거나 말거나, 그럴듯한 무언가가 아니어도 좋다. 적어도 지금 내 마음은 지옥이 아니고 내가 앉아 있는 방 안으로 살랑이는 바람과 따뜻한 햇살이 들어온다는 것만으로도 씽긋 웃게 되었으니, 시작은 비록 어설펐을지 몰라도 수행의 결과는 분명 있는 거겠지.

언젠가 블로그에 써놓은 혼잣말(어쩌면 기도문) 같은 나의 감사 일기를 보고는 한 분이 댓글을 남겨주셨다. 병을 얻고 본인 스스로 감정 컨트롤이 힘들었던 시기에 내가 적어놓은 감사 일기를 보게 되었고, 망설이다 본인도 감사 일기를 쓰기 시작했다고. 의무적으로라도 기록하게 되니 어떻게든 감사한 일을 찾게 되더라며 고맙다는 말씀이었다. 아침 산책길에 나섰다가 핸드폰 알람을 통해 댓글을 읽고는 그만 순간 감정이 차올랐다. 흔한 말로 코끝이 찡해지기도 했다. 의도하지는 않았지만 내 작은 다짐과 어설펐던 수행이 누군가에게 조금이나마 긍정적인 날갯짓을 보냈다는 것에 대한 감사가 파도처럼 밀려왔다. 더불어 그런 마음을 혼자만 간직하고 있는 게 아니라 내게 전달해 주신 덕에, 오히려 내가 돈으로는 절대 살 수 없는 선물을 받은 것만 같았다.

오늘 아침 지난 한 주간의 순간을 담은 298번째의 감사 일기를 기록했다. 작심삼일이 무언지를 몸으로 보여주는 생활을 밥 먹듯이 하고는 있지만 나는 분명 꾸준함의 힘을 믿는다. 3일마다 새로운 마음으로, 그렇게 나흘 전의 다짐과 같이 새로운 마음으로 초심을 잃지 않는다는 장점이 있겠지… 라고 한다면 조금 억지인가. 억지라면 또 어때. 그렇게 작심삼일을 이어 붙여 5년이 넘는 시간 동안 298번째의 감사 일기를 써 왔으니 이 정도 억지라면 좀 부려봐도 괜찮지 않을까.

한 심리학 교수님의 강의를 보니 감사한 걸 적는 것이 삶의 만족도를 높게 해주며 행복감을 높여준다고 한다. 그렇다면 지난 5년 동안 나는 티 나지 않게, 조금씩, 차곡차곡 행복을 빌드업하고 있었다고 봐도 되겠지. 이 글이 책이 되어 나오게 될 때쯤이면 난 몇 번째의 감사 일기를 쓰고 있을까.

걱정은 가불할 필요가 없지

지금 사는 곳으로 이사 온 지도 벌써 꽉 채운 7년이 다 되어 간다. 여긴 나도 남편도 연고가 전혀 없는 곳이다. 그런데도 굳이 이곳으로 이사 오게 된 이유를 찾자면, 집값이 가파르게 오르고 있었지만 내가 살던 아파트는 한 동짜리의 정서향으로 동네 집값 상승세에 맞춰 올라갈 거리가 전혀 없었다는 거다. 자녀의 학군을 걱정해 굳이 서울을 붙잡고 있을 이유도 없었고, 남편의 직장이나 업무차 오가는 곳들이 살던 곳보다는 이쪽이 비교적 가깝기 때문이었다.

조금 더 솔직해져 볼까. 그때 나는 그냥 '이사'가 하고 싶었다. 시부모님이 동네에 정착한 지 40년이 넘어 그런지 나는 모르지만 나를 아는 분들이 있다는 사실이 불편했다. 한번은 아파트 시세가 궁금해 부동에 전화를 걸었을 때였다. 한 동짜리 아파트라 그런지 거래가 통 없어 온라인으로는 집 시세를 알 수 없었다. 혹시 부동산이면 알 수 있지 않을까 싶어 아파트 바로 옆 부동산에 전화를 걸었다. 몇 호인지를 들은 부동산 사장님이 바로 '윤 권사님 며느님' 아니냐며 인사를 하셔서 어찌나 놀랐던지. 동네 식당에 가서도 남편을 알아보고 인사를 해오시는 분들도 계셨다. 그러다 보니 동네 곳곳에 보이지 않는 CCTV가 있는 듯한 느낌적인 느낌까지 들었달까. 그 느낌은 결코 유쾌하지 않았다. 게다가 그 집에서 살면서 힘들었던 기억밖에는 없었다. 엄마가 되고 싶어 병원에 다니는 동안 거의 매해 유산을 했고 그 과정은 나의 정신을 갈기갈기 찢어 너덜너덜하게 만들었다. 괜스레 아무런 잘못도 없는 집이 싫어졌다. 물론 그 집에서 좋은 일도 분명 있었을 테지만, 부정적인 기억 하나는 좋은 기억 열 개를 덮을 정도로 힘이 센 법이니까. 환경을 바꾸고 싶었던 이유가 가장 컸지만 맨 뒤로 숨겨놓고 앞서 열거한 이유들을 전면에 내세웠다.

도망치듯 이사 온 이곳에서 난 이방인이었다. 아무래도 이 나이대 여자들의 최대 교집합인 아이가 없기 때문이겠지. 새로운 사람을 만나야 한다는 필요성을 느끼지 못했다. 새로운 사람들에게는 나를 설명해야 하지만 굳이 그러고 싶진 않았다. 이렇게 조금은 외로운 듯 지내는 것에 불편함은 없었다.

그런 이유로 처음 한두 해는 엘리베이터에서 만나는 동네 꼬마들이 말동무의 전부였다. 아이들은 눈에 보이는 것만 궁금해하니까. 지금이야 가벼운 안부를 묻는 어른인 이웃들이 있지만 그렇게 자발적 고립의 상태로 지낸 시간이 제법 길었다.

2년 전 겨울이 막 시작될 무렵 G는 우리 동네에 집을 보러 온다고 했다. 가끔 시간이 날 때 나들이처럼 집을 보러 다니는 걸 들어서 알고 있었기에 대수롭지 않게 여기고 동네에 왔으니 커피나 한잔 마시자고 했다. 서너 군데 집을 보고 온 G는 동네를 맘에 들어 했고, 그저 단순한 나들이가 아니었던 건지 특히 내가 살고 있는 아파트에 큰 관심을 보였다. 아파트 얘기부터 시시콜콜한 얘기까지 한참 수다를 떨고 헤어졌는데 한두 시간이 지나기도 전 G에게서 온 연락. '계약금을 넣기로 했어요.' 와우…!

G는 나의 지독했던 난임전의 전우다. 시술 정보를 공유하던 네이버 카페 '불다방'에서 알게 되어 지금까지 인연을 이어오고 있다. 우연한 기회에 번개처럼 약속이 잡히고 그날 만났던 여섯 명의 단톡방이 만들어졌다. 친구들과는 차마 나눌 수 없었던 병원 이야기, 그날의 컨디션, 일상의 소소한 이야기가

매일매일 이어졌다. G는 단톡방의 존재가 주는 부담감으로 이미 조용히 그 방을 나간 상태였다. 하나둘 엄마가 되어 난임 전이 아닌 육아전으로 리그를 옮겨갔다. 한 대화방에 있어도 어쩐지 그 안에서의 내 존재가 동떨어진 하나의 섬같이 느껴졌다. 괜한 자격지심 혹은 열등감이었을지도 모르겠지만 공통의 주제가 사라져 조용한 단톡방을 붙잡고 있는 게 무의미하다 느껴졌고 결국 나도 그 방을 나오게 되었다.

단톡방을 나간 G는 나에게 따로 연락을 해왔다. 그렇게 그 시절 난임의 길을 함께 걷다 이제는 무자녀 부부의 길도 함께 걷고 있는 동지가 되었다. 그전부터 옆집 살고 싶다는 말을 농담처럼 하기는 했다. 왜 그런 거 있잖나. 청소를 취미처럼 한다는 말에 '그렇다면 우리 집에 와서 청소 좀 해주실래요?'라든가, 오늘 저녁 반찬은 오징어볶음이라는 말을 듣고 '그 반찬 저도 좀 주세요'에 이어서 나오는 '옆집 살고 싶어요'의 현실성 제로에 가까운 농담 같은 얘기들 말이다.

그 방을 통해 처음 만나기 시작해 알고 지낸 지 대략 7년 차지만 분기별로 한두 번 보거나 그렇지 못할 때도 많아 아직까지 서로 존대하는 사이인데…. 이제는 동네 주민이 된다니. 농담이 현실이 된다니. 심지어 같은 아파트 주민이라니! 조금 미안하지만 계약금을 넣었다는 얘기에 좋은데 불편하고, 불편한데 좋은 그런 마음이 들었던 것 같다. 떡진 머리에 무릎 나온 추리닝을 입고 슬리퍼 신고 나가 만날 수 있는 동네 친구가 있었으면 좋겠다는 얘기를 해왔다. 그러면서도 정작 조금은 외롭지만 그보다는 고요하고 안정적이었던 생활이 흐트러질까 두려운 마음이 컸다. 이런 내 마음을 남편에게 털어놨을 때 그는 가만히 듣다가 이런 말을 했다. 어떤 마음인지는 알지만, 그래도 걱정은 뒤로 좀 미뤄두는 게 어떻겠냐고.

그의 말을 듣고는 답답했던 내 마음이 한순간에 환기되었다. 나는 간과하고 있었다. 그녀 역시 그런 마음이 없지 않을 거라는 걸. 어쩌면 나보다 더할 수도 있을 거라는 걸.

살던 집을 팔기도 전에 이사 올 집 계약부터 한 터라 이사하기까지 많은 우여곡절을 겪으며 겨울을 보내고 봄과 함께 G가 왔다. 내가 처음 이 동네에 왔을 때 그랬듯, 마찬가지로 아무런 연고가 없는 이곳으로. 환영의 마음을 담아 이사한 날 저녁을 부부가 만나 함께 먹었다.

그렇게 이웃이 된 지 어느덧 2년이 되어간다. 우리는 이제야 비로소 서로를 알아가고 있다. 동네 뒷산을 함께 산책하기도 하고, 김치나 과일을 나누기도, 받기도 해왔다. 남편은 멀리 출장을 가서 그 지역 먹거리를 챙기면서도 G 부부의 몫도 함께 챙긴다. 그들 역시 여행을 가서는 나와 남편 성향을 고려해 작은 선물을 챙겨 오기도 한다. 주말이면 가끔 두 부부가 서로의 집이나 밖에서 만나 한 끼 정도 식사 또는 가벼운 술자리를 하고 있다. 당장 지난 주말에도 그들은 치킨을 사 오고, 나는 골뱅이를 가득 넣은 쫄면과 따뜻한 어묵탕을 준비해 우리 집에서 먹고 웃고 떠드는 시간을 보냈다. 언제나 둘 뿐이었던 넓은 식탁에 그저 두 사람만 늘었을 뿐인데도 꽉 찬 기분이 든다. 서로의 앞접시를 채우며 문득 감사하다는 생각을 했다. 다시는 돌아보고 싶지 않았던 전쟁 같은 시절이 남겨준 선물 같은 인연. 가까이 지내지만 서로의 바운더리는 결코 침범하지 않는 참 좋은 이웃. 그리고 이제 와 알게 된 사실은 그 경계가 허물어지는 것을 두려워했던 마음이 컸던 쪽은 내가 아닌 G였다.

남편이 옳았다. 앞으로 다가올 일을 미리 준비하는 마음은 좋지만, 걱정을 가불하듯 당겨서 할 필요는 전혀 없었다. G는 어제 잠깐 짬을 내 커피를 마시며 아무런 연고도 없는 동네로 이사 와 어렵지 않게 적응했던 건 내 덕이라며 고맙다고 했다. 그런데 고마운 마음은 나도 마찬가지다. 덕분에 이곳에서의 난 더 이상 이방인이 아니다. 농담처럼 말하던 떡진 머리에 무릎 나온 추리닝을 입고 슬리퍼 신고 나가 만날 수 있는 동네 친구가 생겼으니까.

새로운 꽃말이 생기는 마법

시이모님과 만나기로 약속을 잡은 후부터 순간순간 명치 끝이 불편해지곤 했다. 제법 오래전이긴 하지만 첫 만남의 기억이 나쁘지 않았으면서도…. 아니지, 사실은 꽤 좋았던 기억이 있었는데도 아무래도 말 많은 '시'이모님들 중 한 분이기 때문일 거고, 며느리로서 지금 내 포지션이 대한민국의 일반적인 상황에서라면 말 보태기 좋은 상황이기도 해서였으리라.

사실 시어머니나 시누이는 사람들이 흔히 말하는 '시금치도 먹기 싫게 만드는 시월드'는 아니다. 아이에 대한 압박을 주는 것도 아니고 사소한 간섭을 하지도 않으니. 사실 우리는 가족이지만 각자가 독립된 한 가정을 이루고 있기에 그게 당연한 건데도 당연한 게 당연한 게 아닌 사회에 살고 있다 보니 그 당연한 게 참 감사하다.

나의 시어머니는 일곱 자매의 넷째. 우리끼리 부르는 호칭으로는 4호다. 1호와 3호는 오래전 미국으로 이민을 가셨고 그중 1호는 몇 해 전 명절을 하루 앞두고 돌아가셨다. 그날 명절 음식을 하다 전화를 받으신 시어머니가 전화를 끊고 그대로 누워 "언니…. 아이고, 언니…" 하시며 눈물을 흘리시던 모습은 지금 떠올려도 너무나 가슴 아프다. 이제는 홀로 미국에 머물고 계시는 3호 이모님이 10여 년 만에 한 달 일정으로 이모부님과 함께 한국에 나오셨다.

처음 보름간은 혼자 지내시는 김포의 2호 이모님 댁에 머무르시다 나머지 보름은 내 시어머니인 4호와 함께 지내시는 일정. 거처가 어디든, 미국이든 한국이든, 시차와 상관없이 자매들이 모인 단톡방은 시시콜콜한 이야기들로 쉼 없이 울려대는 걸 알고 있다. 수많은 이야기 속에는 자식들은 물론 며느리나 사위들에 대한 얘기도 포함이라는 것도. 물론 4호인 내 시어머니는 주로 청자에 가까운 분이라는 걸 알지만, 그러거나 말거나 워낙 말하기 좋아하는 분들이니 종일 바쁜 그 단톡방에서 대체 어떤 얘기들이 오가는지 궁금하면서도 아예 모르고 싶은 마음이 들기도 한다. 아니다. 궁금하기는 무슨. 아예 아무것도 모르는 게 나을지도 모르겠다. 그래. 그렇겠다. 알아서 뭐 한담.

결혼 초 시가 쪽 사람들이라면 꼬맹이도 불편했던 시절이 있었다. 안 그래도 말 많은 이모님들 중 필터링이 없기로 정평이 나 있는 6호 이모님의 예상치 못했던 한마디에 상처받았고, 그때를 생각하면 지금까지도 불쾌하다. 그리고 그 불쾌함 뒤로는 너무나 당황한 나머지 아무런 대응도 하지 못한 채 동공만 흔들리고 있던 내가 꼬리표처럼 따라붙고 만다. 그분은 아마도 악의가 없으셨을 거고 지금은(아마 당시에도) 전혀 기억도 못 하실 테지만…. 어쩌면 그래서 그 순간을 떠올릴 때 미간부터 찌푸려진다는 사실이 또 싫어진다. 불쾌한 감정의 악순환.

그런 이유로 이번 3호 이모님과의 약속을 잡고도 마치 마인드 컨트롤을 하듯 내가 상상할 수 있는 최악의 시나리오를 쓰고 또 썼다. 비록 오래전에 우리가 만났을 땐 기분 좋게 꽃구경도 하고 사진도 찍고 웃으며 헤어졌더라도, 만에 하나 당황해서 우물쭈물하는 참사는 막기 위해서. 나를 지키는 방법이라면 차라리 얼마든지 못되고 되바라진 조카며느리가 되겠다고. 할 말을 꼭 하고야 말겠다는 심산으로. 산책을 하면서도 설거지를 하면서도 그저 멍하니 앉아만 있다가도 여러 가지 버전으로 작성한 시나리오를 수없이 복기했다. 머릿속으로 그리고 입 밖으로 뱉어가면서 툭 치면 툭 하고 나올 정도로 연습하고 또 연습했다.

그리고 드디어 약속한 날이 되었다.

번거로운데 만나러 와줘서 고맙다는 말씀으로 시작된 만남은 얼굴을 마주하기 직전까지 머릿속에 펼쳐두었던 드라마가 아니었다. 정말 여러 가지 시나리오가 있었지만 어디에도 이 버전은 없었다.

미국에서는 쉽게 찾을 수 없었다는 메뉴로 식사를 했다. 10여 년 전 우리가 만났을 때의 기억이 너무 좋아 오래도록 떠올랐다는 말씀과 함께 그때 갔던 카페에 다시 가보고 싶다 하셔서 식사 후엔 한참을 달려 그곳엘 찾아갔다. 지난주까지 영업하던 곳이 오늘은 조용히 사라질 정도로 모든 게 빠르게 변화하는 요즘이지만, 오랜 시간 자리를 지켜주는 곳이 바로 그곳이라 얼마나 다행이던지. 비록 디테일의 변화는 있을지라도 한옥을 개조한 카페는 그때의 기억을 간직한 채 그대로 머물러 있었다. 역시 이곳은 변함없이 좋다며 좋은 곳에 데리고 와줘서 정말 고맙다는 이모님의 말씀에 부끄러웠고, 다 같이 사진 찍자고 내 옆에 서시며 정작 당신의 조카인 남편에게 핸드폰 카메라 앱을 열어 건네시는 이모부님의 모습에 그만 웃음이 나고 말았다. 꼭 한 번 휴가 내서 미국에 놀러 오라는, 그저 스치는 인사말일 뿐이라도 진심으로 감사했다. 아무래도 살아생전에 다시 한국에 나오기는 힘들 테니 우리 이렇게 마지막일지도 모르겠다는 말씀에는 그런 말씀 마시라고 했지만, 정말 그럴지도 모르겠다는 생각이 들어 그만 코끝이 시큰해지기도 했다.

상처받은 경험이 있으면 비슷한 상황에 놓이게 될 때 의식하지 않아도 움츠러들 수밖에 없다. 6호 이모님과 3호 이모님은 엄연히 다른 분인데 그저 '시이모님'이라는 하나의 세트로 묶어놓고 지레 움츠러들고 가시를 세웠다. 가시는 결국 내 마음을 찔렀고 내가 세운 가시에 찔린 내가 아팠다. 걱정은 가불할 필요가 없다고 백날 생각을 해도 결국 이렇게 또 미리 당겨서 머릿속으로 온갖 막장 드라마를 써 내려갔던 나는 이류도 아닌 후져빠진 삼류였다는 생각에 어디라도 숨고 싶어졌다.

다음 날 부모님 산소에 가실 예정이라 국화 화분을 사러 가신 화원에서 이모부님은 내게 같이 들어가자며 동행하기를 바라셨다. 너무나 행복한 하루를 만들어 준 조카며느리에게 이모부가 사주고 싶어서 그러니 사양하지 말고 뭐라도 골라 보라고 하셨다. 나는 화분에 핀 꽃보다는 화병에 담아 두는 걸 좋아한다. 그렇다고 화원 안쪽까지 들어가 꽃을 고를 수는 없어 바로 눈앞에 놓인 작은 화분을 집었다. 꽃은 앙증맞고 작아도 겹잎이라 무척이나 탐스러워 보이는 오렌지색 칼란디바.

설렘이라는 꽃말을 가진 칼란디바에 이제는 시이모와 시이모부라는 꽃말이 새롭게 붙었다.

길지 않은 하루의 일정이 피곤하셨는지 숙소인 시가에 도착하자마자 이모부님은 조용히 방으로 들어가 주무셨고 우리가 대문 밖을 나오기 전까지도 잠에 취해 일어나질 못하셨다. 헤어질 때 건강하라며 꼭 안아주신 이모님, 자느라 가는 걸 보지 못해 너무 아쉽다며 따로 전화까지 해주신 이모부님의 마음이 참 따뜻했다. 정작 내 이모와 이모부와도 이런 정을 나누지는 못했어서인지 낯설지만 더 특별하게 다가왔는지도 모른다. 말씀처럼, 살면서 우리 다시는 만나지 못할지라도 칼란디바를 보게 되면, 이날의 부끄러울 정도로 성급했던 내 마음과 따뜻했던 기억이 살아나겠지.

부드러운 햇살이 들어오는 거실 한쪽에 자리한 작지만 탐스러운 오렌지색 칼란디바 꽃이 화사하게 웃고 있다. 꽃을 보며 나도 웃는다.

* 이모부님은 2023년 12월 소천하셨다.

네이버로부터 메일을 받았다

네이버로부터 메일을 받았다. 2015년 1월 그 시절, 내 마음 속 친정과도 같았던 카페에서 나누었던 품목이 현행법상 판매가 불가한 상품이었기 때문에 게시글을 삭제한다는 내용이었다.

그때 나는 임신 중이었다. 비록 출혈 때문에 한 달가량 매우 힘든 시간을 보내던 중이었으나, 장마 속 잠깐 쨍하게 볕이 든 날처럼 컨디션이 유난히 좋았던 날이었다. 보통 임신 준비단계부터 임신 후 12주까지 복용하는 엽산이 이미 16주를 넘긴 내게 더는 필요하지 않아 필요한 다른 이에게 나눔했다. 돈을 받고 판 건 아니라 메일에 명시된 것처럼 '판매'는 아니었지만 아무래도 의약품이니 삭제한다는 거겠지. 이해는 한다만, 10년이 다 되어가는 지금, 굳이, 이렇게 메일을 보내서 잊었다고 생각했던 그때의 기억을 되살려 주다니. 그들은 그저 고지의 의무 때문에 보낸 한 통의 메일이었을 뿐이겠지만 내게는 예보에 없어 조금의 준비도 하지 못한 채 속수무책으로 만난 거대한 해일이었다.

그 엽산을 나눔하고 정확히 3일 만에, 16주 5일의 두 아이를 낳았다.

병실에서 출산을 한 산모와 나란히 누워 3일을 보냈다. 그 3일 동안 화장실에 갈 때를 제외하고는 침대를 둘러싼 커튼을 연 적이 없었다. 회음부 좌욕을 하러 다녀오라는 안내를 받았지만 귀에 들어오지 않았다. 창가 자리라 해가 무척이나 잘 들어오는 곳이었어도 그것과는 상관없이 내내 극야의 시간을 보냈다. 옆 침대 산모가 축하를 받고 젖 물리는 방법을 배울 때 난 위로와 함께 젖몸살을 막아주고 젖을 말려준다는 크림을 받았다. 한 땀 한 땀 바느질을 해서 미리 만들어 놓은 배냇저고리는 한 번 입히지도 못하고 수의가 되어 두 아이와 함께 화장되었다.

유산 후 첫 외래 때 출혈로 인한 태반 감염으로 아이들이 밀고 나오지 않았더라면 패혈증까지 갈 수 있었던 상황이었다며, 오히려 다행이라던 교수님의 말씀이 있었다. 그 말을 들은 남편은 아이들이 마지막 가면서 엄마한테 효도하고 갔다고 말을 했던가.

누군가는 여러 번 해도 힘들다는 시험관이었는데 첫 시도에서 쌍둥이를 임신했으니 누구도 부럽지 않았고, 세상을 다 얻은 것만 같았다. 아무리 나라에서 지원금을 준다고 해도 한두 푼이 들어가는 게 아니다 보니 흔히 말하는 로또와 다름없었다. 사실 로또라는 말을 쓰고 싶진 않았다. 하지만 의사들마저도 '의사의 역할은 최대한 돕는 것일 뿐 임신은 신의 영역'이라고 말할 정도이니 그보다 더 큰 행운과 행복이 또 있을까 싶었다. 배 속의 아이들은 존재를 확인시켜 준 그 순간부터 이미 효자였다.

지금이 고비라는 말을 듣던 분만장에서 진통을 견디던 마지막 순간까지, 세상의 모든 신에게 제발 아이들을 지켜달라고 기도했다. 그러나 그 어떤 신도 나의 기도를 들어주지 않았다. 처음 내게 온 순간부터 마지막 가는 순간까지 온통 효자이기만 했던 아이들을 나는 끝내 지키지 못했다. 너무 많은 신에게 기도했나. 사랑이 많으신 하나님이라더니 다른 신의 이름도 함께 불러서 화가 나신 건가. 혹시 임신 후 난임 병원을 다니면서 나도 모르게 웃음을 참지 못하고 실실 흘렸나. 그것도 아니면 나도 모르게 뭐라도 된 것처럼 목을 빳빳하게 세웠나. 그래서 누구에게라도 미움을 샀을까. 첫 시도에 임신했다고 무의식중에 시험관을 너무 쉽게 생각했나. 그래서 이렇게 만만하게 보지 말라고 호되게 혼나는 건가. 지나온 시간 속의 나를 돌아보며 후회와 반성을 해보지만 아무리 그 시간을 반복해도 이미 떠나버린 아이들은 돌아올 수 없었다.

삭제 안내 메일과 함께 그때의 기억이 물밀듯이 밀려왔다. 그렇게 밀려드는 기억에 휩싸여 며칠 가슴앓이를 했다. 참으려 해도 참아지지 않는 슬픔이라는 걸 알고는 울고 싶으면 더는 애써 참지 않고 길을 걷다가도 울었다. 슬픔은 외면한다고 할 수 있는 게 아니었고, 외면하는 게 능사가 아니라는 걸 알기에 그동안 지난 나의 시간을 똑바로 쳐다보고 있다고 생각해왔는데…. 며칠 앓은 걸 보면 얼굴은 비록 슬픔을 향해 있었는지 몰라도 차마 눈은 바로 보지 못한 채 피하고만 있었나 보다.

누군가는 유산 후 힘들어하는 내게 그런 경험마저도 부럽다는 말을 했다. 비록 유산을 했지만 임신이라는 걸 해보지 않았

327

느냐고. 과연 임신의 기쁨이 유산의 슬픔을 이겨낼 정도로 컸던가. 모두 각자의 사정이 있는 거고 모든 경험은 해보는 게 좋다고 말할 수도 있을 테지만, 그럼에도 불구하고 경험하지 않으면 좋았을 경험도 있는 법이다. 내가 아끼는 사람들만큼은 절대 경험하지 않기를 바랄 정도로, 내게는 지독한 난임의 과정과 수도 없이 반복된 유산이 그러하다. 그만큼 고통스럽고, 그만큼 괴롭다. 고통스럽고 괴롭다는 말로도 다 설명할 수가 없는 끝도 모를 깊은 슬픔이 있다.

고개를 드니 창 너머 하늘엔 낮게 깔린 구름이 빠르게 흘러가고 있다. 문득 나의 시간도 저 구름처럼 흘러가고 있다는 생각이 들었다. 어느 날은 쨍하도록 선명한 파란 하늘을, 또 어느 날은 미세먼지가 가득해 뿌연 하늘을 흘러가겠지. 가끔은 이렇게 예상치 못한 비구름이 될지라도 더는 외면하지 않기를. 그렇게 똑바로 서서 눈 맞추고 마주 볼 수 있기를. 언젠가 또 예상치 못한 해일을 만날지라도 그때는 부디 조금 덜 아프기를.

밖으로 나와 발끝에 힘을 주고 뚜벅뚜벅

남편의 길어진 머리카락을 정리하기 위해 예약을 하고 미용실을 찾았다. 문을 열고 들어가자 언제나 바쁜 원장님이 씽긋 눈인사를 건넨다.

유목민처럼 떠돌다 이 미용실에 정착하고 원장님과 사사로운 이야기를 나누게 되었을 때, 그이가 나와 같은 무자녀 부부라는 것을 알게 되었다. 우연히 남편과의 통화를 듣고 내게 아이가 없다는 걸 알게 된 후 사실은 본인도 그렇다며 고백 아닌 고백을 했더랬지. 원장님은 결혼한 지 얼마 되지는 않았다. 그러나 그런 속사정까지 알 수 없는 사람들에게는 어느 정도 나이가 있는 부부인데, 아이가 없다고 하면 그냥 '그렇구나'가 아니라 '왜?'부터 시작해 이후 파생되는 질문들이 많은가 보다.

언젠가 내 머리를 만지다 나이가 더 들기 전에 병원에라도 가볼까 한다며 내게 "언니는 실험관 해봤어?" 하고 툭 던진 적이 있었다. 한동안은 그 말투에 적응이 안 되었다. 나뿐 아니라 누구에게라도 하는 말의 반 이상이 이렇게 짧다. 악의가 없다는 건 알지만 쉽게 말을 놓지 못하는 나 같은 사람에게는 익숙해지기까지 적잖은 시간이 필요했다. 게다가 무엇보다 '실험관'이 아니라 '시험관'이라는 말이 턱 끝까지 올라오는 걸 애써 꾹 참고 눌렀다. 과학 시간도 아니고 실험관이 뭐람. 한참 병원에 다니던 때는 시험관이라고 꼭 정정을 해줬는데 이제는 그마저도 귀찮고 번거롭다. 게다가 병원에 가게 되면 자연스레 알게 될 테니 굳이 수고 하지 말자는 생각도 있었고.

이후 그이는 정말 병원에 다니게 되었고 '시험관'이라는 걸 알게 되었으며 몇 번의 시도와 몇 번의 실패를 겪었다. 나의 시험관 경험을 알고 있어서인지 만날 때마다 그간의 시술, 진행 상황, 컨디션 등을 봇물 터지듯 풀어놓곤 하는데 비록 듣기 좋은 말은 아닐지라도 싫지는 않았다. 아니, 싫지 않은 게 아니라 한편으로는 안타까운 마음이 들기도 했다. 이런 얘기는 경험해 보지 않으면 전혀 알아듣거나 공감을 얻기가 힘들다. 그런 이유로 그동안 누구에게 꺼내지도 못하고 속으로만 삭이고 있었을 거라는 걸 지난 나의 경험을 통해 미루어 짐작할 수 있었다. 더구나 말하기 좋아하는 사람이니 그 답답함이 오죽했을까.

역시나 소파에 앉는 내게 다가와 가벼운 안부 인사를 나누다 지난 실패 후 몸이 얼마나 힘들었는지, 그리고 지금은 또 어떤지를 말한다. 진짜 마지막이라는 다짐과 함께 다음 달 새로운 차수에 들어갈 예정이라고 했다. 이번에 새롭게 추가된 영양제 얘기를 하면서 그이는 영양제가 이름도 길어 외우기도 힘들다는 볼멘소리를 했다. 그런데 정작 지금 시술 중에 복용하고 있는 사람조차 기억하지 못할 정도로 길고 복잡한 영양제 이름이 내 입에서 아무렇지 않게 튀어나왔다. 마치 당장 오늘 아침에도 복용한 사람처럼, 이렇게 단번에 떠오른다고? 몇 년이 지난 지금에도? 맙소사.

사람의 기억이란 이런 거구나. 마치 오래전 즐겨 듣던 노래를 우연히 멜로디만 듣고도 자연스레 따라 부르게 되는 것처럼, 지긋지긋한 영양제의 이름도 그렇게 술술 나오게 될 줄은 미처 알지 못했다. 잊고 지내던 노래 가사가 입 밖으로 술술 나올 때야 입술 끝이 달지만, 날카로운 뚜껑을 열 때마다 손을 다치지 않을까 조심하던 작은 갈색 병의 영양제 이름이 이렇게 술술 나오는 건 생각보다 쓰다(찾아보니 이따금 나를 다치게 했던 영양제의 뚜껑은 간편하고 안전한 트위스트 마개로 바뀌었더라).

짧은 기다림 끝에 차례가 되어 남편은 거울 앞 의자로 사라졌다. 사각사각 서걱서걱 가위질이 시작된 것을 확인 후 핸드폰을 들어 지난 기록을 찾아봤다. 4년이 넘는 기간 동안 백여 개가 넘는 기록이 있었지만 결코 웃지 못할 시간이었기에 난임전에서 빠져나온 후로는 더 이상 그 기록을 들춰보지 않았다. 지나온 시간의 내가 박제되어 그곳에 있었지만 전혀 보이지 않는 것처럼 지내왔다.

용기를 내 그 가운데 하나를 열었다.

이번 차수엔 모든 게 완벽했다.

정말 기분 좋게 여행을 다녀온 후 생리가 시작되었고,
그 기분 그대로 유지하면서 과배란을 시작했다.
고용량을 맞으면서도 특별한 부작용은 없었고,
개수는 적었지만 모두 성숙난자로 채취되었으며,
채취와 이식 모두 내가 원하는 날에 진행되었다.
지금껏 채취하면서 입원하지 않은 것은 처음이었고,
그래서인지 채취 후 컨디션도 꽤 좋았다.
만손초는 이식 후 클론을 주렁주렁 달기 시작했고,
심지어 이번 시술 소식을 전혀 모르는 엄마는 태몽을 꾸어

주셨다.

모든 게 완벽했다.

정말 너무나 완벽해서 이래도 되나 싶을 정도로.

그래서인지 슬프고 속상한 마음보다는 알 수 없는 배신감
이 크다.

그 모든 시그널로부터의 배신감.

그러나, 그럼에도 불구하고.

애매한 수치로 맘 졸이지 않고, 깔끔하게 떨어지는 0점이라
다행이라는 생각.

과배란 11일, 채취일부터 피검일까지 슈게스트 16일, 이식
후 피검일까지 크렉산 11일.

그렇게 한 달 가까이 배와 엉덩이에 매일 주사를 맞으면서
도 두드러기가 없으니 다행이라는 생각.

힘이 되어주고 언제나 나를 지지해 주는 남편이 있으니 정
말 다행이라는 생각.

물론,

슬프다. 속상하다.

사실 이식 후의 그 기간이 마치 꿈같이 느껴진다. 현실감이 떨어지는 느낌이랄까. 그래서인지 마치 꿈에서 깨어나 다시 현실을 살아가듯 그렇게 생활하고 있는 건 아닌가 하는 생각이 들기도 한다.

하루 종일 동동거리며 움직이고, 밀린 집안일을 하고, 하지 않아도 될 일을 하고, 못했던 운동을 땀 흘려가며 하면서도 문득문득 지난밤의 꿈이 떠오르듯 툭 튀어나오는 서러움이 있다. 그러나 외면하지 않겠다. 외면하는 것보다는 당당히 마주하고 이겨내야지. 누가 보면 웃다 울다 정신 나간 사람 같기도 하겠지만 그게 내 정신건강을 위한 길이라는 걸 잘 안다. 그래야 다시 또 일어나고 나아갈 수 있을 테니 기꺼이 감정에 충실해야겠다.

절망 속에서 허우적거리는 내가 있었다. 이후의 글이 비공개로 남겨져 있는 것을 보면, 비참한 현실을 외면하지 않고 감정에 충실하겠다고 말하면서도 사실은 그렇지 못했다는 걸 알 수 있었다. 그래도 다행이었던 건, 허우적거리는 와중에도 절벽 끝에 겨우 매달려 손가락에 있는 대로 힘을 주어가며 어떻게든 버텨내려던 나도 보였다는 거다. 그 손끝이 결국 나를 살려낸 걸 테지.

지난 시간의 나에게 수고 많았고 정말 애썼다고 위로해 주고 싶다. 그렇게 춥고 어두운 겨울의 한복판에 덩그러니 버려진 것 같은 기분이 들 때도 스스로를 놓지 않고 버텨줘서, 잘 견뎌줘서 고맙다고 말하고 싶다. 비록 애초에 바라던 삶이 아닐지라도 다른 방식의 삶도 얼마든지 있다고, 끝이 없을 것 같은 터널도 끝은 있고, 기나긴 겨울밤의 끝엔 따사로운 봄 햇살이 기다리기 마련이며, 결국엔 더 많이 웃고 더 건강하게 살고 있다고. 그러니 너무 두려워하지 말라고 다정하게 말해주고 싶다.

그 시절의 나에게 안부를 묻고 위로와 감사를 전하는 사이 어느덧 커트와 샴푸까지 마친 남편이 지금의 시간과 함께 내 앞에 다가와 섰다.

미용실을 나서며 새로운 도전을 앞둔 원장님과 인사를 나누었다. 굳이 말을 하지는 않았지만, 그보다 더 많은 마음을 담아 눈빛으로 무언의 지지와 응원을 보낸다. 밖으로 나와 뚜벅뚜벅 발끝에 힘을 주며 걷는다. 한 발 앞으로 내디디며 그 시절의 나를 딱 그만큼 놓아준다.

봄이다.

부석사에서

여름이 지나면서 토요일마다 집 근처 캠핑장에 가고 있다. 반려동물은 동반이 어려워 캠핑장이지만 숙박은 하지 않고, 텐트는 치지만 불을 피워 저녁만 먹는 피크닉만 하고 돌아온다.

아직은 해가 긴 가을의 초입, 여느 때의 토요일이었다. 냄새를 모아 디퓨저로 쓰고 싶을 정도로 구수하고 달콤한 군고구마를 까며 남편에게 말했다. 부석사에 다녀오고 싶다고.

화로에 숯을 더 넣던 남편은 지금이 딱 좋을 때라며 입구의 은행나무 길 얘기를 한다. 그의 눈을 바로 보지 못했다. 그저 손에 들려있는 노란 고구마만 뚫어져라 보면서 얼마 전 심리 독서 모임에서 받았던 질문과 잊었던 기억에 대해 꺼냈다. 부석사에 다녀오고 싶은 이유는 그래서라고. "아…. 그랬지. 그

래. 기억난다. 그런 적이 있었지." 내가 잊고 있던 것처럼 그
역시 잊고 있었다.

　이렇다 할 여름휴가를 다녀오지 못했다. 내내 일이 바빠 쌓
여있는 연차도 소진할 겸 금요일 하루 휴가를 낸 남편과 늦은
아침을 먹고 집을 나섰다.
　오랜만에 찾은 영주는 낯선 듯 그대로였다. 여기에 이런 게
있었나 싶었던 새로운 건물들도 보였지만, 그때 우리가 들어
갔던 식당, 그때 지나갔던 길은 그대로였다. 전날 비가 내리고
바람이 많이 불어 떨어진 은행잎으로 바닥이 노랗게 되었지
만, 아직 떨어지지 않고 가지에 매달려 있는 노오란 은행나무
잎이 햇살을 머금은 채 바람에 흔들려 반짝이고 있었다. 마치
환영 인사를 받는 듯한 착각이 들었다. 어서 와. 반짝반짝. 오
랜만이야. 반짝반짝.
　주차장에서 부석사까지 올라가는 길엔 평일임에도 사람들
이 꽤 많았다. 그곳도 전날 비바람이 많이 불었고, 그다음 날
에도 날씨가 좋지 않을 예정이라 딱 오늘이 제대로 된 은행나
무 잎을 볼 수 있는 마지막이 될 거라는 말이 들려왔다. 우린
말 없이 마주 보고 웃었다. '날짜 잘 잡았다', '타이밍 끝내준
다.' 찡긋거리는 눈 너머로 그런 이야기를 나누었다.

당간지주를 보자 나도 모르게 웃음기가 사라져 버렸다. 명치 끝에 뭐가 걸린 것처럼 묵직했다. 그저 말없이 앞으로 나아갈 뿐이었다. 천왕문을 지나며 숨을 골랐다. 뒤를 돌아봤다. 말없이 걸어 올라온 노란 카펫 같은 그 길이 참 애잔하게 이쁘다. 다시 뒤돌아 범종각을 지나고 안양루를 통과해 무량수전을 마주하자 커다란 숨이 뱉어졌다. 후. 걸음을 늦춰 삼 층 석탑을 지나 조사당까지 가다 보니 어느덧 인파에서 멀어졌다. 다시 자인당까지 가는 길엔 오직 우리 둘뿐이었다.

바위틈을 비집고 올라온 나무의 크고 굵은 뿌리, 사람들의 간절함이 담긴 돌탑들, 간절함과는 또 다른 욕망의 흔적인 찢긴 창호. 천천히 구석구석 부석사 곳곳을 다시 살폈다. 그저 이따금 폭신하지만 미끄러운 낙엽을 조심하라는 말 이외 많은 말은 필요 없었다. 이끄는 대로 따라주고, 때로는 먼저 앞서 나가면서 곁을 지켜준 남편이 있다는 것만으로도 든든했다.

어느덧 예상되는 일몰 시각이 다가왔다. 올랐던 길을 다시 내려와 삼 층 석탑 앞에 자리 잡고 섰다. 조금씩 해가 산 너머로 내려갈 준비를 하는 모습을 보니 순간 마음속 저기 어딘가에서 작은 동요가 느껴졌다. 휙 고개를 돌려 곁에 선 남편을 보았다.

"여보, 어떡해. 나, 눈물이 날 것 같아."

"그러려고 온 거잖아. 털어버리려고 왔잖아."

그러니 울어도 괜찮다고 그가 말했다. 그의 말을 들으니 안심이 되었다. 그래, 산 너머로 사라지는 해를 보려 서 있는 사람들은 많았지만, 나를 보는 눈은 없다. 설사 누군가 나를 보고 있다 해도 상관없다. 차오르는 눈물을 닦을 필요가 없었다. 눈물이 나면 그대로 흘려 버리면 되는 거다. 느낄 수 있었다. 그 순간 눈물로 지었던 나의 절은 서서히 허물어지고 있다는걸.

산 너머로 해가 내려가고, 이내 하늘은 붉게 물들었다. 구석구석 다니며 몸에 익혔던 부석사를, 이제는 눈으로 한 번 더 담는다.

"가자, 이제."

내려오는 뒤로 삐그덕 끼익 소리를 내며 중생들의 윤회전생을 깨우치게 한다는 의미의 회전문이 닫힌다. 그 소리와 함께 나의 지난 시간도 문을 닫는다. 그렇게 나의 애도의 시간이 서서히 끝나가고 있다.

코끝이 시린 계절의 일곱 시

매일 여섯 시가 되면 새벽 글방이 열린다. "좋은 아침" 인사를 시작으로 줌에 접속한다. 분할된 화면으로는 소리 없이 각자의 자리에서 각자의 글을 쓰거나 읽는 손만 보일 뿐이다. 이 책은 주로 매일 그렇게 열린 새벽 시간에 썼다. 그리고 지금 이 에필로그 역시 새벽에 쓰고 있다.

식탁 위 빈자리를 전전긍긍하다 창고처럼 쓰던 방을 정리하고 드디어 '내 방'을 갖게 되었을 때, 남편은 마치 개업 사무실에 화환을 보내듯 화분을 보냈다. '작가님, 좋은 글 많이 쓰세요'라는 메시지가 적힌 리본까지 달아서. 작은 화분을 천장에 걸고 싶다고 말하면 걸어주고, 컴퓨터 모니터를 공중에 띄우고 싶다면 또 그렇게 만들어 준다. 집 앞 카페로 외근을 나가겠다고 하면 카페 결제 카드를 충전해 놓기도 한다. 그러고 보니 바로 눈앞에 가습기와 조명도 남편이 가져다 놓은 거구나. 가장 가까이에 있는 나의 지지자, 나의 서포터.

평소 그는 내가 쓴 글을 읽지 않는다. 어떤 글을 쓰는지 궁금해하지도 않는다. 사실 그래서 더 좋다. 그러나 이번엔 얘기가 좀 다르다. 난임이라는 것 자체가 혼자였다면 겪지 않을 일이고 모든 순간엔 그가 함께 있었으니까. 그 시절의 이야기를 써도 괜찮겠냐고 남편에게 의견을 물었을 때 흔쾌히 동의해 준 덕에 끝까지 쓸 수 있었다. 쓴 사람은 나지만 결국 우리의 이야기다.

비행기는 목적지까지 가는 길에 기류 등의 영향으로 70퍼센트 이상을 제 항로에서 이탈한다고 한다. 항로를 벗어나면 재빨리 제자리를 찾고, 다시 벗어나면 또 돌아오기를 수차례 반복하면서 어느덧 목적지에 도달한다는 얘기다. 정말 그렇게 자주 항로를 이탈하는지, 또 그게 70퍼센트나 되는지 알길은 없다. 중요한 건 벗어나더라도 결국은 제 항로를 찾아간다는 거다.

길다면 길고 또 짧다면 짧은 인생의 항로를 가는 중이다. 목적지라고 생각했던 곳은 알고 보니 그저 경유지였다고 여기며 지금 이 항로에 나를 맡기기로 한다. 어느 경유지를 지나고 있을지, 또 어떤 하늘 아래를 날고 있는지는 알 수 없다. 그저 내 곁에 (때로는 미워 죽겠는 순간이 있을지라도) 나의 가장 가까운 친구이자, 연인이자, 전우와도 같은 남편이 함께한다면 알 수 없는 종착지까지의 여정이 아름답고 재미있을 거라 믿는다.

출판사와의 첫 미팅에서 대표님의 명함을 받으며 나도 뭐라도 꺼내 건네고 싶은데 드릴 수 있는 게 없었다. "어쩌죠, 저는 드릴 게 없어요"라는 내 말에 대표님은 "작가님은 글이 곧 명함이죠"라며 웃었다. 아마 그 말을 편집장님에게서도 들었지 싶다.

잊고 있던 그 짧은 대화가 지금 이 글을 쓰며 떠올랐다. 나에게 명함 같은 글. 나에게 명함과도 같은 책. 무척이나 설레고 몹시도 긴장된다. 서툴지만 진심을 담은 내 명함은 과연 어디로 가 닿을까. 닿기는 할까, 닿지도 못하고 사라져 버리는 건 아닐까…

이런저런 생각을 하다 보니 어느덧 짙은 네이비색 하늘이 붉게 물들고 있다. 아직 코끝이 시린 계절의 일곱 시. 어둠이 물러나고 새날이 밝아온다. 이렇게 다시 시작이다. 나의 오늘이, 우리의 오늘이 어제보다 아주 조금은 더 다정하고 행복하기를.

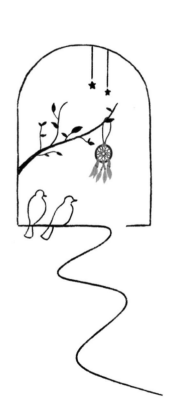

엄마가 되고 싶었던 날들

초판 1쇄 발행　　2024년 3월 27일
지은이　　　　　이은
펴낸곳　　　　　마누스
출판등록　　　　2020년 8월 19일 제348-25100-2020-000002호
팩스　　　　　　0504-064-7414
이메일　　　　　manus2020@naver.com

ISBN　　　　　　979-11-981715-9-7 (03810)